杨家将演义

【明】佚名 著

中国出版集团公司
華文出版社

图书在版编目（CIP）数据

杨家将演义 / (明) 佚名著. -- 北京 : 华文出版社,
2019.1
（中国古典小说丛书）
ISBN 978-7-5075-4874-7

Ⅰ. ①杨… Ⅱ. ①佚… Ⅲ. ①章回小说—中国—明代
Ⅳ. ①I242.4

中国版本图书馆CIP数据核字(2018)第032131号

杨家将演义

著　　者：（明）佚　名
责任编辑：刘超平
特约编辑：余　庆
装帧设计：格林文化
出版发行：华文出版社
社　　址：北京市西城区广外大街305号8区2号楼
邮政编码：100055
网　　址：http：//www.hwcbs.com.cn
投稿信箱：hwcbs@126.com
电　　话：总编室 010-58336239　责任编辑 010-58336222
发行部 010-58336270　010-56249152
经　　销：新华书店
印　　刷：天津一宸印刷有限公司
开　　本：710mm × 1000mm 1/16
印　　张：17
字　　数：220千字
版　　次：2019年1月第1版
印　　次：2019年1月第1次印刷
标准书号：ISBN 978-7-5075-4874-7
定　　价：39.00 元

“中国古典小说丛书”出版说明

所谓“古典小说”云者，其义有二焉：一曰，但凡古代之小说，皆可谓之“古典小说”；一曰，但凡技法未受泰西影响之小说，亦可谓之“古典小说”。然此特就今人之观念言之耳。

揆诸坟典，“小说”一词，出自《庄子·外物篇》，其言曰：“饰小说以干县令，其于大达亦远矣。”由此观之，庄子所谓“小说”，不过琐屑之言，以其无关道术，故以小说名之耳。

炎汉成、哀之世，刘向、刘歆父子典校秘书，检讨百家学说，取桓谭《新论》“小说家合丛残小语，近取譬论，以作短书，治身治家，有可观之辞”之意，把《伊尹说》《鬻子说》诸书，归为“小说家”之书，而《汉书·艺文志》（以下简称《汉志》）继之。夷考其说，“小说家者流，盖出于稗官，街谈巷语，道听途说者之所造也”（语出《汉志》），此亦非后世之小说也。

唐修《隋书》，其《经籍志》立论本诸《汉志》，以小说为“街谈巷语之说”（《隋书·经籍志》语）。当此之时，小说之名虽同，而其类目稍广，举凡《燕丹子》《世说》《迩说》之属，皆可入诸小说名下。

后晋修《唐书》，其《经籍志》立论与《隋志》无异，以《博物志》隶小说，此为“神异志怪之书”入小说之始。

天水一朝，欧阳文忠公撰《新唐书·艺文志》（以下简称《新唐志》），以《列异传》《甄异传》《续齐谐记》《感应传》《旌异记》等“史部·杂传类”之书移于“小说类”。至是，小说之部类日棼。

及元脱脱修《宋史》，《艺文志·小说类》承《新唐志》之旧而增广之。

明胡应麟以小说繁夥，派别滋多，于是综核大凡，分小说为六类：一曰“志怪”，一曰“传奇”，一曰“杂录”，一曰“丛谈”，一曰“辩订”，一曰“箴规”。至此，小说一类已蔚为大观，脱《汉志》“街谈巷语”之成规。

清修“四库”，《总目提要》（以下简称《提要》）别小说为三派，“其一叙述杂事……其一记录异闻……其一缀辑琐语”，而又损益之。考诸《提要》，则损益可知：一曰，进“丛谈”“辩订”“箴规”为“杂家”；一曰，隶《山海经》《穆天子传》诸书于小说。小说范围，至是乃稍整洁矣。其分目虽殊，而论述则袭诸旧志。

曩者宋元明清之史志，难觅“平话”“演义”之书，此特士夫习气，鄙其为末流所使然也。史家成见，一至于斯。今人刻书，自当脱古人窠臼。

说部诸书，以文体分，有“白话”“文言”之别；以体裁分，有“话本”“传奇”“演义”之别；以内容分，有“佳话”“世情”“侠义”“家将”“神魔”之别。细玩其文，既有劝世之良言，亦有“诲淫诲盗”之糟粕，而抉择去取，转成读说部书之第一要务。以此之故，我社特于说部诸书择其精者，辑之而为“中国古典小说丛书”，凡百余种。

然说部之书浩如烟海，其精者又何限于区区百十之数？此次出版，难免遗珠之憾。然能俾读者因之而省择取之劳，进而得窥说部精要，示人以津梁，则尚不违出版“中国古典小说丛书”之初心。

说部之书，多出自书坊，脱误错乱，在所难免，故于“取其精华，去其糟粕”外，尚需广施校雠，始得成其为可读之书。以此之故，我社多方搜罗以定底本，精排其版以美其观，躬自校雠以正讹误，然后付诸枣梨，装订成书，以飨读者。

限于编者学力有限，书中疏漏之处，在所难免，尚祈广大方家、读者诸君不吝批评斧正。凡能指出书中一二谬误者，皆为吾师，吾人不胜感激之至。

华文出版社编辑部

2017 年 10 月 26 日

目 录

卷四

卷五

卷六

卷七

卷八

诗曰：

杨氏麇兴翊宋深，风闻将落尽寒心。
青衿叱咤风云迅，绿鬓挥扬剑戟新。
暗地有绳污白璧，明廷无象铸黄金。
英雄跳出樊笼外，坐对江山慨古今。

卷一

宋太祖受禅登基

宋太祖，姓赵，名匡胤，涿郡人。父名弘殷，为周朝检校司徒，岳州防御使。母杜氏，安喜人，生匡胤于洛阳夹马营中，赤光满室，异香经宿不散，人号为“香孩儿”。一兄：名匡济。三弟：曰光义，曰光美，曰匡赞。弘殷既逝，杜氏孀居，治家勤俭严肃。

时匡济、匡赞亦卒，匡胤、光义、光美俱命学于陈抟之门。抟乃华山处士陈抟兄也，壮年励志苦学，屡科不第，遂隐居教授，循循诱人。有诗为证：

落落人间数十年，随身铁砚一青毡。
丹墀未对三千字，碧海空腾尺五天。
贾谊长沙淹岁月，杜陵夔府老风烟。
倚栏读罢归来赋，肠断青山落照边。

是时陈抟见三子卓荦，属情训导，文传孔孟，武授孙吴。学业既成，一日呼三子趋前言曰："某今老矣，不复能为若辈之师。我有一友，镇州人，姓赵，名学究，曾遇异人传授。汝等当往求教可也。"匡胤等遂辞别，竟往镇州师学究焉。后，匡胤仕周世宗，补为东西班行首，寻升殿前都指挥使，掌军政务，随世宗征伐，屡建大功，众心归附。

时世宗于文书箧中，得木简，长尺许，有字一行，曰："殿前点检作天子。"次日，世宗将殿前点检张永德斩之，乃命匡胤领其职。世宗崩，子宗训立，加匡胤为检校太尉，领归德节度使。会逢大辽与北汉连兵五十万，自土门东下，侵犯中原。朝廷仓卒会议，遣匡胤率禁兵御之。是日，领兵出屯陈桥。同行指挥使苗训善观天文，见日下复有一日，黑光摩荡者久之，乃指示楚昭辅曰："此非天命乎？"是夕，殿前都指挥使石守信、侍卫亲军都指挥使高怀德、殿前都检讨张令铎、殿前都虞候王审琦、虎健右厢都虞候张光翰、龙健左厢都虞候赵彦徽相与语曰："主上幼弱，我辈出力死战，谁则知之？今不如先立赵点检为天子，然后北伐。"众将商议已定。

次日黎明，军士披甲执戈，直逼匡胤寝所，大呼曰："今我等无主，愿策太尉为天子！"匡胤醉卧未醒，闻众喧呼，惊起披衣，将欲问之。诸将扶拥出厅，黄袍已加身矣。众皆罗拜，呼万岁。毕，扶上马，拥还汴京。匡胤揽辔誓诸将曰："汝等自贪富贵，立我为天子，能从我命则可，不然，莫能为若辈主矣。"众皆曰："惟命是从。"匡胤曰："太后、主上，我所北面事者，勿得惊犯；公卿皆我比肩，勿得欺凌；市中货物、府库宝器不得抢夺；不许妄杀一人。听命者重赏，不用命者族诛于市。"诸军士诺诺应声，肃队而行。

既入城，拥匡胤直进崇元殿，召百官朝贺。匡胤曰："未有禅诏，何敢遽升殿？"言罢，翰林承旨陶谷，遂从袖中取出诏书，读云：

朕兹冲龄，未谙国政，弗胜天位。惟尔太尉，练达治体，宜揽乾纲。今卜之于天，天心默顺；稽之于民，民情协和。朕乃效放勋之遗风，揭神器而授之。贤卿当步重华之芳躅，膺帝箓而敬其事，无上负彼苍眷顾，下失斯民仰望可也。

匡胤乃就殿前拜受毕，遂升殿，服衮冕，即皇帝位。百官朝贺毕，于是奉周主为郑王，符太后为周太后，迁之西宫。大赦天下，国号大宋，改年号建隆元年。封三代为皇帝，封母杜氏为皇太后，封妻王氏为皇后，封子德昭为皇太子，德芳为梁王；封兄子德崇为燕王，乳名大哥，人遂称为八大王，最有才能，人皆敬服。封弟光义为晋王，光美为秦王。文武百官，各升一级，遣使遍告郡国。有诗为证：

敕旨颁行去路赊，绣衣分彩照江花。
星披驿树人千里，为报乾坤属宋家。

时华山处士陈抟，延揽英雄，亦有觊觎神器之意，每遣人往汴京探听消息。是时跨着一驴，游于官道之上，忽手下来报曰："今赵点检受禅登基，遣使遍告天下。"陈抟听罢，惊慌坠地，乃曰："鹿之逸奔，高材疾足者得之。"又复曰："英雄回首作神仙。以声势虚誉论，彼固赫奕于我；以身心实益论，我又舒泰于彼。彼此各有一得，又何必拘拘于君人为耶！"太祖屡征不就，亲幸华山访之。陈抟接入庵堂，拜罢，太祖曰："子之高卧，其奈天下苍生何？如肯随朝就列，任择其职，朕毋吝焉。"陈抟曰："陛下开诚心，布公道，以理天下，则天下幸甚！微臣幸甚！即终日立朝，亦不过此敷陈而已。荷陛下厚爱，臣他不愿，但乞陛下将此华山周围地土，写卖契一纸付臣。臣得千秋沾恩，且不没一时相顾之殷，而又显圣主待隐逸之优也。"言罢，太祖欣然索纸笔写之。陈抟谢恩讫，太祖命排驾回京而去。陈抟叹曰："天下自此定矣。"有诗为证：

纷纷五代乱离间，一旦云开复见天。
草木百年新雨露，车书万里旧山川。
寻常巷陌多簪绂，取次楼台列管弦。
人乐太平无士马，莺花无限日高眠。

宋太祖既登帝位，石守信等奏曰："辽、汉犯边，乞御驾亲征，军士始用命也。"太祖乃命李继勋为先锋，王全斌为统军都督指挥使，石守信为护驾大将军。即日三军起行，望太原进发，不日到了董泽，与北营对垒下寨。次日，太祖升帐言曰："朕不知太原地理，今欲窥其虚实，谁敢辅朕一行？"曹彬曰："何劳陛下亲往，遣两人前去足矣。"太祖曰："卿言固是，但不似目睹之为真也。"思忖良久，谓王彦升、遵训曰："汝二人选良马二匹，扮作西夏卖马客人，竟入太原观看地理，将周围形势，画成一图，带回与朕观之。"言罢，二人领命去讫。

却说北汉主姓刘，名钧，一妹配薛钊。钊一日醉甚，欲诛其妻，其妻奋衣得脱。钊至次日酒醒，恐汉王辱之，遂自刎而死。钊生一子，名继恩。钧无子，乃养继恩为己子。其妹复适何元业，生二子，长继元，次继业。钧又养为己子。至是汉王钧殂，继恩即汉王位，与周甚仇，称子于辽，乞辽助兵侵周。辽乃遣耶律于越领兵三十万，由岭南而出。汉主命继元为元帅，继业为先锋。继业娶佘氏，生七子：渊平、延广、延庆、延朗、延德、延昭、延嗣；又生二女：琪八娘、瑛九妹。俱善骑射，精通韬略。

继元领兵二十万，至白坂河下寨，是时见宋兵于对垒董泽下寨，即遣延广下战书，约次日交兵。时宋兵已到董泽五日，太祖升帐，正在思忆王、遵二人，忽报汉主遣人下战书。太祖召入，呈上书，览罢，与延广笑曰："量太原弹丸之地，有甚难破？归语汝主早降，不失侯封。倘负固不服，指日擒捉，求生难矣。"遂许明日会兵。延广得命，将出辕门。王、遵入见，呈上地理图。太祖展开看罢，言曰：“太原在吾目中矣。”遂唤虎将桑锦：“今夜领兵三千，直抵白坂河左侧地名大汀洲埋伏，俟明日午时望白坂杀来。”又唤米轮：“领兵三千，直抵白坂河右侧地名鸡笼山埋伏，俟明日未时望白坂杀来。”米轮曰：“臣后桑锦进杀，只恐有失。”太祖曰：“地有远近故耳，不必多忧。”二将至晚，领兵埋伏去讫。太祖又命高怀德明日引兵三千，往大汀洲接应桑锦，张令绎引兵三千，往鸡笼山接应米轮。又命王守贞、李继仁明日领兵一万，抄出白坂河后杀进，曹刚领兵五千接应守贞等。太祖分遣已定，诸将领计去讫。

继业调兵拒宋

却说北汉主升帐，谓诸将曰："南兵此来，决非昔比，必用奇计，方可胜之。"言罢，报延广回，入帐告曰："小将观宋君英勇雄壮，非寻常类也。"汉主曰："曾有何言？"延广曰："说汝主来降，不失侯封，否则明日决战。"汉主曰："汝观彼营有可擒之处否？"延广曰："无有其衅。但出辕门之时，见两人入去，却似前日在此卖马之人。臣沿途思忖，此必细作来窥地之形胜者也。"言罢，继业奏曰："臣已知之矣，乞主上调兵御之，彼必成擒。"汉主曰："卿知其何为？"继业曰："左侧大汀洲，右侧鸡笼山，两处可以埋伏。宋人既窥地形，彼必遣兵埋伏于此。急调兵往中途截住，使他不能进攻可也。"汉主曰："卿既知之，早遣军士防御，孤何禁焉。"

继业得旨，退出军中，唤过渊平、永吉："明日五鼓，汝二人各领兵一千，同去左侧十五里路上俟候，但听信炮一响，一人杀往大汀洲去，一人杀回。"又唤延惠、张德："明日五鼓，亦各领兵一千，同去右侧十里路上俟候，信炮一响，一人杀往鸡笼山去，一人杀回，勿得有误。"又遣妻佘氏，打白令字旗，领兵一千，往白坂河后接战。分拨已定，延惠、渊平等各整顿去讫。

却说太祖次日临阵，头戴一顶双龙升天黄金盔，身穿一件双龙升天绣罗袍，头上盖着一柄七檐绣龙黄罗伞，跨着一匹腾云赤龙驹。左手列着王全斌、张光翰、潘仁美等一十八员大将，右手列着李继勋、石守信、赵彦徽等一十八员大将，一字儿摆开于南。北汉主头戴一顶嵌金日月凤翅盔，身穿一件洒花滚龙衣，头上盖着一柄珍珠黄罗伞，跨着一匹铁蹄碧玉骢。上手有继元、耶律休材、张知镇等一十五人，下手有继业、不花颜儿等一十五人，一字摆开于北。太祖传令，两军休放冷箭，两主亲出打话。有诗为证：

旗拂西风剑吐虹，陈师列旅两争雄。
山河自古归真主，枉向军前鼓舌锋。

太祖马上问曰："汉王何在？"汉主答曰："孤在此，有何话说？"太祖曰："汝窃据太原，称孤道寡，偷生一隅，亦已足矣，奈何谋逆不轨！朕兹来削平祸乱，救生民于水火之中，定一天下。汝若上识天时，下穷人事，倒戈弃甲，束手归命，犹不庙绝血食。苟如执迷抗师，决不轻恕。汝降与否，速自裁之。"汉主曰："自三代以下，惟汉高祖提三尺剑，诛无道秦，得天下最正，后世谁敢议其非！岂似汝欺人孤儿寡妇，以窃神器乎！孤高皇之后，职此一方，亦守先人旧土耳。使高皇在天之灵，佑孤征讨诸镇，复一区宇，分所宜然，未为过也。汝今但当以窃据自责，而可以责孤耶！"言罢，太祖怒曰："谁为朕擒此贼？"右手李继勋，左手王全斌，应声而出。北阵上继元、继业两骑齐出接战。四将交战数十合，不分胜负。太祖急令放信炮，亲自出战。继业自思，捉得太祖胜斩百将，遂奋勇抢过阵来战太祖。太祖亦抖擞精神迎敌三四十合，只望埋伏之兵杀来。继业知其意，乃诈败而走。太祖赶去。继业拈弓搭箭，当太祖胸前射去，那马忽昂头跳起将箭衔着，遂把太祖掀落于地。继业正欲近前砍之，忽潘仁美杀到，大喝："逆贼敢伤吾主！"挺枪直取继业，太祖遂跳上了马。继业将标枪标中仁美之马，仁美落马；继业抛之，只去追赶太祖。太祖见仁美落地，继业又打红令字旗来追赶，乃暗暗叫苦。忽二将杀至救驾，乃李继勋、王全斌也。先时李、王二将杀人北阵，追赶汉主，只听得北兵一片喊叫："先锋射死宋主！"声如鼎沸。李、王二将大惊，急勒马杀回，来救太祖。太祖慌叫曰："仁美马中此贼之枪，今坠于地，先锋快去救之。"李继勋闻言拍马去救，只见北军围住了仁美，将枪乱刺。仁美在地上，左跳右跳，将枪东遮西隔，恰似洒拳一般；望见继勋大叫："先锋救我。"继勋将北军杀散，夺其马匹与仁美骑之，并辔杀出北阵。

继业在南阵中，左冲右突，如入无人之境，又令从军高声大叫，要捉宋主。北汉主被李、王二将追赶，走得心疼，既而不赶，恐己身有不测之灾，遂鸣金收军。太祖亦鸣金收军回营，见仁美身被数十余枪，乃曰："卿遭重伤，朕心何忍！"遂命回汴梁养病。又问曰："三路军兵不见一人杀到，何也？"言罢，三路败军回报：左侧渊平、永吉领兵伏于中途，信炮一响，一人迎战桑锦，一人回战高怀德；右侧延惠、张德领兵伏于中途，信炮一响，一人迎战米轮，一人回战张令绎。王守贞、李继仁被一女子打着白令字旗接战，勇不可挡。王守贞险被那女将杀了，但幸李继仁将画戟砍去，那女子才抛了守贞。继仁与守贞两个夹战，那女将全无半毫惧怯，后复有二将杀到，王守贞、李继仁败走回阵。言罢，太祖惊曰："朕初欺其无谋，今观此人行兵，不亚孙、吴，使朕晓夜不安，但不知其为谁？"有诗为证：

> 太原继业独钟灵，卓荦胸藏万甲兵。
> 摧敌破围能解冻，宋君惊讶询威名。

却说太祖问罢北汉行兵之人，遂查点军士，伤折一万，太祖哀悼之甚。曹彬等奏曰："敌人量我军杀败，必不准备，称今夜去劫他寨，不知陛下以为可否？"太祖曰："朕亦有是意，但今日行兵之人，谋略甚高，恐此谋难出其料，去徒损军。"曹彬曰："无妨，臣领几千敢死军，虚去劫寨，彼军埋伏于外者，必竟杀来。乞陛下复率大队掩之。

彼虽有智谋，安测度到此？”太祖遂命曹彬、石守信领五千敢死军，去劫汉寨；又命王审琦、王彦升、李继勋等领三万健军掩之。分拨已定，只待三更始去。

却说继业回营见汉主曰：“臣正要捉宋主，因何收军？”汉主曰：“孤心陡痛，恐有不测，是以收军。”继业曰：“宋兵虽败，未损大将，今夜必来劫寨。三军必要出寨，留下空营，不必交兵。彼放信炮，汝等亦放信炮，虚张声势，待天明，看动静交兵。”汉主曰：“彼来劫寨，趁黑地杀之，何故令不交兵？”继业曰：“宋主行兵，曹瞒无贰。彼必令敢死军先入，其锋难当。只放炮呐喊，诳他大队军兵杀进。在内之军奋勇杀出。两下自相杀戮，岂不胜于交兵！”言罢，汉主大悦，三军领计去讫。

却说曹彬、石守信领敢死军杀入北营，放起信炮。只听得北营亦放炮呐喊，曹彬等只说有军杀来，随即杀出；王审琦等亦只说北兵杀出，一径杀进。俱不觉是自己之兵，闹了一晚。及天色微明，方认得是自己之兵。正欲收军，继业驱兵杀出，砍伤甚众。太祖大恸，言曰：“二阵折伤军士如此，将奈彼何？”又问曰：“彼是何人主谋，朕必定计擒之。”石守信奏曰：“闻巡逻之兵回说是令公。”太祖曰：“名唤令公？”守信曰：“非也，名唤继业。”太祖曰：“缘何又唤令公？”守信曰：“继业出战，打着红令字旗，其妻出战，打着白令字旗，因此号为令公、令婆。”太祖曰：“朕亦闻此人，有勇善战，北方称为无敌将军，不想又有玄妙之智术也。朕若得此人归顺，何愁四方征讨。”遂命军士休息，复取太原地理图看之。即唤何继筠、王彦升领兵五千，径过石岭关，直抵镇定关下寨，但逢辽之兵到，令彦升拒之：“汝于岭下引兵，佯为截其归路之状，彼兵必退，不敢前进。”又唤王全斌、桑锦领兵三千，埋伏于莫胜坡，但有太原兵来，即出截之。太祖分拨已完，四将领兵去讫。

继业夜观天象

却说继业收军，是夜仰观天象。次日进汉主御帐，奏曰："臣昨夜仰观星象，见毕舍月宿，主有久雨。"汉主曰："将如之何？"继业曰："传令军士，出砍柴薪。军分三停，一停擂鼓呐喊，一停执炮箭待敌，一停砍柴。临回之际，齐呐喊几声'烧尽南蛮'。"汉主曰："此主何意？"继业曰："惑乱彼心，使不识吾之所为。"又唤张德、永吉领兵三千，往镇定关迎接辽兵。汉主曰："孤望彼军来救，缘何反遣兵去接他？"继业曰："日前观宋行兵，深知地理。彼必发兵往镇定关，拒截辽兵，臣所以调兵迎之。"乃嘱二将曰："路途必有埋伏，惟谨提防。"二将领兵去讫。

却说宋军见北军呐喊砍柴，次日进帐奏知太祖，北军如此如此。太祖莫解其意，忧疑不定。是夜天清气朗，太祖与诸将出帐观星，乃曰："汉主气数虽微，然亦一时不绝。"言罢，回顾皓月，大惊顿足，连声叫苦。诸将曰："有何故也？"太祖曰："数日忧折军士，未观天象，今见月离于毕，大雨不止。"诸将曰："明日亦令军士出砍柴薪。"太祖曰："明日不过午未时，滂沱降矣。"次日遂令军士砍柴，至午天果大雨。北汉主曰："南蛮只有半日柴薪，能勾几何？"有诗为证：

宋主伤军未睹星，薪蒸未备苦难禁。
滂沱子夜倾如注，闷损沙场戍客心。

太祖因雨闷坐中军，忽报何承睿回营。太祖曰：“天虽大雨，今得承睿回来献捷，朕怀少慰，又足以摄服继业，自今以后，不敢轻视吾军矣。”诸将犹未准信。既而承睿入帐奏曰：“大辽遣耶律于越领兵至镇定关前，臣父子依圣上计策，于越果怯退三十里下寨，不敢入救。臣回至中途，又遇王全斌手下游卒，说汉主命张德、永吉领兵去接辽兵。二将骄傲，说在本境之内怕甚埋伏，及至莫胜坡，夜宿其地，众军畅饮酩酊大醉。王全斌引军围着，尽皆杀之，并未逃走一人。”太祖曰：“惜夫天雨，不然，大事济矣！”承睿曰：“臣父乞陛下再遣兵防御，恐辽知兵少，驱大队杀来，难以抵敌。”太祖曰：“无妨，天有久雨，俟晴破了太原，辽兵闻风自遁，不必益兵。”复曰：“继业天文地理尽知，真神人也！”承睿曰：“臣于彼地，闻人云：‘交兵若遇红白令，生死由他不由命。’其名如轰雷灌耳。”有诗为证：

战斗夫能妇亦能，威声霦霦若雷轰。
令旗红白飘扬到，十将逢之九不生。

太祖因承睿之言，乃曰：“朕设计，屡被破之，此人果非虚声。”诸将曰：“因何张、永二将，又被全斌砍之？”太祖曰：“非继业之罪，乃二将不用命也。设继业亲行，必无是祸矣。看此人智略，过朕远焉！欲取太原，必先获继业，继业一得，太原不足取也。”

是时，风风雨雨，将近一月。才晴两日，太祖即遣兵搦战，如是者数次。汉主召继业进帐问曰：“南兵一晴，即出挑战，大辽救兵，又不见至，将奈之何？”继业曰：“南兵搦战，此不足惧，但辽兵以时计之，久当至矣。今不见来，必路途有甚阻滞。”言罢，令军士摆香案，卜一卦，看其吉凶。遂卜得《归妹》卦。乃曰：“阻隔之神得令，然亦无凶。”汉主曰：“已遣张、永二人去接，有甚阻隔？必有回卒来报。”继业曰：“待卜张、永二人，吉凶如何。”遂卜得《师》卦，三爻发动，乃断曰："六三，师或舆尸，凶。"大惊曰："张、永二将休矣！"言罢，只听得宋兵呐喊搦战。汉主曰："不如写书诳宋退兵，孤上太行山去，彼奈我何哉！"继业曰："写书言降，纵得脱难，示弱甚矣。决不可为！"汉主曰："宋君新受周禅，伐蜀讨越，无往不利，想天意有在。我若逆之，戕害生灵，获罪于天，必难逃活。且将天下地舆论之，宋得十之九矣，以此相较，孤本弱小之国。以小事大，以弱事强，识事势者为之。故太王、勾践，当时行之，始以图存，终以强大。卿谓孤示弱，彼太王、勾践所为亦非欤？"继业曰："主上所论极是，若要如此而行，虽出奇兵大杀一阵，使宋不得遂志，方肯从请。不然，彼必不肯退兵。"汉主曰："卿宜斟酌行之。"继业曰："主上亦不必写诈降书，只陈利害，令其退兵可也。"言罢，遂唤延广领三千铁石弓兵，今夜前去埋伏于董泽右侧山下，俟明日信炮一响，驱兵齐出射之。延广领计讫。

次日天晴，太祖又遣兵搦战。将至午，天忽黑暗，太祖收军，继业乘势驱兵，突出赶杀，直逼宋营。延广闻信炮响，催军齐发弓弩，射死宋兵不计其数，夺得马匹枪旗甚多。汉主收军，谓继业曰："卿之神见，仿佛周尚父也。"不在话下。

却说太祖被继业大杀一阵，折军数万，伤感不已。忽辕门外报北汉主遣人下书，宣入呈上。太祖览其书云：

> 北汉主致书于大宋皇帝麾下：孤今出师雪恨，为周也，非为宋也。讵意陛下承乾，乃遘其会。第周宗既灭，冤仇已绝，孤复何憾！实欲罢兵，休养生灵，不知陛下亦肯父母斯民否也？然太原刘氏庙貌在焉，纵欲百计图之，孤必百计防之，以尽世守之义，而存刘氏之血食耳。惟陛下怜之，谅之。北汉主端肃谨书。

太祖览罢，以示诸将，诸将知太祖有退兵意，乃叩头愿尽死力，急先攻击。太祖曰："汝曹皆朕训练，无不一以当百者，所以备肘腋而同休戚者也。朕宁不得太原，肯驱汝辈冒锋刃以蹈于必死之地乎！”众皆感泣。时天久雨，军士多疾。太常博士李光赞奏曰：“蕞尔晋阳，圣上亲讨，粮饷浩烦，取怨黔黎。陛下肯回銮驾，命一大将屯上党，夏取其麦，秋取其禾，粮草充足，军士有资；且宽力役之征，使劳者得息，此非荡平之策乎？”太祖从之，命先锋李继勋屯兵上党，又遣人撤回何继筠等，遂令赵普晓谕诸将，解围而还。汉主亦上太行山而去。

后乾德七年，太祖遣人驰书于汉主，其书云：

> 太原土宇非远，而苗裔正朔不加者，比乃朕辇毂之下，难令外氏据而有之，比之卧榻之上，可容他人鼾睡耶？子今恃强，虎踞此土，若果有勇，早下太行，决一雌雄，庶几家国事定。否则干戈扰攘，岁无虚日，汝欲宁居巢穴难之难也。

汉主看罢，以示继元、继业。继业曰：“主人不必回书，听其兵来，臣自有退兵之策。”

后至开宝九年，秋八月，太祖命党进、潘仁美、杨光美、牛思进、米文义五路进兵，攻打太原。汉主慌与群臣商议退兵之策。继业曰：“须遣人求救于辽。”辽乃命耶律领兵三十万救之。继业设计，将五路之兵，尽皆杀败而回。耶律亦引兵回辽去讫。

太祖传位与太宗

却说开宝九年冬十月，太祖有疾，晋王入问安。太祖谓之曰："汝龙行虎步，他日当为太平天子，然必得贤宰执相辅佐也。朕幸西都，有一儒生，姓李，名齐贤，学问渊源，因其狂妄，朕彼时怒之，未及取用，至今尤悔，汝可擢为宰辅。有文臣，必要有武将。朕征太原，有一将，名继业，人号为令公，此人天文地理，六韬三略，无不精通，行兵列阵，玄妙莫测，乃智勇兼全之士，朕恨未获用之。他日汝破太原，获其人，当以兵柄授之。"又曰："朕因太后昔疾，曾许五台山降香。朕想此疾难瘳，倘谢尘之后，卿当代往酬焉。且太后遗命，深刻于心，此天位必传于卿，卿宜恪遵朕命，无负所托可也。"晋王曰："愿陛下万万春秋，臣安敢受之。"太祖曰："卿且退，来日定夺。"晋王遂退。是夜疾重，复召晋王、赵普入内，嘱付后事。太祖谓赵普曰："卿今为证，朕谨遵太后立长之命，将位传与晋王，日后亦当轮次传之，无负朕之心也。"言罢，命立盟书，置之金縢匮中。复命赵普及左右远避，召晋王至卧榻之前，嘱付后事。左右皆不闻声，但遥见烛影之下，晋王时或离席，若有逊避之状，复后太祖引斧戳地，大声谓晋王曰："好为之！"俄而帝崩，时已漏下四更矣。王皇后见晋王愕然，遽呼曰："吾母子之命，皆托赖于官家！"晋王曰："共保富贵无忧也。"有诗为证：

太祖之心却似尧，皇纲授弟弃如毛。
早知身后违盟誓，何似当初不与高。

太祖既崩，太宗即位，文武朝贺毕，奉王皇后为开宝皇后，迁之西宫，大赦天下，改元太平兴国元年。封弟光美为齐王，封德昭为武功郡王，封德芳为山南西道节度使、同平章事，封八王为殿前都虞候指挥使，兼南北招讨大将军，封子元侃为七王。文武大小，各升一级。

太宗既登大位，乃谓群臣曰："先帝有遗旨，命取太原、五台山降香二事，卿等说以何者为先？"曹彬曰："今国家甲兵精锐，驱之以剪太原孤垒，犹摧枯拉朽耳。太原一破，乘势往五台山降香，甚为便也。"太宗曰："恐去意不专，神弗鉴也。"曹彬曰："五台山在太原之北，今往降香，大辽战其前，北汉袭其后，进之不能，退之不能，非自罹于虎阱乎？且取太原者，即所以取往五台山之路也，神安得不鉴其诚？"帝意遂决。乃命潘仁美为北路都招讨使，统领崔俊彦、李汉琼、刘遇春、曹翰、米信、田重进分道征讨北汉，命党进为先锋。又遣郭进领兵三万往白马岭，以截大辽救兵，遂封郭进为太原石岭关都部署，郭进领兵去讫。

却说大辽萧太后，遣挞马长寿来问曰："宋何名遣兵伐汉？"太宗曰："太原乃朕地土，彼今据之，屡为遗患，殊为逆理，所以兴兵问罪。汝归告主，若不发兵相救，和约如故；苟或护之，无他说，惟有战而已矣。"长寿归奏萧太后，太后曰："南朝出言如此不逊，欺先帝之没故也。"大辽主贤卒，子梁王隆绪立，生有脚疾，尊母萧氏为太后，参决国事。至是遂遣南府宰相耶律沙为统军大元帅，冀王敌烈为监军，领兵二十万救汉。太宗兵屯绛阳，北汉主兵屯柳都，两军相对月余。

太宗一日升帐，仍将太原地理图看之。既毕，遣崔彦俊、石守信，各领兵五千，埋伏于太行山下，俟汉主败回，即杀出，截其归路。又遣李汉琼、刘遇春各领兵五千，埋伏于阴丘，俟汉主败走至此，即出兵截住，勿使其走入大辽；又遣曹翰、王全斌领兵三万，明日从东杀入柳都；遣桑锦、米信领兵二万，明日从西杀入柳都。又遣先锋党进、李继勋领铁骑一万，明日从中路杀进。又遣潘仁美领兵十万，攻打太原城。又命曹彬、张光翰为左右救护，各领铁骑五千。崔彦俊等领计去讫。

次日，北汉探马忙报汉主曰："大宋兵分三路杀来。"汉主曰："昔日宋兵侵害，被继业杀得不敢正视吾军，今日不幸业病，谁复为孤破敌？"言罢，潸然泪下。忽一人厉声曰："主上何效儿女子所为，彼虽有攻城之策，俺亦有守城之谋。臣请为主上破之。"众视之，乃宰相郭无为也。汉主曰："卿有何策？"郭无为曰："乞主上命臣调遣诸军将，臣自有破敌之策。"汉主曰："大宋兵临寨外，甚为危迫，孤今命宰相退之，但有诸军将不用命者，不必奏闻，即以此剑诛之。"无为跪授毕，即唤继喁、李勋领兵三千，从左杀出迎敌。又唤楚材、薛陀佳领兵三千，从右杀出迎敌。又唤渊平、方伯、任牛领兵一万，辅驾从中杀出。又唤张明为先锋，领兵三千，先出迎敌。又唤延惠、继芳领军一万，为左右救护。诸将领兵去讫。

却说宋兵三路大队小队杀到，宋党进一马当先，恰遇汉先锋张明，交马数合，被党进一刀斩于马下。汉兵见斩了先锋，尽皆弃甲奔走，宋兵一涌而来。汉主走回太原，见宋兵围着其城，遂不敢入，直走回太行山去。将至山下，忽一声炮响，万弩齐鸣，箭如飞蝗，汉主马上泣曰："不想此处有兵，阻隔归路，孤无栖身所矣。且诸将为孤受苦，此心何忍！"遂拔剑欲自刎，诸将苦劝曰："莫若奔走白马岭，投于大辽，再作区处。"汉主从之，走至阴丘，忽见宋将李汉琼截住去路，又听得背后喊声大震，北汉君臣在马上吓得面如土色，魂不附体。汉主曰："命合休矣！"后军渐近，众视之，乃佘氏令婆领兵杀来，众方心定。

令婆既到，即问曰："太原城何如？"汉主曰："太原城被宋兵围住，孤不敢入。"令婆曰："既太原未失，妾当杀条血路，保驾入城，以待辽之救兵。"汉主允之。于是令婆打白令字旗，当先冲杀，宋兵望见，纷纷逃窜。杀到城边，赵文度见是汉兵，慌开门迎接。入城，汉主坐定，谓文度曰："此城赖卿守护，待退敌之日，孤有重赏。"又问令婆曰："汝何知孤之遭难？"令婆曰："夫病少愈，夜观天象，知主上杀败受困，令妾今日领家兵救护。方下山来，一军拦路，被妾杀败，复捉得一卒问之，说主上往白马岭去了，故径赶来救护。"汉主曰："设使继业在军，岂容南蛮如此横行！"叹罢，又问群臣曰："大辽救兵不至，何也？"忽一卒禀曰："日前杀败，小卒诈作宋军，混入宋营，听得宋主遣上将郭进，领雄兵三万，屯于白马岭，阻截辽兵。辽遣耶律沙、敌烈领兵二十万，至白马岭，耶律沙谓敌烈曰：'白马岭下有一大涧，待军兵齐到，设计渡之，不然倘吾军半渡，宋人出击，吾等皆休矣。'敌烈曰：'宋人缘何就知军未全至？驻扎于此，彼谓吾怯。且兵贵神速，渡之无妨。'及渡涧登岸，未摆成阵，郭进驱军，一齐杀至。辽兵纷纷投涧死者甚众。敌烈被宋乱兵砍死。耶律斜轸正引军巡逻，闻辽宋交兵，急驱军至，只救得耶律沙数十人而已。"汉主听罢曰："天何生我受宋之荼毒如此耶！"言罢，又报潘仁美引兵来索战。令婆曰："待妾出马，砍宋人几颗头来，彼始不敢逼城。"汉主曰："汝固勇矣，争奈彼众我寡，何可轻动！"令婆曰："主上勿忧。"遂披挂出城，与仁美交锋，只一合，令婆佯败，拈弓抽箭，扭身回射仁美。仁美左股中箭，落于马下。令婆骤马向前，来砍仁美。部将洪先急救，乃与令婆交战三合，被令婆一刀砍于马下。洪后见斩其兄，大怒，出马骂曰："泼妇焉敢如此无礼。"遂与令婆交马数合，亦被令婆斩之。党进在西门攻打，听得南门被令婆斩了洪先兄弟，遂直杀来救护。乃与令婆交战，数十余合不分胜负。令婆乃将绊马索，套住党进马脚，用力一扯，党进人马俱皆跌倒。令婆正欲向前擒之，忽听鸣金收军。令婆入城，乃问汉主曰："主上何为收军？可惜不曾砍得党进。"汉主曰："孤见曹翰一军杀到，又见王全斌、米信、桑锦、曹彬四面乌聚云屯杀到，恐汝有失，故此收军。"不在话下。

却说太宗闻知潘仁美中箭，斩了洪先兄弟，绊倒党进，心中大怒曰："捉此狗妇，砍为肉泥，朕心始休。"乃督三军攻打，又令筑长连城，以围太原。城上矢石，交下如雨，宋兵亦不敢逼近。汉主城中，粮饷将绝，外面又无救兵，城中大惧。太宗亲督军士，攻打严急，见其城无完堞，恐城破尽伤人民，乃写手诏，谕之速降。使者至城下，不放入去。太宗怒，命诸将尽穿重甲，列阵城下射之。箭如猬毛，城中危急。太宗复诏谕之曰："汉主速降，当保始终富贵。"汉主于是夜遣李勋，奉表乞降，太宗许之。

次日，太宗入城，登于城台，张乐筵宴诸将。汉主率官属，缟衣素帽，待罪台下。太宗赐袭衣玉带与汉主，召其升台。汉主升台，叩头谢罪，太宗释之。遂授检校太师右卫上将军，封彭城郡国公，赉赏甚厚。汉主谢恩毕，太宗乃命刘保勋知太原府事，保勋受命不题。

太宗招降令公

太宗既封汉主，遂问之曰："卿之继业，不见临阵，何也？"汉主曰："患病在太行山也。"太宗曰："不知愈否？"汉主曰："病已稍瘳。"太宗曰："朕今特赐诏，拜为代州刺史，卿遣一心腹同使臣赍去。"汉主遂遣令婆偕行。

使臣既到太行山，令婆与使臣言曰："夫君性极刚烈，待妾先回告之，大人随后而来。"是时继业病已全愈，正欲起兵下山，忽见令婆回来，遂问曰："主上与宋人交战，胜负何如？"令婆曰："今献城降矣。"继业惊曰："何不驱兵死战？战不胜，宁死社稷，见先君于地下，庶几无愧。奈何甘心屈膝，北面事人，以受万世之唾骂乎！"令婆曰："宋君遣使臣赍诏来，封夫主为代州刺史，妾特先来相告。"令公曰："使者来送死耳，待我亲手刃之，然后起兵杀下太行，救回主上，恢复太原疆境。"令婆急谏曰："不可作此灭户之事，吾观宋主龙行虎步，乃真命天子。"令公不听。及使臣至，令公持刀去杀，令婆急抱住。不期患病新愈，又闻汉主降宋，怒气攻发旧病，大叫一声，昏闷倒地。众人扶起，默默无言，令婆急令使臣下山。

使臣回到太原，进奏曰："继业不肯归降，且欲杀臣，幸令婆遮拦。不知何故，大叫一声，昏闷倒地，臣即脱逃走回。此人抗命，乞发兵问罪可也。"太宗曰："忠义士也，朕甚爱之。"复遣党进赍诏去，特加督同上将军。党进领诏去讫。

却说继业养病一日遂愈。是夜出观天象，见宋主之星，炯炯临于幽蓟，乃叹曰："此天命也，非人所能为也。吾之病作，不能行兵护主，皆天意所在。"令婆曰："幸昨未斩来使，尚有可归之路。"令公曰："说甚话！国破臣亡，此正理也！岂可苟且贪生，以图富贵，而作不忠不义之事乎！"言罢，吟诗一律：

奋中蒙耻事堪嗟，回首何方是故家？
凄怆太原城上月，照人情泪落胡笳。

次日，党进赍诏至，继业不受。忽郭无为又至，言曰："主上传言，事已定矣，抗拒枉然。"继业曰："誓死九泉，决无受职之理。"汉主又遣一嬖臣至，言曰："主上专谕将军来降，假主死于此，臣当殉之；今日不来，即反臣矣。"继业曰："本全臣节，反以悖逆责我。"遂曰："既要我降，烦党将军回奏宋主，从请三事，则下太行，不然，此头可断，此膝难屈。"党进曰："是那三事？"继业曰："一者惟居汉主部下，不受大宋之职；二者惟听宋君调遣，不听宣召；三者我所统属，斩杀不行请旨。"言罢，党进竟回太原，奏曰："继业说要圣上依他三事，方来归降。"太宗曰："那三事？"党进日如此如此。太宗曰："不受宋职，这件怎生依得！既不为臣，要他何用？"汉主奏曰："陛下且姑顺之，待他既降，厚恩以结其心，不愁不受职也。"太宗然之，遂命党进复去太行山招之。党进领旨，复到太行山，与继业言曰："前三事，圣上允之，请将军收拾下山。"继业遂命家兵载了辎重，同党进来见太宗。

太宗见令公表表威仪，昂昂意气，恰似猛虎形状，乃大喜曰："朕得太原，何如得令公也。"遂赐姓杨。是日命排筵宴，犒赏令公，令婆、七子、二女，俱与其席。酒至半酣，太宗曰："朕受先帝遗旨，命往五台山降香，不知程途还有多少，将军肯保一往否？"继业初见太宗赐姓筵宴，亦不甚以为意，及在筵中，见太宗情词款曲，欢若平生，心下思忖太宗之局量，真帝王也，倾心悦服。因太宗之问，遂对曰："蒙万岁厚恩，臣愿保驾。"太宗大喜，即日下命着党进、李汉琼、潘仁美，引大军望五台山进发。军士在途，旌旗队队，剑戟棱棱。既到太行山，只见那山，峰峦峭壁，石垒嵯峨，高哉几千仞也。有诗为证：

一上坡兮复一坡，群峰岂敢并嵯峨。
人间平地远如许，头上青天高不多。
折桂手堪扳月窟，吟诗笔可蘸银河。
此间便是神仙境，比那蓬莱更若何？

当日过了太行山，不数日到了五台山。太宗驾至山门，果好一个寺院，但见：

四围有千丈青松，明晃晃一轮月上映龙鳞；万竿茂竹，滑刺刺一阵风来摇凤尾。内创立五方佛殿，霞光闪闪，常住半空中；两廊僧舍，香篆氤氲，翠盘方丈内。古的白怪，咭叮骨都太湖山；七长八大，如来释迦牟尼佛。前创三门十二架，后起法堂五百间。敲动木鱼惊地狱，撞来钟鼓震天关。地不爱道，活活生下一座五台山；人修善愿，巍巍立起大雄成胜景。

太宗正欲进寺，只见五百僧人，齐来跪下迎驾。太宗入寺，盥手降香毕，亲步遍山游玩，乃吟诗一阕：

扶筇登绝巘，好景迈平川。
潭印禅心寂，松邀野鹤还。
红云瞻汉阙，宝阁接天关。
归路斜阳里，钟声起暮烟。

太宗吟罢，长老迎归方丈歇息。

次日太宗问长老曰："天下寺宇景致，还有胜于此者？"长老奏曰："此寺非民间财物创立，乃唐朝则天娘娘所建。天下寺院，无有胜于此者。"太宗曰："诚哉是也，使非朝廷钱粮，不能有此等大规模也。"忽潘仁美奏曰："闻有个昊天寺，赛过五台。"太宗曰："昊天寺在何处？卿既知之，辅朕游玩一番，有何不可。"八大王忙奏曰："昊天寺在幽州，与萧后接壤境界，倘辽人知之，发兵劫驾，岂非自诒伊戚？乞陛下休听仁美之言，即日班师回汴，乃万全之策。"太宗不听，乃曰："卿放心，辽人知朕取太原如折枝然，心胆寒矣，尚敢兴兵来相犯耶？"大辽细作贺君弼，见太宗驾往昊天，星夜差人奏知萧太后。太后闻之大喜，遣使会同五国番王，急发兵来围困宋之君臣，不在话下。

却说太宗离了五台，驾到辽东连界之所，前军报曰："北辽有兵杀到。"太宗曰："何人迎敌？"渊平滚鞍下马，应声曰："小将愿往。"太宗曰："有虎父，即有虎子。"遂命领兵三千迎敌。渊平出马，与辽将麻里庆忌交战十余合，庆忌大败，逃遁去了。渊平收军，保驾入幽州去讫。

太宗驾幸昊天寺

太宗次日出城，往昊天寺玩景，有诗为证：

乘舆迢递访名山，遥望西天咫尺间。
对月谈经诸佚伜，向阳补衲老僧闲。
云浮瑞气苍龙起，松引风清白鹤还。
到此一尘浑不染，更于何处觅禅关。

太宗游玩既毕，驾回幽州歇息。是夜三更，城北喊声振天，及天明，辽兵将幽州城围了。太宗曰：“朕一时游玩心胜，未可八大王之奏，今日果有此难。”言罢，杨令公奏曰：“此去雄州甚近，陛下速遣人召魏直、杨雄，引军急来救护。”太宗曰：“番将围得甚紧，怎生出去？”渊平曰：“小将愿往。”太宗曰：“卿去，宜谨慎。”

渊平辞帝上马，领军杀出南门。土金秀、土金寅引兵拦路。与平交战数合，败走。渊平不赶，直望雄州而去。既到雄州，魏直接至衙内，看了手诏，即与牙将杨文虎、杨清等引军十万，竟到幽州。离城十里之外，渊平乃与魏直言曰：“将军暂驻于此，小将单骑杀进城去通信，做个里应外合。”魏直曰：“此言正合我意。”渊平遂骤马杀入城中，奏知太宗。

太宗曰：“救兵既至，传令明日里应，勿得有误。”令公奏曰：“臣还有一计，才保陛下无危。”太宗曰：“卿有何计？”令公曰：“赦臣四子延郎死罪，命他假装陛下，出北门城降，臣保陛下出南门，方可脱得此虎阱也。”太宗依其计而行。

令公遂遣六郎保驾，五郎保八大王，二郎三郎为左右救应，七郎为先锋。倘有迟慢，不遵令者，处斩。忽阶下一人言曰：“臣亦有活捉萧后之计进奏。”此人是谁？乃王殷也。太宗曰：“卿试言之。”王殷曰：“令公父子保驾出城，留小臣在城上，擂鼓呐喊助威；待陛下离了幽州，然后献城诈降，萧后必任用。待万岁他日发兵来讨，臣于内传递消息，定要活捉萧后。”太宗可之。

次日，令公保驾出城。太宗谓之曰：“卿为朕揉尽肝肠！”令公曰：“虽肝脑涂地，亦职分当然，陛下何以出此言与！”太宗于是将降书遣人送与萧后。萧后尚不深信，着人打探消息，说北门大开，推出一辆逍遥车辇来，车上端坐宋主，头带冲天冠，身穿赭黄袍，盖着一把黄罗伞。大辽军士俱来看宋主出降。不想令公留王殷守城，父子五人并诸将保驾出南门去了。惟遣河东三百敢死军与渊平护四郎，摆驾出北门诈降。

辽将天庆王接见车辇，言曰：“请大宋皇帝下车相见。”四郎不答，天庆王又曰：“宋主无礼，既来归降，何不下车！”不防渊平在后，拈弓搭箭，将天庆王射死。四郎催军急出，既到护城之外，又遇辽将韩得让。得让不知渊平射死天庆王，亦在马上欠身施礼。四郎不答，目视执伞者，伞柄是条长枪，执伞者会四郎之意，将伞柄向四郎；四郎即抽出枪来，望韩得让项下一刺，得让落马而死。四郎跳上马，与三百敢死军，望南杀去。萧后听知宋主诈降，又杀了韩得让、天庆王，心中大怒，催军望南掩杀不题。

却说令公等保着太宗出城，走至五十里路外，太宗问曰：“不知四郎何如？”令公曰：“陛下不必挂他，只保重前进可也。”正行间，韩延寿引一军拦路。太宗大惊，手足慌乱。六郎曰：“陛下勿惊，小将砍此贼来。”言罢，出马杀退延寿，保驾走至乌泥丘。太宗下马坐定，查点军士，不见令公、七郎，乃曰：“为朕之故，父子兄弟离散，情实堪悲。”又谓六郎曰：“卿何忍心，不去救汝父兄？”六郎曰：“臣保圣上，父兄难顾，非心忍也。”太宗起身瞭望，只闻一处呐喊甚急，与六郎言曰：“此呐喊之处，汝父必在其内。卿既尽忠，保朕离难，又当尽孝，去救汝父。”六郎曰：“去则谁保陛下？”太宗曰：“朕自有计策，汝当速去。”六郎遂上马，杀奔呐喊之所而去。

太宗既遣六郎去了，乃与诸将入高州城。未及一饷时，辽兵涌至，将城围了。太宗上城，只见城下辽将耶律仲光大叫：“宋君早降，免受万刀之苦。”太宗曰：“六郎去了，谁破此围？”言罢，忽城北三骑飞到，将辽兵杀散入城，乃令公、六郎、七郎也。不在话下。

却说萧后大获全胜，王殷开城投降。萧后入城，遂与群臣商议，立国于幽州。萧后设朝，与诸将言曰：“宋主用诈降走了，但不知生擒几人？”众将曰：“生擒十人，俱是宋名将。”太后曰：“名将成擒，丧尽宋人胆矣。”遂命拥出擒将来看。须臾番人推十将于阶下，延朗挺立不屈，萧后骂曰：“蛮狗不跪，将欲何为？”延朗厉声应曰：“误遭贼奴之手，惟有一死，又何为哉！”后怒，命推出一齐斩之。延朗全无惧色，亦怒曰：“砍了万事便休，怒之何为！”言罢，延颈待砍。太后见其慷慨激烈，神采超群，心甚爱之，谓萧天左曰：“意欲将琼娥公主招赘此人，卿言何如？”天左曰：“纳叛释降，王者为也，娘娘所见极是。”后曰：“但见此人刚毅之甚，今恐不从；即使肯从，后来或生变患，不如不招之为愈也。”天左曰：“深恩厚德以御之，何虑不服？”后曰：“卿为良媒，试与言之，看有何词。”天左领旨，遂与延朗言之。延朗忖道：“君父尚在，何为轻生而死！莫若且姑顺之，留此窥其衅隙，以图报复，胜于一死。”沉吟良久之间，遂曰：“蒙娘娘免死，幸矣，何敢过望婚配。”天左曰：“怜君状貌魁梧，故有是举，不然何由得生，君勿固辞。”延朗遂首肯之。天左以允情奏后，后命释之，乃问曰：“汝姓甚名谁？”延朗心下思忖，若说实名必不相容，遂以杨字拆开，妄对曰："臣姓木，名易。"后曰："汝居宋何职？"延朗曰："臣为代州教练使。"后喜，命备衣冠，择日与琼娥公主成亲，不题。

却说太宗回到汴梁，宣杨业于便殿，抚慰之曰："朕离陷阱，赖卿父子之力，但渊平等生死不知何如？"业曰："渊平性颇强梗，生必不保。"言罢，侍臣奏曰："逃回军士，说萧后怒渊平射死辽帅天庆王，驱军重重围定，渊平与河东三百敢死军，俱皆遇害，并未走脱一人；二郎延广，被辽兵射落马下，众军蹂踏而死；三郎延庆，被一阵短剑军乱砍而死；四郎延朗被辽兵绊倒其马，活捉而去；延德不知下落。"太宗闻奏，惊曰："数子尽遭诛戮，寡人过也。"哽咽哀悼之甚。业曰："蒙圣上深恩，誓以死报，今数子丧于王事，得其所矣，陛下哀之，不亦过乎！"太宗曰："噫，是何言也！此难非数子力敌，朕一命休矣。当特赠，以报其死。"言罢，令公辞帝退出不题。

太宗敕建无佞府

次日太宗下命，封呼延赞御禁太尉、沧州横海郡节度使，杨令公左领军卫大将军、归命无佞侯、三营总管、中正军雄州节度使，杨延昭仓典使、迎州防御使、三千里界河南北招讨使，杨延嗣三关排阵使、潞州天党郡节度使。又以渊平等死于王事，俱追赠为侯，立庙以祀之。以六郎之名犯武功郡王之讳，敕赐名景，又将金花柴郡主赐配，以彰独力救朕殊勋。六郎谢恩毕，太宗复下命于天波门外，金水河边，建立无佞府一所，与令公居住。又赐金钱五百万，与令公盖一座清风无佞天波滴水楼，以旌表之。有诗为证：

忠义全家为国谋，捐生保驾出幽州。
九重宠异殊勋绩，特立清风无佞楼。

太宗封赏毕，杨令公等谢恩出，至无佞府安置家眷住下，竟往雄州任所去讫。

却说大辽耶律休哥等，听得耶律呐在汾阳战胜宋兵，遣人奏萧后进兵以取汴京。后设朝与群臣商议南下，右相萧挞懒奏曰："小臣愿领兵二万前去，向宋取金明池、饮马井、太原城。如大宋肯还此三处，则暂屯兵于隘，俟其衅隙。不然，则起倾国之兵，攻其土门。"挞懒得旨，即日与大将韩延寿、耶律斜轸，引兵从瓜州南下。

声息传入汴京，近臣奏知太宗。太宗怒曰："贼骑屡寇边廷，朕今亲征，以雪幽州之耻。”寇准奏曰：“陛下车驾频出，轻亵万乘之尊，而无威望震服天下，使北番渺视，不以为意。依臣之见，命一大将征之足矣，何劳圣驾亲出。”太宗曰：“谁可领兵前去？”寇准曰：“潘仁美边情谙熟，命统军征之。”太宗允奏，即降旨授仁美招讨使、统军都元帅，领兵征剿北辽。

仁美领旨回府，忧形于面。其子潘章问曰：“闻大人领兵北伐，威权极矣，何为不乐？”仁美曰：“缺少先锋，故怀忧也。”章曰：“大人何忘之，杨业可矣，向日之仇，由此不可以报乎！”仁美一闻章言，喜不自胜，次早进奏曰：“乞陛下授杨业父子为先锋，同进征辽，则贼不足破矣。”太宗允奏，遣使往雄州调遣杨业，诏曰：

北番入寇，朝野怔忪。今命仁美为行营招讨使，尔业父子三人为先锋，征剿辽贼。诏命到日，即赴代州行营听用。毋违。

使臣赍诏既去，寇莱公赴八大王府中言曰：“仁美怨恨令公，深入骨髓，今举为先锋，只恐害之，误国大事。”八王闻说大惊，即入奏曰：“令公昔射仁美，今举为先锋，恐仁美挟仇肆虐，于军不利。”仁美即趋前奏曰：“今共王事，即系一家，岂有家人而害家人之理乎？臣决不效小人之所为也。”太宗心亦持疑，遂命呼延赞为救应使。

潘仁美等领兵十万，离了汴京，不日至代州。代州傅昭亮率众迎接，仁美入公馆坐定。昭亮参毕，仁美问曰：“汝知某处可以下寨？”昭亮曰：“此去西北，地名鸦岭，可以下寨。”仁美遂引军至鸦岭，刚立营寨，军士报韩延寿领兵搦战。仁美大怒，披挂上马。韩延寿杀到，仁美令刘均期出战，交马十合，均期中鞭负痛走回。又令贺怀出战，交马二十合，贺怀中箭，败回本阵。仁美见二将俱败，亲自奋勇杀出，交马十合，亦败而回。

次日，仁美升帐言曰：“此贼本领甚好，急难破之，将奈之何？”

王侁曰：“此贼惟杨先锋可以抵搪，在他人则不能矣。”仁美曰：“杨家父子，因何不到？”言罢，军士报杨令公参见。父子三人下马，入见仁美。仁美怒曰：“军令刻期不到，处斩。今汝为先锋，犹为吃紧。今既违法，当得何罪？”遂唤刀斧手推出辕门斩首示众。有诗为证：

一作先锋是祸胎，谗邪怀忿害英才。
兹辰继业无先见，何事迟迟不早来？

六郎向前告曰：“辽发三路军兵，杀至三关，小将父子战退方来，是以违了限期，乞太师宽恕罪名。”呼延赞在旁劝曰：“乞元帅姑免其罪，待明日出阵立功赎之。”仁美依劝，遂放了令公父子三人。仁美暗想，延赞在军监守，难以谋害令公，遂心生一计，乃谓延赞曰：“军中缺少弓箭等件，汝往代州取来应用。”延赞辞别仁美，竟往代州去讫。

令公辞别仁美，退回本寨，至夜仰观天象，大惊，见太白星引着尾宿入于鬼宿之中，乃曰：“老汉数难逃矣！”次日，令公参见仁美言曰：“彦嗣引军掳掠蔚朔，二城空虚，可令吾儿六郎领兵埋伏于二城连境之所，以邀截其接应之兵；业领一军，袭蔚朔二州山后，则大辽九州，唾手可得矣。”仁美曰：“老匹夫！你倒是好，你父子远去避锋，令我于此处当敌！”令公曰：“无妨，着呼延赞保元帅，深沟高垒以拒延寿，不旬日，业领得胜之兵，回来破之，有何难哉！”仁美曰：“舍近取远，倘若不胜，反伤锐气。”言罢，忽报辽兵索战，仁美着令公出马。令公曰：“今日日辰不利，北人不知书义，故无所忌。我南方知书，每事择日，故有所忌讳。且贼势甚盛，姑避其锋，待他军兵少懈，驱兵杀出，必获全胜。”仁美曰：“周以甲子日兴，纣以甲子日亡，择甚吉日？今汝为先锋，千推万托，惧怯如此，何以激励诸军？速披挂出马，再勿饶舌！”护军王侁言曰：“将军素号无敌，今见敌退托不战，得非有他志乎？”令公曰：“业非畏死，时有未利，徒伤其生，不能立功。业乃太原降卒，其分当死，荷蒙圣上不杀，授以兵柄，今遇敌岂敢纵之不击？盖欲伺其便，以立尺寸之功，以报圣上之恩耳。然诸君责业有异志，不肯死战，尚敢以自爱乎！当为诸君先行。但陈家谷，诸君幸于此处张设步兵强弩，以相救也，不然无遗类矣。”言罢，上马领兵出寨，言曰：“元帅只要设谋报复私仇，不想误国大事。”忽抬头望见辽之旗帜，大惊，挥泪言曰：“哀哉，痛哉！今生已矣！”六郎曰：“大人何出此不利之言？”令公以手指曰：“那里不是伤生之兆？”六郎定睛望去，只见辽兵旗上，前画一羊，后画一虎扑之。六郎曰：“凶吉此何足凭，仗天子洪福，自足以胜之矣。”有诗为证：

遥见番旗虎扑羊，令公两眼泪凄惶。
圣朝福纵如山重，难保英雄不丧亡。

令公狼牙谷死节

大辽元帅斜轸闻杨业出战，遣复都部署萧挞懒伏兵于路，又遣土金秀出战。令公命六郎出马，交战四十合，土金秀败走，父子三人引兵赶杀而去。

却说仁美心欲害令公，因其临去有埋伏之言，亦假意与王侁等列阵陈家谷。自寅至午，不得业之消息，使人登托逻台望之，又无所见，皆以为辽兵败走。欲争其功，即一齐离谷口，沿交河南进。行二十里，闻业战败，仁美暗喜，引诸军退回鸦岭去了。

令公与萧挞懒战，且战且走，走至陈家谷，见无一卒，抚胸大恸，骂曰："仁美老贼，生陷我也。"大辽韩延寿领兵如蜂集，重重围定令公父子。七郎曰："哥哥保着父亲在此宁耐，弟单骑杀回，取兵来救。"令公哭曰："儿去小心，老父今生恐难见汝矣。"

七郎上马撞阵，辽兵不防单骑杀来，被七郎走出谷口去了，直至鸦岭大寨下马。时九月重阳，仁美与诸将赏菊，作乐饮酒。有诗为证：

月下捣衣何处声，四星带户夜沉沉。
篱边黄菊几年梦，天畔白云千里心。
酒兴那知风落帽，笳声岂惹泪盈襟。
狼烽不息貂裘敝，忍听晴空只雁吟。

七郎到寨下马，叫军士快禀元帅："杨延嗣回取救兵！"众人曰："元帅正在饮酒，汝慌怎的？"七郎大怒，拔剑出鞘，喝退众人，直至帐前言曰："禀元帅得知，小将父兄被辽将围于陈家谷口，乞元帅早发军士相救。"仁美曰："无敌者，汝父子之素号也，今何亦被人围！"七郎曰："非小将父子不能战斗之罪，乃明公不听吾父之言，不肯伏兵谷口，遂遭此难。"仁美怒曰："这畜生，到指下我的过来，今日仗剑入帐，越分凌上，殊为可恨。"喝令军士推出斩之，以正军法。刘均期等劝曰："七郎虽有罪，且看昔日保驾之功，饶他也罢。"仁美遂将七郎放了。是夜，叫军士将酒灌醉七郎，缚于树上，以乱箭射之，胸前攒聚七十二箭。七郎既死，仁美令陈林、柴敢抬尸丢于桑干河内。

陈、柴二人次早抬向河边，一丢下去，其尸倒漂上岸。二人大惊曰："神哉，神哉，英雄屈死，魂灵不散如此！且七郎乃保驾功臣，朝廷他日究出根由，其祸不小。咱两人莫若假做抬病军，竟往南燕告知八大王，方可杜绝我你后患。"柴敢思忖良久，言曰："一则雁门难过，二则咱等非亲骨肉，难待他们伸冤。"说罢，只见北方一骑马来，二人视之，乃六郎也。六郎曰："吾弟回取救兵，你二人知否？"二人乃将前情告之。六郎听罢，放声大哭。陈林曰："将军休哭，急往汴京进奏，我二人作证。"六郎曰："父今围困谷中，危在旦夕，怎生去得？"踌躇半晌，乃曰："我去问潘招讨取救兵，又是送死。烦汝二人请呼将军出来商议。"陈林曰："呼将军取军器，还未回营。"六郎曰："既未回来，我往代州，要之于路。汝二人回寨，切莫说我回取救兵。"言罢，辞别上马而去。

二人将七郎尸首埋之，回寨。正禀复仁美，忽一卒进报："六郎单马回来，不入本寨，竟往南方去了。"仁美曰："谁去擒之？"陈林、柴敢应声曰："某二人愿往。"仁美遂命领兵三千赶之。

却说六郎迎见延赞于路，泣曰："叔父救我。"延赞曰："有何苦情？”六郎将其事一一诉之。延赞曰：“且去救了汝父，后奏朝廷，与七郎伸冤。”忽陈林、柴敢领兵赶到，诉说仁美如此如此。六郎曰：“汝二人将欲何为？”陈林曰：“某恐他人领兵伤害将军，故仁美问罢，某二人即应声，愿领兵追赶，天幸仁美依随。今某引此军同去破围救老将军也。”六郎称谢，遂与延赞等望陈家谷而进。

却说令公见二子不至，恐军士饿死谷中，乃引兵出战，恰遇土金秀，交马数合，金秀诈败。令公战昏，错认路径，只说是出路，一直杀去，不见了土金秀。抬头一看，只见两山交牙，树木茂密，竟不知是何处，心下十分慌张。遂着小卒问乡民，须臾小卒回报，乡民说是狼牙谷。令公大惊，暗忖羊遭狼牙，安得复活？遂引众奋勇杀出，砍死辽兵百余人。再策马前进，其马疲瘏，不能驰骤，令公遂匿深林之中。耶律奚底望林中袍影射之，遂射中令公左臂。令公怒，复赶杀出林，辽兵四散走了。令公遥见前山一庙宇，乃引众军往视之，却是李陵之庙，遂下马题诗一律于壁间云：

君是汉之将，我亦宋之臣。
一般遭陷害，怨恨几时伸！

题罢，命众军士屯止予庙。耶律奚底唤军士不必逼近，被其所伤，只在谷口困之，俟其粮绝饿死，往枭首级。众军得令，尽退守谷口。

却说令公见辽兵不来索战，遂绝食三日，不死，乃与众人言曰：“圣上遇我甚厚，实期捍边讨贼，以仰答之。不意为奸臣所逼，而致王师败绩。我尚有何面目求活！”时麾下尚有百余人，又谓之曰：“汝等俱有父母妻子，与我俱死无益，可走归报天子，代我达情。”众皆感激，言曰：“愿与将军同尽。”令公忖道：“外无救援，辽兵重围，毕竟难脱此厄；且我素称无敌，若被辽人生擒，受他耻辱。不如趁今早死之为愈也。”主意已定，乃望南拜曰：“太宗主人，善保龙体，老臣今生不能还朝再面龙颜矣！”言讫取下紫金盔，撞李陵之碑而死，年凡五十九岁。众军士见令公既死，遂奋激杀出谷来，尽被辽兵砍死，止逃走二三人而已。后静轩先生有诗叹云：

力尽锋销马疲隤，堪悲良士不生回！
陵碑千古斜阳里，一度人看一度哀。

后人又有诗赞其守节：

铁石肝肠断断兮，甘心就死李陵碑。
棱棱正气弥天地，烈日秋霜四海知。

卷二

六郎怒斩野龙

却说呼延赞等径往陈家谷救令公，忽路逢一番将，六郎问曰：“来者何将？”曰：“我野龙也。”六郎曰：“汝知吾父在何处？”野龙曰：“汝父迷失出路，杀进狼牙谷去，被我等围住，不能得出，遂撞李陵之碑而死。首级被土金秀枭了，送往幽州献娘娘去了。只有金刀吾得在此，汝敢来夺耶！”六郎听罢大怒，纵马直取野龙。野龙亦奋勇交战，三合，被六郎斩于马下。六郎下马取了金刀，大恸，昏倒于地。呼延赞劝曰：“汝今哭死，也是枉然，莫若入京辨冤。我等助汝救父，命令不自仁美老贼，亦难回寨，只得去落草。待汝的消息，方可来与汝作一证见。”言罢，相别而去。

六郎一人一骑出谷，正遇辽将黑嗒，交战数合。忽山后一骑杀来，手持一斧，劈死黑嗒，杀散众兵。六郎视之，乃兄延德也。兄弟下马，相抱而哭。延德曰：“此辽贼巢穴，不可久停，且随我入山，相诉衷曲。”六郎跟五郎到五台山方丈坐定，六郎曰：“当时与哥哥战败，离散之后杳无音信，却缘何到此出家？”延德曰：“当时鏖战辽兵，势甚危迫，料难脱身，遂削发为僧，直至五台山来。日前人道辽宋交兵，又望见陈家谷口杀气腾腾，心下十分惊跳，特下山来，只见吾弟受敌，但不知父亲安在？”六郎将父弟遭害，诉说一遍，五郎大哭曰：“父弟之仇，不共戴天，何得不报！”六郎曰：“小弟今回汴京奏帝，报此冤仇。”五郎曰：“不必京去，今我起五百僧，杀到仁美营中，将老贼碎尸万段，岂不胜于奏朝廷乎！”有诗为证：

觉海澄清已数年，风波一旦起滔天。
只因奸宄戕根本，恨不须臾雪却冤。

六郎曰：“不可。仁美，圣上所敕命者，如此杀他，是反朝廷矣。不是伸冤，到去结冤。”五郎曰：“这等说，我将父弟追荐，你快去京奏帝，代拜母亲：今生不得图家庆，承颜膝下，以尽子道也。”六郎遂拜别回京。

行至黄河，乃去与把守官索取路引。及见那把守官，大惊，那官不是别人，乃仁美之侄潘容也。仁美恐六郎逃回，先着潘容在此把渡。六郎见之，竟往东北走了。潘容见是六郎，遂跳上马，加鞭追之。至一湾内，六郎见无船只，乃沿河而走。忽见芦苇内，有一只渔船，坐着两人。有诗为证：

一叶扁舟碧水湾，往来人事不相关。
网收烟渚微茫外，钓下寒潭远近间。
沽酒每同明月饮，忘机常伴白鸥闲。
泽梁况复官无奈，抚髀长歌任往还。

六郎正在慌间，见渔船叫曰：“渡我过去，送汝船钱！”那船上老者问曰：“你那里去，有甚公干？”六郎曰：“小生汴梁人氏，母病危笃，回家看觑。”那老人认是六郎，横舟接上。潘容在后叫曰：“那人是贼，你休渡他过去。”梢子不听。潘容拈弓，正欲发矢，不防芦苇中走出一汉，将潘容一棍打落马下，连人带马，攛入河内丢了。那船又近岸，接着那汉子上船过了河。

三人引六郎直至一庄。入于堂上，三人纳头便拜。六郎亦拜，乃曰：“蒙君救命，恩莫大焉，又何为礼拜？”那后生又曰：“郡马你何忘了？小人原居太原，母死无钱安葬，夜入郡马府中，盗些财物，被令公拿住询问，遂怜悯小人，赐钱葬母。后因家贫来此捕鱼过活，偶逢恩人遭难，特相报也。”六郎曰：“尊姓贵名？”那人曰：“小人唤做郎千，此老的，是吾父亲，此小的是吾弟郎万也。”六郎听罢相谢，即辞别欲行。郎千曰：“屈留一宵，少伸薄意。”六郎乃宿其庄。次日辞别，郎千言曰：“郡马别后，吾等亦他往矣。”

六郎相别，行至汴京城外，腹中饥饿，下马入店，买饭充饥。只听得市中人三三两两说：“杨家父子反了，潘元帅表奏朝廷。太宗闻奏大怒，将杨家府家属，尽皆拿赴法曹；幸得八大王奏过，暂囚天牢，待遣人边廷体访，果真反了，斩犹未迟。”六郎听得大惊，思忖：父死狼牙，母囚牢狱，致使我有家难奔，冤屈如此。遂悄悄入城，不敢入无佞府去，只在酒馆安歇，不在话下。

却说萧挞懒屡奏萧后，发兵取宋基业。萧后遂欲出旨，遣将南下。忽贺驴儿曰：“大宋国中，武臣策士车载斗量，岂一战得捷，便谓中国可图？臣窃料之，殆有不可。但臣有一计，能使娘娘驾坐汴梁，而宋人无术可救。”萧后曰：“卿是那条计策，若此之妙？”贺驴儿曰：“臣假扮南人，投入汴京，凭着一生学力，定要进身侍立宋君之侧。俟其国中略有衅隙可攻，即传信来报。然后娘娘兴兵南下，始保万全无失，而中原唾手可得。”萧后喜曰：“倘若功成，我定裂土分茅，但恐后难认汝。”于是心生一计，遂向左脚心刺“贺驴儿”三个珠砂红字为记。萧后又问曰：“卿去改换甚名？”贺驴儿曰：“改名王钦，字招吉。”萧后遂亲赐酒三杯。驴儿饮罢，拜辞，即日起行，望雄州而进。贺驴儿，乃左贤王贺鲁达嫡子也。

却说六郎闷闷无聊，纵步闲行，啸口歌曰：

仰观天苍苍，俯察地茫茫。
天地亦何极，人命如朝霜。
灵椿狼牙殒，萱花缧绁伤。
慈乌反哺心，悲思结衷肠。
夜夜吐哀音，涕泪沾我裳。
圆景淡无光，浮云惨不扬。
奸贼肆毒害，吁嗟痛凄惶。
谁走告天子，为我作主张？
俟头饮上方，黄泉耿幽光。

歌罢，见前面一人，亦在吟诗，云：

昂昂挟策向京畿，准拟高车耀闬闾。
剥落文章空满腹，漂零何日是归期！

六郎见其人生得十分俊雅，头戴儒巾，身穿罗衣，腰系丝绦。六郎揖而问曰：“先生何处人氏，有甚愁思，行歌于市？”其人答曰：“小生雄州人氏，姓王名钦，贱字招吉，因比不第，在此闲步散闷。”言罢，遂问曰：“足下大名？”六郎不隐，将父弟苦死情由，一一诉说。招吉听罢，不胜愤激，乃曰：“将军何不奏知天子，却来背地怨恨，枉自悲伤？”六郎曰：“某欲去奏，奈心上恼闷得慌，几番提笔写疏，不觉泪下如注，湿透纸笺，故此迟留，尚未申奏。”招吉曰：“此事何难，小生不才，愿代将军写之。”六郎曰：“君肯垂念，诚三生有幸。”遂邀招吉于歇处，沽酒款待，尽诉生平劳苦。招吉动容，叹息良久，又问曰："疏上将何人为首？"六郎曰："潘仁美为谋之首，护军王侁，部下刘均期、贺怀，俱难恕饶。"招吉一笔写出，递与六郎。六郎看罢，乃曰："先生才高班马，取青紫如拾芥然，有何难哉？特时未至耳。"遂复沽酒致谢。六郎曰："容某进奏，到尊寓专谢。"招吉辞别而去。

六郎正进到午门，陡遇七王出朝。暗忖：圣上今被谗言昏惑，莫若启寿王代奏，犹易分辨。遂向前拦驾，大叫伸冤。寿王见是六郎，命带到府中勘问。七王回府坐定，问曰："潘仁美奏汝父子反了，真伪何如？"六郎跪下对曰："正为此事来辨。"即递上奏疏，与七王看之。

> 迎州防御使臣杨景，为诉挟仇谋害，陷没全军，虚捏反情，冒奏误国欺君事。臣太原降卒，荷陛下不杀，复授以职，至德深恩，昊天罔极。曩者边鏖腥秽，天地神人共怒。皇威丕振，命潘为帅，臣父子为先锋，同出征剿。臣父子思图报效，欲将丑敌草剃而禽薙之。奈何仁美与王侁等，挟昔日之仇，肆莫大之祸，待臣父子进至狼牙村，刃接兵交，招讨坐观成败，不发半骑相应。及败回陈家谷，矢尽力疲，番兵蚁聚蜂屯，遂致全军皆没。臣父困乏行粮，遂撞李陵封碑之下而死；臣弟回取救兵，又遭仁美万箭之伤而亡。陷没全军于辽疆，伸冤无地；复捏反情而冒奏，情惨黑天。臣零丁逃命，孤苦无依，只得具疏申闻。恳乞宸衷明断，父弟九原衔恩瞑目。臣甘诛戮，当万斧不辞。某年某月某日，臣杨景诚惶诚恐，稽顿首具疏，不胜战栗死罪之至。

七王看罢问曰："疏词绝佳，出自胸中，谁代为之？"六郎曰："乃雄州一儒生，姓王，名钦，字招吉，代臣写作。"七王曰："郡马知在何处？"六郎曰："寄居东阁门龙津驿。"七王遂命人召之。顷刻间，召至府中，七王与语，对答如流。七王大悦，乃谓六郎曰："郡马可去击登闻鼓，分理更易，且当急往，毋被奸党知觉。"六郎接疏拜别，竟往阙外击鼓，被守者捉见太宗。六郎将疏递呈御案，太宗展开览之云。

寇准勘问潘仁美

却说太宗看罢六郎之疏，大怒骂曰："欺君奸贼，反奏杨家父子反了。谁去拿此贼来问罪？"忽阶下一人进奏愿往。其人是谁，乃朔州马邑县党进，现居殿前太尉之职是也。八大王又奏曰："党进拿回潘仁美来，元帅之任，非小可关系，必须命人代之。"太宗曰："谁人堪代此职？"八王曰："杨静称职。"太宗降旨，宣至，拜毕。静奏曰："臣恐仁美抗旨，不付帅印，将奈之何？"党进曰："如此如此，便可得印。"太宗大喜。

二人辞帝出城，至雁门关，党进谓杨静曰："下官先入寨去，明公少停片时而来。"党进匹马先入寨去。潘仁美正与刘、贺等议事，忽左右报曰："朝廷遣使臣到来。"仁美等迎接党进入帐，相见礼毕，坐定。党进言曰："太师前奏杨令公父子反情，圣上将杨府满门拿囚天牢，候太师回日决处。不期有奸细来京，奏太师结好萧后，不发救兵，陷没杨家父子；又说太师之印，已献萧后。圣上大怒，即下诏来宣太师回京，与奸细对证。某向御前奏曰：'边庭隔远，事难准信，待臣先往观看。如印在，此系诬陷，不必取太师回京。'太师可把印来某看。"仁美曰："世宁有是理耶！"即拿出印来，递与党进看之。党进接印在手，遂曰："跪听圣旨宣读！诏曰：

朕委杨静为帅御边，复遣党进竟拿潘仁美、刘、贺、王等，监禁太原听旨。违命处斩。”

党进读罢，潘仁美曰：“我得何罪，圣上拿问？”党进怒曰：“你自己所为的事情，还佯不知？奏汝者，杨郡马也。”仁美曰：“他父子反悖朝廷，如今到来排陷我等。”党进曰：“汝往京去与他分辨，不必在此多说。”道罢，小卒报新元帅到。众军迎接入帐，参拜毕，将印付与杨静。静接了印，乃问仁美曰：“呼延赞何在？”仁美曰：“自杨家父子反后，竟不知其去向。”党进曰：“元帅早将他们一干人锁解太原，不必究问。”杨静喝左右锁了仁美等，与党进押赴太原。

不日到了太原，太原府判黄进迎接党进入公馆。参拜毕。党进曰：“圣旨着落仁美等四人，各另安置。”黄进得命，遂送仁美于皈依寺，送刘、贺二人于太医院，送王侁于申明阁。党进乃回京复命去讫。

潘仁美亦遣人入京，启请潘妃，进奏太宗分辨。当日在寺中闲游，偶见雪云长老领众僧出寺，去了半日方回。仁美问雪云长老曰：“适间领众僧往何处而来？”雪云曰：“迎接新任府尹爷爷。”仁美曰：“汝知其姓名否？”雪云曰：“左丞相寇准爷爷是也。”仁美惊问曰：“为着甚事贬到此间？”雪云曰：“闻朝廷恼他，贬到此间歇马。”仁美暗忖道：“这老儿，是我旧日僚友，待我整酒请来相叙旧情，探问朝廷事情，岂不妙哉！”于是次日置酒，着雪云去请寇准。

长老持书入府，当堂跪下，禀曰：“潘太师爷爷，特遣贫僧来请爷爷饮酒。”寇准怒曰：“我此来，即为勘问老贼事情。汝好大胆，敢来代他请我！”喝左右拿下，重责四十。长老告曰：“只因府判爷爷着令好生服侍太师，贫僧实不知有此情，乞爷爷恕饶贫僧。”寇准曰：“汝既不知，权饶罪名。但我有一计，悄悄代行，否则将汝这个秃驴活活打死。”长老曰：“愿领爷爷之计而行。”寇准曰：“汝要如此如此。”吩咐毕，遂命先回：“禀上太师，说我就到。”长老诺诺连声，竟回寺中，告知仁美说道："寇爷拜上，随后就来。"言罢，报寇爷到。仁美出寺，接入法堂坐定。

传杯数次，仁美问曰："杨景那厮，击登闻鼓，说下官害他父子，有此事否？"寇准曰："那小畜生果是击来，后幸潘娘娘保奏太师，但八大王力助杨景进奏，主上着太师在此安置。下官不肯，亦保奏太师，八王遂劾下官党恶，帝乃允奏，贬此歇马。原天子意思，寔听潘娘娘之言，日后太师无甚重罪。但下官有一事，甚怨太师干得不妥。"仁美曰："老夫与丞相旧日同寅，未尝得罪，何怨之有？"寇准曰："不怨他事，怨不杀却杨景，致有今日之祸。当时一并除之，削尽根苗，尚有何人来复冤仇？"仁美曰："丞相说得甚是。当日亦着人捕捉，不知缘何被他逃回京来。"寇准曰："下官闻得令公被太师算计得好，此处却无闲人，试说与下官听之。"仁美不防寇准来套他口词，又饮酒将醉，遂曰："量丞相平日交情，言之亦无妨碍。当日令公被我把反情生逼得出兵；他叫我埋伏弓弩于陈家谷，老夫一卒不遣。及彼杀败回来，见无伏兵，遂走入狼牙谷，撞死李陵碑下。七郎回取救兵，被老夫将酒灌醉，绑于树上，令众军乱箭射死。"寇准曰："岂有是理，太师莫把假话来诳我也？"仁美曰："丞相处，才说此话，若在他人，老夫决不吐露矣。"寇准大怒，骂曰："老贼陷害忠良，欺君误国，冒奏朝廷，说杨家父子反了，大伤天理。"喝左右拿下。呼必显应声而入，当筵拿下仁美，喝令供状。仁美曰："这老子发酒狂，叫我供状。"寇准唤："雪云何在！"长老从窗外转入，递上口词曰："领爷爷钧旨，太师说一句，贫僧写一句，并无差错。"寇准曰："你不供招，复有何待？"潘仁美叹曰："误被寇老赚我口词，怎生是好？"有诗为证：

城狐险恶立机深，旧好相逢尽吐词。
早识窗前誊口吻，樽前词话惜惺惺。

却说雪云长老将口词递上，寇相看毕，复命长老读与仁美听之。读毕，仁美曰："醉人口中之词，何足为据？"寇准曰："酒后道真言。"仁美曰："你太原府尹，敢断我的事情？"寇准曰："老匹夫敢如此抗拒！"遂唤黄进："取过诏来，宣与老贼听着。"诏曰：

朕委参政寇准知太原府，勘问潘仁美一干诈奏杨家父子反情的实，取招申闻。

寇准曰："你这老贼！我为府尹，实来勘问汝等奸伪之事。"仁美曰："今无杨家亲人对理，缘何问得这场事情？"寇准遂唤一声："杨郡马何在？"忽六郎自外入而言曰："仁美老贼，你将吾父陷死狼牙谷，又射死吾弟，今日缘何不认？"仁美曰："小匹夫，你潜回取家属，见囚系于狱，不能得去，遂向御前冒奏我等陷你，奸贼当得何罪？"六郎曰："这老贼，事情已彰彰于人耳目，至此等田地，犹乱说话！"寇准曰："此非勘问之所，带到府堂，将刑具拷打一番，彼方肯供状。"遂命送到府中禁狱之内。

次日，寇准升堂，唤左右取出仁美，绑于阶下；又唤黄进曰："汝假去请得刘、贺等来，只说酒席齐备，太师已去多时。速去速来，勿得走漏消息。"黄进领命，先到申明阁会同王侁，至太医院见刘、贺，言曰："府尹爷爷相召，太师已去，立候三位将军。"三人遂随黄进到府，直入堂上，只见仁美绑缚在地，吓得魂不附体。寇准喝令拿下。三人趋前言曰："相公拿下某等，不知为着甚事？"寇准曰："我亦不晓何事，试听读诏便知。"遂命黄进取诏读之。读诏既毕，三人默然，垂首伏地。寇准曰："害人适以自害，天道昭彰，岂可昧乎！汝等早早供招，免受刑具。"仁美曰："唤杨景来，我与他对理。"六郎在庑下，听得这话，号泣而出，言曰："你挟昔日射汝之仇，陷没吾父子全军，误国大事，怎生硬抵不认！”仁美曰：“你休胡说！我有证人在此。”六郎曰：“要甚证人！我自己在此，你还乱说。”仁美唤过数十军士，分付曰：“你将杨家父子反情，告于寇爷知道。”那几个军人跪下言曰：“告爷爷得知，元帅委系不曾陷害杨家父子。他反朝廷是实。如太师虚情捏奏，小的愿受诛戮。”寇准曰：“谁问你来！这些囚奴，都是老贼心腹，故来妄证。”喝左右，将每人重打五十。六郎曰：“老贼不说起证人，我亦忘之。当时仁美射死吾弟，着陈林、柴敢丢尸于河，得此二人来证，彼方缄口无词。”寇准听罢，将仁美监禁于狱，遣人往鸦岭营中查访二人消息。去人回报，鸦岭营中并无二人。寇准遂张挂榜文于外，但有人知七郎之尸埋于何处者，赏金百两。

张挂数日，众人看榜，纷纷私相论曰：“若有知者，一场好生意也。”忽后面三人来看，向前揭了榜文，恰遇六郎，三人便揖。三人乃呼延赞、陈林、柴敢也，闻知勘问仁美，要七郎尸首为证消息，径来揭榜。六郎引入府，见了寇准。寇准曰：“你二人将七郎尸埋于何处？”陈林曰：“埋在桑干河西南一株树下。”寇准即差数十人，同陈林、柴敢去取七郎尸首。

二人领众人到桑干河，掘尸不见。那众人道：“你二人干事好不误人，若无尸首，怎去回话？”二人心下甚慌，乃泣曰：“不如寻个自尽。”言罢，正来撞树，忽东北树杪，有一青脸人言曰：“仁美闻汝等来掘尸为证，先遣人将尸掘起，埋于此株树下。”言讫，其人忽不见。众人遂去那株树下掘之，果得七郎尸首。

不数日，众人抬到太原，报与寇准知道。寇准押定一干人，同去验尸。只见七郎满身是箭，七十二枝攒簇心窝。寇准大哭曰：“英雄良将，天胡不憖，遭此惨祸也！”后人看至此，有诗叹息：

世事炎凉几变更，历推无限泪交倾。

天荒地老形犹在，虎斗龙争血尚腥。
金谷有名烟漠漠，玉堂无主草青青。
英雄豪杰归何处，慨想何如一梦醒！

寇准验罢尸，遂唤仁美曰："七郎何为而死，今复有何辞？"仁美曰："非我也，乃王侁设谋以害之也。"寇准令刀斧手，推出王侁斩之。寇准又曰："设谋者王侁，行之在汝，且捏词诬奏杨家父子反了，此欺君也，当得何罪？"仁美低头不语。寇准喝令推出斩之。正欲来斩，忽使臣到，下马开诏宣读。诏曰：

勘问潘仁美既得其情实，监押赴阙拟罪，毋违。

使臣读诏既毕，寇准遂将仁美等解赴汴京。六郎曰："此贼赴京，定行宽宥，冤仇难伸，怎生是好？"寇准曰："欺君误国之罪，却难恕饶，郡马放心。"既至于京，次日寇准具仁美口词，并七郎箭伤身死，一一申奏于帝前云。

八王设计斩仁美

太宗看罢口词，怒曰：“老贼如此欺罔，罪该拟死。但念潘妃情分，姑免一死。”遂追还仁美等官，各杖一百，俱贬于雷州；封赠令公为卫国公，七郎为殿前指挥使、醴泉侯；呼延赞不合擅离军伍，降三级；杨景不合私离军伍，充徒郑州一年；陈林、柴敢不合领众落草，各杖八十，徒二年。断毕，文武皆散。

六郎出于午门外，放声大哭，谓八大王曰：“臣父子见屈如此，何用命为！”遂欲撞死于午门。八王急止之，邀入府中。坐定，忽报潘娘娘到。八王令六郎入后堂，亲出府接入。茶毕，潘妃曰：“老父年迈，路途磨灭，难保残喘。今日特来相告，望殿下垂念，安置于京。”八王曰：“娘娘请回，即入进奏圣上。”潘妃辞去。八王乃与六郎言如此如此，此冤即雪。六郎领计去了。

八王入奏帝曰：“臣夜梦景不祥，必主有横祸，乞陛下放独角赦与臣领去，以防后患。”太宗即书赦赐之，八王谢恩而退。忽近臣奏曰：“杨景将潘仁美三人杀了，今提头在午门外伺候。”太宗听得大怒，命拿六郎押赴法曹，枭首示众。八王曰：“陛下适行独角赦，赦除景之罪恶。”太宗曰：“斩仁美等，却原来八大王之计策也。”太宗遂宣六郎入殿，言曰：“念卿保驾功大，此罪悉行赦除。”六郎谢恩毕，竟往郑州去讫。

时太宗未立储君，冯拯上疏，乞立皇储，太宗怒，贬于岭南。于后，廷臣无有敢进奏者。七王见不立己，乃与王钦议曰：“帝年已迈，齐王等又谢尘矣，日前冯拯谏立东宫，遂遭贬窜，莫非为立长之故，欲与天下传八王耶？”钦曰：“毕竟是这意思，不然，何以不立殿下？圣上以遗言为重，若不蚤图，后悔何及。”七王曰：“汝有何谋，可以得立？”钦曰：“以臣计之，若不谋死八王，皇位决不可得。”七王曰：“此谋不可。八王，帝甚宠爱，其谋不密，祸反及身。”钦曰：“臣有一计甚密。”七王曰：“汝试陈于我听。”钦曰：“殿下可命人往街坊上，寻一个极巧银匠，打造鸳鸯壶一只，一边盛药酒，一边放好酒。趁此春日，去请八王来赏花，即将其壶斟上一杯药酒于八殿下前，又斟上一杯好酒于我殿下前，一齐举杯饮之。八王饮了药酒，立地即死，虽跟从之人，只说中风，那晓是药死。”七王曰：“此计甚妙。”遂遣人往街坊上寻好银匠。寻至城西，有一胡银匠，极其精巧，乃唤入府中，打造其壶。既打毕，献上七王。七王看罢，谓王钦曰：“何日去请八王？”王钦曰：“先将银匠结果，以灭其迹。”七王允之。王钦命人将好酒灌醉胡银匠，令左右埋于后花园中。毕，王钦谓七王曰：“殿下可遣人持书请八王，明日后园中赏花。”七王遂遣内监赍书，竟往南府八大王前呈递。八王拆开看，云：

门外春光无限好，明媚花共柳。值此官里有余闲，不乐虚过了。敬邀哥王，明日一叙契阔情，共把金樽倒。尚冀春风一惠临，宇第生荣耀。

八王看毕，着内使回话，明日准来。内使归见七王道：“八殿下允诺。”

次日，八王车驾报到，七王亲出府门，迎接进府。坐定，茶罢，七王邀入后苑花亭之上坐下。只见花开如锦，春光堪称，有诗为证：

阳和充塞海天涯，无处江山不物华。

绿偃午风生麦浪，绯红晓日绚桃霞。
燕抛玉剪裁春色，莺掷金梭织柳斜。
满眼韶光偏得趣，抽黄对白竞天葩。

七王曰："弟与哥王虽是兄弟，然情甚疏旷，此心歉歉。故当此春光明媚，特请一会，少尽衷曲。《诗》有云：'戚戚兄弟，莫远具尔。'小弟今日此举，亦欲效古人之所为也。"八王曰："这几日贱躯颇欠调和，酒却难饮，少叙片时可也。苟非兄弟之情，愚兄必却而不来矣。"七王曰："哥王身体不快，正要痛饮，方才舒畅。"遂令侍从，先酌一杯药酒于八王面前。八王病未甚愈，一闻药酒之气，慌忙将袖掩鼻。忽一阵狂风，吹倒金杯，其药倾泼于地，红光迸起。左右皆惊惧战栗，八王即辞别回府。七王见谋未遂，又恐八王知觉，甚是懊悔。王钦曰："殿下休忧，谅八殿下不知情由，必不见咎。俟后再图，未为不可。"不在话下。

却说太宗忽一日得疾，危笃之甚。寇准、八王等入内问安。太宗见群臣至，谓之曰："先帝遵太后立长之言，传位与朕，不期朕忽疾作，恐难总理政事。今齐王等已殒，惟八王差长，朕乃遵太后之教，将位传与八王。"八王奏曰："皇太子青春已富，人心归顺，满朝谁生异论。愿陛下保重龙体，万万千秋，他日纵欲归政，亦当与太子也。倘陛下欲效先帝，将位与臣，臣必披发入山林矣。"太宗曰："卿不受，将奈之何？"思忖良久，乃问寇准曰："八王坚意不受，卿言朕诸子孰可以居天位？"寇准对曰："择君以主天下，不可以妇女谋，不可以中官近臣谋，惟陛下以行与事，见其可以翕服万姓者，以位传之，庶乎可矣。"太宗又宣赵普独近卧榻之前，屏左右问曰："朕欲传位八王，八王不受，卿言何如？"赵普曰："先帝已误，陛下岂容再误！"太宗之意遂决，复召寇准言曰："朕本意欲与神器付八王，争奈八王不受，欲付元侃，卿言何如？"准拜贺曰："万岁！万岁！臣为天下得君庆矣。愿陛下不必再问外人，须早立之。”太宗又谓八王曰：“朕没之后，卿宜丹心启迪汝弟。今赐铁券、免死牌十二道，若遇乱臣贼子，卿即打死，毋得纵容。朕遍观诸将，杨景忠贞，可付兵权，后当重用，不可妄加斥逐。”八王拜受毕。须臾帝崩，寿五十九岁。时改元至道三年三月某日也。在位二十余年。有诗为证：

太宗经世政惟勤，二十余年德及民。
可惜乾符私授子，至今人道悖君亲。

太宗既崩，众文武奉七王元侃即皇帝位，是为真宗。群臣朝贺毕，尊母李氏为皇太后，封王钦为东厅枢密使，谢金吾为枢密副使，进八王爵为诚意王。其余文武，各升有差。自是朝廷军政，皆决于王钦之手矣。

却说八王出朝，忽一人拦驾告状，大叫伸冤。八王问曰：“有何冤枉？”其人哭曰：“小的是胡银匠之子，日前新君欲谋千岁，召小的父亲入府打造鸳鸯壶，其壶打毕，被王钦谋死于府中。有此冤屈，无处伸诉，只得告乞千岁爷爷作主。”八王听罢怒曰：“那日我见其酒倾地，火焰腾腾，心亦疑之。王钦果在筵中调度，这贼子好狠心肠。”遂接了状，命左右取银一锭，赏胡银匠之子，复回驾入到偏殿，只见王钦正与真宗议事。八王向前奏曰：“臣适出朝门，偶有胡银匠之子告王钦谋死他父，臣接得此状来与陛下看之。”真宗惊曰：“王钦未尝离朕左右，那有是为？兄王休听小人言也。”八王曰：“为谋臣故，而及于胡银匠，冤屈此人性命。但臣今事陛下，丹心耿耿，何听谗佞，谋害忠良。且臣要居帝位，尚在今日？”王钦奏曰：“八殿下恶臣与陛下议事，恃为皇兄，故妄捏虚情来奏，欺压小臣。臣既谋死了人，往日宜告先帝，何待陛下登位，始来相告？且世间那有这等胆大之人，敢向午门毁谤天子！”真宗未答。八王大怒，抽出金简，望王钦脸上一打，打着鼻准，鲜血长流，绕柱而走，八王亦绕柱赶之。真宗急救，言曰："看朕情分，兄王饶他这次。"八王止步，指王钦骂曰："若再为奸宄，坏我国家，活活打死你这畜生！"言罢，愤怒奏曰："陛下休罪微臣。臣荷先帝嘱付，今秉公除奸，实为陛下社稷计，非私情也。"真宗深宽慰之。

八王既出，王钦跪于帝前大哭。真宗曰："八王顾命之臣，彼所言者，皆是事实。汝不应造言折辩，朕尚不肯忤之，况于汝乎？今后当避之可也。"王钦叩谢归府，跌脚捶胸，恼恨八王，思报其仇。遂修书遣人星夜送往幽州，奏知萧后，说太宗已崩，新君幼弱，朝廷空虚，趁此动兵侵伐，则中原可得矣。

萧后得书，与群臣商议。萧天右奏曰："云川耶律休哥，屡奏伐宋，今再乘其丧隙发兵，无有不克。"土金秀奏曰："宋太宗知人善任，守御边庭之士，必是智勇兼全者也。今若因王钦一书，即便伐宋，恐难取胜，虚费钱粮。臣思忖，必先探其兵之强弱，才不误事。"后曰："卿言将何以探之？"秀曰："麻哩招吉之枪法，麻哩庆吉之刀法，与臣之箭法，极精无右。臣等愿举兵于河东界上，娘娘遣人赍书，约宋与臣等观兵。宋人若能抵敌，则迟迟进兵，否则即动兵伐之矣。"萧后大喜，遂修书遣人赍往汴京。辽使至汴，侍臣引奏，真宗展书看之：

> 大辽太后萧，致书于大宋皇帝陛下：兹闻有丧，关河阻隔，赗赙未施，奈何，奈何！近缔盟好，千载盛事，今不观兵，徒为虚文。故遣驾下三臣，驻扎晋阳，期与会猎一番，庶乎两国之情相通，而四夷闻风慑服。谨此订约照鉴。

兄妹晋阳比试

真宗览罢辽书，以示群臣。寇准奏曰："北方刀箭是尚，彼来书，期与观兵，臣料只是比试刀箭。乞陛下精选有能者与之一会，以消其窥觎之心。"真宗曰："朕观朝中无甚良将，惟有杨郡马一人，今在郑州，亦未知其何如？"准曰："陛下快遣使往郑州调回。"真宗允奏，即遣使往郑州征之。

使者既到郑州访问，郑州太守言："杨郡马徒限已满，发放回京多日矣。"使臣回奏真宗，真宗即遣人往无佞府征召。使臣到府，令婆接了旨，对使臣言曰："吾儿自往郑州去后，并无音信回来。"使臣以令婆之言回奏。真宗闻奏，闷闷不悦，乃宣八王问曰："杨郡马已回，隐匿不出，其奈彼何？"八王奏曰："臣往无佞府中打探消息何如？"真宗曰："事关紧要，卿宜用心访问。"

八王辞出，竟往无佞府见令婆与太郡，诘问六郎事情。令婆曰："吾儿在郑州，久无音信，今日殿下亲临，老妾敢相隐耶！"八王曰："新天子即位，今有敕旨征召，趁此与国家分忧，岂不妙哉？沉匿何为？"太郡曰："姑容数时，待遣人往郑州访之。"八王遂回奏，不知下落。真宗忧形于面。

晋阳守臣表奏辽兵掳掠财物，杀伤百姓，甚为荼毒，乞早发兵防御。真宗将表看罢，问曰："谁人能退辽兵？"准曰："贾能艺精，可以退之。"帝遂命寇准为正统军，贾能为副使，领兵三万，同往晋阳会猎。准等得旨，领兵往河东进发。令婆闻寇、贾领兵会猎，乃与六郎言曰："贾能何人，能退辽兵！吾儿当速往以救国难。"六郎曰："儿意欲去，奈无一两人同行。"道罢，八娘九妹言曰："我姊妹与哥哥偕行，若何？"六郎曰："汝女流家，怎么去得！"八娘曰："假扮跟随士卒，人岂知觉？"六郎允之，辞别令婆，携二妹赴晋阳去讫。

却说辽将土金秀，兵屯河东界上，劫掠无厌。忽报宋兵到，即与麻哩招吉等议曰："今杨家之将，尽皆凋谢，其余谁敢与吾等比试！虽然，君辈亦宜竭力，不可使敌人得志，以丧我辽军威。"招吉曰："谨领尊命！"金秀次日下令，立起红心把子，摆开阵势，以候南兵。

忽南方旌旗蔽日而来。宋兵既到，即于南方列阵。北辽土金秀全身披挂，立于阵中间。麻哩招吉居右，麻哩庆吉居左，一字摆开于北。南阵上寇准、贾能，两马齐出。寇准曰："华夷之分，已非一日，屡次兴兵侵犯，扰我边境，此果何故？"土金秀曰："俺娘娘以宋君新立，欲与会猎，而订息兵盟好。今新天子何不自来？"寇准曰："吾新皇帝即位，与诸宰执论道经邦，尚且不遑，何暇与汝主会猎，亲习尔等之陋俗乎？"土金秀未答，麻哩招吉大声言曰："吾等不会论道，只会夺旗斩将，以定天下。汝阵有智勇之将，请出阵前，与吾比试，徒事口角浮谈何为？"道罢，贾能舞枪纵马，向前喝声曰："臊奴好欺人，吾今与汝比试。"两下金鼓齐鸣。

麻哩招吉与贾能交马十合，不分胜负；招吉佯败而走，贾能追之，招吉扭身回马一刺，贾能落马。招吉冲过阵来，宋军中忽一骑青骢骑来，一女将如风骤出，接战三合，被女将将红绵套索一抛，招吉遂被绊落马下，活擒而来。寇准大喜曰："汝姓甚名谁？"八娘答曰："妾乃杨令公长女八娘也。"准曰："将门女子，亦劲敌也。"遂命记其名，录其功。

土金秀见拿去招吉，大怒，欲出马交战，麻哩庆吉拍马出阵骂曰："南蛮好好放出吾兄，饶汝残生。"遂抡刀直杀过宋阵上。赵彦见了，亦舞刀接战，两合，赵彦不能抵搪，拨马走回本阵。庆吉赶来，宋阵中又走出一女将，舞刀迎敌。数合，被九妹斜挥一刀，砍庆吉于马下，提头来见寇准。准问曰："汝是谁？"九妹曰："妾亦杨令公次女九妹是也。"准曰："汝等武勇出众，真乃皇上之福德所致也。"亦令录其名与功焉。

土金秀见砍了庆吉，大怒，跃马出阵言曰："宋人有能，快出阵来比箭！"宋牙将杨文虎出马言曰："我与汝比之！"土金秀拈弓搭箭，走马连发三矢，皆中红心，众军一齐喝采。文虎亦走马射三矢，只中一箭。金秀曰："汝箭输矣，当还我招吉。"文虎曰："偶尔输箭，若比枪，则不输矣，汝敢来乎？"金秀怒曰："匹夫好夸口！"即绰枪出马，交战数合，文虎被枪刺伤，败走回阵。金秀冲突过来，六郎望见，出马迎敌。金秀抵搪不过，回马叫曰："宋将且休比枪，请射红心！"六郎停枪，笑曰："汝射无甚妙处，敢向军前骄矜逞能！"言罢，遂向胯后取出硬弓，走马一连三箭，俱中红心。南北军士，尽皆啧啧称羡。六郎曰："汝自夸箭高，我将此弓与汝射之，看射得中否？"着军士递弓与土金秀开之。金秀接弓开之，半毫不动，心下大惊，暗忖道："此乃神人降生。"正欲拨马回走，寇准出阵言曰："吾今以所擒之将还汝，汝归告太后，自后毋得生事扰边。若再如此，决不恕饶，屠戮汝类殆尽。"遂将招吉剥去衣服，赤身裸体，放回北营。土金秀羞惭满面，回军去讫。杨六郎入军中见准，准曰："设将军等今日不来，吾辈血染沙场矣。郡马回朝见帝，老夫力保奏封重职。"六郎相谢。

准遂拔营回汴，入奏真宗。真宗闻奏，即宣郡马升殿，慰劳之曰："卿日前匿而不出，朕寝食俱废。今一闻郡马退辽，使朕喜而不寐。"六郎叩头拜谢。真宗问准曰："今当以何职授郡马？"准曰："宜授节使之职。"真宗乃下命杨郡马为高州节度使。

郡马闻命，入朝辞谢，奏曰："臣昔败兵，其罪至重，荷陛下再造之恩，尝欲报复无由，今略建微功，敢受节使之职！”真宗曰：“汝父子忠勤王事，先帝称念不已，欲重封赠，不期升遐，未遂其意。且今又有退辽之功，此职宜授，何为固辞？”六郎奏曰：“荷陛下知遇之恩，欲授臣职，但佳山寨巡检可也，他职臣不敢领。”真宗曰：“辞尊居卑，此何见也？”六郎曰：“臣为巡检，却有三事：一者臣本徒流，私到边廷，略立微功，却授节使之职，是开幸进之端，而启人越分侵职也；二者佳山与幽州相近，臣欲伺便，直捣贼穴，收其地土，以绝万世边患；三者闻彼地有几个草寇，甚有勇力，臣欲擒之，使其弃邪归正，以除民之害也。”真宗曰：“卿忧国忧民，真社稷臣也。”遂可其奏，乃下命王钦拨军五千，与杨郡马领去，镇守佳山。王钦领旨，到府查点军士，凡是老弱疲病，不堪征战者，俱拨跟随郡马。六郎一见军士，怒曰：“佳山何等地方！此等无用军人，如何迎敌？”

随行一军人，姓岳，名胜，因王钦尽拨老弱疲病之军跟随郡马，心下思忖：“此处难以立功，莫若跟杨郡马往佳山寨，以图进身更易。”遂心生一计，将姜黄水搽脸，“待王枢密来查点，只说是个病军，必定拨我跟杨郡马也”。岳胜，济州人，生得面若凝脂，神清气朗，抡动大刀，万夫莫敌，人号为花刀岳胜。却说王钦一见岳胜脸黄，果然只道是个病军，乃拨跟随六郎。

岳胜见六郎说此军无用，遂出军前叫曰：“汝生将门，自谓无伦，我今愿与汝比试一番何如？”六郎曰：“可。”遂绰枪上马，交战数十余合。六郎惊曰：“刺击之法，此人尽通，必用计擒之，以服其心。”佯败而走，忽马陷前蹄，掀落于地。岳胜骤马近前砍之，只见六郎头上一个白额虎现出，张牙来噬岳胜，吓得岳胜慌忙下马，扶起六郎言曰：“小人得罪，有眼不识本官，望乞恕饶。”六郎曰：“汝当竭力助我镇守佳山，吾自保奏朝廷，授汝之职。”岳胜谢而言曰：“小人来意，本欲跟将军以立功绩，幸得提携，犬马相报。”

六郎又得岳胜为部下，无限欣忭，遂回无佞府中辞令婆。令婆曰："汝为巡检，岂不贻羞于汝父乎？"六郎曰："佳山与辽相近，此处最好立功，他镇则不能矣。凡职只要立功绩，何论其崇卑哉。"令婆遂备酒饯行。饮罢，领军望佳山寨进发。时值二月，路途好景，有诗为证：

迟迟丽日布韶光，春到人间景异常。
雨后江山增秀丽，风前花柳竞芬芳。
寻香戏蝶轻翻拍，求友娇莺巧奏簧。
景物撩人无限好，不妨收拾入征囊。

六郎行不数日，到了佳山寨。原守军士，迎接入厅，拜毕，六郎言曰："辽人屡为边患，此地犹甚，故天子遣我镇守。汝等各宜恪遵号令，不然，军法施行。"众人诺诺而退。

次日，岳胜出寨游耍，遥见前面高山树木茂密，乃问旧日军士曰："那一座山，叫做甚么山？"军士曰："说起那里，惊破人胆。"岳胜曰："敢有狼虎居其中乎？"军士曰："过于狼虎。"乃以手指道："转那山去，地名胡村洞。进一二里路去，傍着山麓，名为可乐洞。洞中有一草头王，姓孟，名良，邓州人，力大如山，无人敢敌。聚集强徒数百，劫掠为生。官兵不敢捕捉，如今谁敢正视其山！"岳胜听罢，竟进寨来，告知六郎。六郎曰："我知其人久矣，若得他来归顺，实壮军威。"岳胜曰："小人轻骑往探，看是何如？"六郎曰："此人勇猛，须谨防之。"

岳胜遂到可乐洞，只见孟良部下刘超、张盖等与众喽罗俱在洞前斗宝。岳胜下马，抽出利刀，一径人洞，喝声："贼徒休走！"刘、张等只道是官军捕捉，各自逃生。岳胜赶向前去，砍死几个喽罗，血流满洞。岳胜思忖：还要写字为记，使其来佳山寨厮杀，方好拿他。即以血书四句于壁云：

喽罗剑下亡，寄语休悲伤。
若问人何是？佳山杨六郎。

岳胜写罢，上马竟往佳山寨而来，不在话下。

六郎三擒孟良

却说孟良回洞，只见杀死喽罗在地，乃大惊问曰："是谁到此，杀死众人？"喽罗对曰："适一壮士，甚是勇猛。众人只道官兵来捕，俱各逃走，被他走入洞中，杀死众人。又以血书字于壁，请大王看之，便知端的。"孟良抬头看罢，言曰："乃杨景那厮杀吾部下，却好大胆。此仇不报，亦枉为人！"

却说岳胜归见六郎，道知杀死喽罗一事。六郎曰："孟良回来看见，必定来此报仇，汝等须准备厮杀。"道罢，忽闻寨外呐喊。六郎与岳胜出寨视之，只见孟良其人生得浓眉环眼，面如噀血，状貌雄伟。六郎迎而谓曰："观汝之貌，甚是奇异，何乃弃理灭义，甘心为贼！自我言之，莫若归顺朝廷，立功显姓，垂芳后世，胜于落草万万矣。"孟良曰："自汝言之，汝以拜官受爵为荣矣。自我言之，我以居职享禄为辱矣。何言之，汝父子投降于宋，不得正命而死，手足异处，若禽兽然，有甚好处！我居此山，斩杀自由，何等尊贵！与汝较我，不啻霄壤隔也。此等闲事，且姑置之。我问汝来，素昔与汝无仇，杀我部下何为？"言罢，挥斧直取六郎。六郎挺枪迎敌，交战十合，不分胜负。六郎佯败而走，孟良拍马追之。岳胜从后喝声休赶，孟良遂回马来战岳胜。六郎拈弓搭箭，射中其马，把孟良掀落于地。军士向前生擒孟良归寨，绑缚于阶下。六郎曰："汝自逞英雄无敌，今何被擒？汝服我否？"孟良曰："暗箭射马，诡计算我，非大丈夫所为，如何肯服？”六郎笑曰：“放你去何如？”良曰：“汝肯释放，我即回去整兵，再来与汝交战。不设暗计，明明白白，有手段平空拿我，徐即拜降。”六郎曰：“汝要明白平空拿你，此有何难！”遂放孟良而去。

岳胜曰：“孟良凶贼，为民之害，今既擒之，可用则收留之，不可用则砍之，与民除害，何为放他？”六郎曰：“孟良一人杰也，心颇爱之。当今英雄有几？吾欲收此人为部下，必服其心，是以放之。汝等试看明日再战，吾又擒之。”岳胜曰：“将军用何计策擒之。”六郎曰：“孟良有勇无谋。离此山南五里之地，有一深谷，峭壁石崖，进去便无出路。汝引骑军一千，伏于谷口。吾与交战，引他从山左傍而进，吾复从山右傍而出。待我一出，汝即杀来截住，不放他出。吾自有计擒之。”岳胜领军去讫。六郎复唤健军六七人，分付曰：“汝往那山绝顶之上，扮作砍柴樵夫，赓歌酬和。孟良问路，汝等如此如此应之。”军人领计去讫。

六郎分遣已完，乃报孟良在寨外搦战。六郎出马言曰：“今番仔细交战，若再被擒，却难纵放。”孟良曰：“汝好大话！昨误成擒，今定报之。”言罢，纵斧直取六郎。六郎约与交战数合，佯败，径望山南而走。孟良赶上言曰：“汝又欲以暗箭来算计于我。”六郎不战直走入谷，孟良亦赶入谷；六郎遂拨回马从山右傍而出，孟良亦从右傍赶来。忽岳胜杀出，截住谷口。良惊曰：“又中奸贼之计。”遂回马直进谷去。只见无有去路，四面壁立。遥见崖上有几个樵夫歌唱，乃叫曰：“吾被杨景赚入谷来，汝等救吾出去，多将金银相谢。”樵夫遂将一条麻绳垂下言曰：“我等救大王，大王莫失信，要把金银与我。”孟良曰：“我平生是个有信之人，但救得出，决不食言！”众樵夫曰：“大王可把此绳紧系腰间，待我众人扯拽上来。”孟良曰：“你等须仔细用心扯上去。”言罢，将绳紧紧缚于腰间。众人乃扯拽至半崖停止不扯。良曰：“何故又不扯上去？”众人曰：“大王身躯甚重，吾等力尽，待再叫几个人来同扯，才得上来。”须臾，六郎、岳胜俱到崖上。六郎曰："今番明白平空拿你，孟良，你肯服否？”孟良曰："不是这等说。汝与我交战，从地下平空拿我，方见手段。”六郎曰："要从地空中拿你，亦不为难。今番又放汝去，敢再来战？”孟良曰："今番亦非我战之罪，但肯放还，再整兵出战，如拿得我，倾心投降。”六郎曰："这个使得，但再放汝而去；若从地空中拿住，却毋得含羞，又乱说话。”言罢，令军士吊上释之。

六郎回至寨中言曰："设计擒良二次，彼决不明出交战，惟夜来劫吾之寨，定须以计擒之。”岳胜曰："孟良已遭二次之辱，今尚肯来自投罗网？”六郎曰："今晚准来。”乃令众人于帐前掘一陷坑，将木浮搭于上，用土铺盖，又令军士远远埋伏，只留数十健军伏于帐前，伺良落坑，即出缚之。众人领计去讫。

是夕，六郎独坐帐中，剔烛观书。将近二更，孟良探逻之卒回报，佳山寨中，军士俱各安寝，寂然无备。孟良喜曰："这一次，将前二次之辱，尽伸雪矣！”乃乘轻骑，直至佳山寨，只见六郎一人在帐观书，昂昂然旁若无人之状。孟良举斧拍马，走入帐前，喝声："匹夫休走！”喝声未罢，连人带马，跌落陷坑之中。帐外健军，一齐而出，用索绕良之身，捆缚扯将上来。良所引来部下三千余人，被埋伏军士，四下围裹而来，众喽罗见孟良落于陷坑，料难走脱，尽皆投降。健军押孟良于帐下，六郎谓之曰："我今放汝，再整军士来战何如？”孟良曰："羞恶之心，人皆有之。某虽为盗，良心岂尽丧乎？将军天神也，蒙放之至再，已不胜羞惭矣，尚敢复求去耶？愿倾心以事将军。将军肯容，感恩无任。”六郎大喜曰："君肯投降，是吾之大幸也。”

次日天明，孟良禀了六郎，回洞召集刘超、张盖、陈雄、谢勇、姚铁旗、董铁鼓、郎千、郎万、管伯、关均、王琪（号王扁担）、孟得（号夜丫黑鬼）、林铁枪、宋铁棒、丘珍、丘谦，共一十六员头目，俱引来拜见六郎。六郎大设筵宴。饮酒将阑，六郎曰：“方今北辽屡次犯边，我宋受害，不能除之，盖由将佐不得其人故耳。今此地犹为吃紧去所，吾自恨兵微将寡，常恐不能镇守，有负朝廷顾托之意。若汝等耳闻目击，有好名士，吾不惜千金聘来同镇此地。”孟良对曰：“此去六十里外，有山名芭蕉山，山势险恶。内聚强人数百，为首者，姓焦，名光赞，生得面若丹朱，眼似铜钉，两颧突出，有万夫不挡之勇。若要御辽，此等之人，不可不得。”六郎听罢大悦，言曰：“我亲赍礼物，去招他来。”孟良曰：“此人性好食人，极其凶恶，将军即领部众同去，犹不能招之而来。”六郎曰：“吾推诚置腹，何愁不宾服？”孟良曰：“虽是诚能动物，依小人说，将军且休去。小人素与相善，待我去招来。”是日酒散。

次日，孟良辞却六郎，竟往芭蕉山招焦赞。焦赞正在寨外闲耍，一见孟良，乃曰：“孟哥哥，何来？”孟良曰：“我今投降杨六郎处矣。吾观六郎，智勇兼全，尽堪为倚；且想落草终无成就，故同他镇守佳山。倘后能立功，生享爵禄，死载简书，大丈夫志愿酬矣。吾今特来邀哥哥同去助他。”焦赞不答，直进洞去，披挂出寨言曰：“我认得你，手中铁锤却不能认汝。”孟良见他来得凶狠，跳上马径回佳山。入帐告六郎曰：“此人顽梗，招之不来。明日将军领兵，与之交战，众喽罗必定跟他出阵，巢穴空虚。又令岳将军领兵五百，悄地直到洞前埋伏，待他一出交战，徐即攻打其寨。小人领数十健军，从芭蕉山后，攀藤附葛而上，直入寨中放火，复从里面杀出。将军外面杀进，两下夹攻，定要拿他。”六郎依其言。

次日，六郎领军直到芭蕉山寨前喊叫。焦赞引众喽罗出马迎敌。数合，六郎佯败而走。焦赞拍马赶来，六郎复回马交战，数合又诈败而走，直诱得焦赞离山十里外来了。岳胜见他去远，竟到洞前呐喊。四围把守喽罗恐被岳胜攻破，俱赴寨前防御，不期孟良引数十健军，从山后攀附而上，直入寨中放火。火焰腾腾，吓得众喽罗俱各奔走逃生。

却说六郎遥见火焰冲天，又回马与焦赞交战数合，见焦赞只管奋力迎敌，六郎挥鞭指而笑曰："克明全不知事，你的山寨已被孟良烧了，尚在此苦苦贪战。"焦赞回头一看，只见烟焰迷空，乃大惊，拨马走回寨。六郎复从后追赶杀来，岳胜、孟良从山寨杀出。焦赞料敌不过，遂弃了马，走上山坡。那半山是宗水石，又生苔藓。六郎步军见焦赞走上山坡，一齐赶上山坡。焦赞赶得慌，爬到半坡，被苔藓滑跌下来。众军捉倒，捆缚回佳山寨中。

六郎升帐，众推焦赞于阶下。六郎亲释其缚，谓焦赞曰："有惊英雄，慎勿见罪。目今大辽侵犯边境，足下肯同征讨，即奏朝廷，加封官职，尊意以为何如？"焦赞思忖：天下有这般好人，若我拿得人来，只一刀，肯相释放？听罢六郎之言，遂纳头便拜，言曰："愿居帐下，幸乞收录。"六郎大喜，乃置酒设宴。有诗为证：

英雄济济萃三关，万里霜威不可攀。
心熟豹韬知变合，折冲却敌笑谈间。

六郎夜宴赓诗

却说杨六郎既得诸将，遣人赍表，进奏朝廷，请授诸将之职，同镇三关以防大辽。真宗览奏，乃与群臣商议。寇准曰：“杨景收服群凶，甚有益于朝廷，陛下当从所请，以安其下，且张大威声，震恐辽人，不敢南侵。”帝允奏。遣使赍敕，加杨景为镇抚三关都指挥使，岳胜、孟良、焦赞三人为指挥副使，刘超等一十六人并授都总部头。敕命既下，使臣便赍往佳山寨宣读。六郎接旨，与众人望阙谢恩，乃款待使臣。使臣既回，六郎又遣人往胜山寨，招取陈林、柴敢，不日到了。自是三关之上，扯起杨家金字旗号，威震幽州。辽人畏惧，边患少息。

时值八月中秋佳节，六郎与众将饮酒赏月。六郎谓岳胜等曰：“当此良宵，我欲吟诗，消遣情怀，诸君幸勿见笑。”岳胜曰：“将军赐教，铭刻五内，奈何云笑！”六郎又曰：“诸君能吟，亦联数句陶情，无负此月华也。”岳胜等曰：“请将军佳制示下，小将当谨依命。”于是六郎口占一律：

月下敲砧响夜寒，征人不寐忆长安。
雾迷北塞游魂泣，草没中原战骨酸。
直望明河临象阙，谁将零露捧金盘。
何年卸甲天河洗，酩酊征歌岁月宽。

岳胜等曰："妙哉！将军之诗，须李杜更生，亦勿能过。"六郎曰："是何言也！"乃请岳胜等之句。岳胜又请孟良、焦赞先道。焦赞曰："岳哥哥先陈，次者孟良哥哥，次者赞，依序而来，勿得推逊。"岳胜曰："二位僭道了。"遂口诵一阕：

去年今日始离家，久戍边关倍可嗟。
别话想来深似海，归心动处乱如麻。
时维八月征衫薄，节近中秋酒兴赊。
遥忆济州州上月，清光依旧照琵琶。

岳胜吟罢，孟良亦陈八句：

天上旌旗卷暮云，人间鼓角送悲酸。
瑶池落日回青鸟，月殿浮云掩素鸾。
杨柳渐稀风瑟瑟，芙蓉已老露漫漫。
蛩声迭送佳山戍，寂寞愁怀强自欢。

孟良吟罢，焦赞接声而吟一律：

绿烟散尽碧空晶，涤海冰轮渐渐升。
人事此时知好尚，天心今夜见分明。
风波摇碎山河影，兔臼桩残桂子馨。
世界大千归玉烛，剑光相与并玄精。

焦赞吟罢，六郎惊曰："初意子特一卤夫耳，今观此作，仿佛曹林。佳哉，佳哉！今夜独夺其趣矣！然当刮目相看，不敢以武弁概论子也。"焦赞称谢不敢当。

岳胜等又问曰："将军二联，似有余憾在焉。"六郎曰："然。吾父子八人归宋，遭逢辽贼谋逆，吾父为先锋讨之，被仁美陷于狼牙谷，撞死李陵碑下。后打听萧后将先父尸首埋于胡原谷，每欲取回，葬于先陵，奈无机密能干之人，代为此事。心怀怅怅，不知何时遂也，故今晚吟咏之间，不觉真情暴露。”岳胜曰：“将军念念在亲，乃大孝也。苍天感格，毕竟默佑，后日必定取回，不必忧虑，但当徐徐为之。”六郎曰：“诚然，非目前可以取之也。”是夕酒散。

孟良因六郎言无人代取父骸，寻思：“我不如今夜乘着月色，悄悄偷出营寨，密往胡原谷，取得令公骸骨回来，少报三次不杀之恩。”于是收拾打扮停当，竟望胡原谷而去。

次日天明，寨中军士来报六郎，不见了孟良。六郎大惊曰：“昨宵席上，欢饮赓歌，因何今早不见？”岳胜曰：“彼乃贼流，在此受制，难以自由，遂逃去了。”六郎曰：“此人性气刚烈，决不逃走，效鼠辈所为也。”众人亦持疑不定，六郎闷闷不乐。

却说孟良径到胡原谷，寻访令公骸骨，全无人知。忽路逢一递送公文者，孟良思忖：“这样人或知消息。”遂番话问曰：“杨令公骸骨，原埋此处，今何不见了？”那人曰：“向者太后不知因甚事令人掘起，埋于红羊洞中去了。”孟良听罢，思忖道：“我敬为此事而来，若不得骸骨回去，徒尔劳苦，不如入幽州，见景图谋。”遂往幽州之路进行。

将近城，偶逢一渔父，乃问曰：“汝今日入城去否？”渔父曰：“明早要去献鱼，如何不入城去？”孟良曰：“献鱼何为？”渔父曰：“明日是娘娘圣寿，递年要进贡鲜鱼庆贺，不敢违误。”孟良暗喜道：“遂我之谋矣。”乃曰：“我养马者，亦要进城，与公同赶进城去。”渔父在前，孟良在后，转过城南幽僻去所，孟良抽出短刀，将渔父杀死，剥了衣服，穿着起来，戴着牙牌，提鱼入城。守门者盘诘，孟良曰：“我黄河渔父，进鱼上娘娘之寿，现有牙牌在此。”守门者见有牙牌，遂放孟良进城。

次早，太后设朝。文武贺毕，侍臣奏曰：“黄河渔父，进鱼上寿，现在午门之外，不敢擅人。”太后召入，孟良献上其鱼。太后曰：“明日来受赏赐。”孟良拜谢而退。萧后令有司大排筵宴，文武尽欢而饮。有诗为证：

> 辉煌官禁寿筵开，竹叶香浮琥珀杯。
> 深感主人情意渥，醉余不觉玉山颓。

文武饮至漏下二更乃散。次日，文武入朝谢宴毕，忽近臣奏曰：“西凉国进贡大宋一匹骕骦良骥，路经幽州，被守关军人夺来。”萧后命牵入来看，只见碧眼、青鬃、红毛、卷纹，高六七尺。太后看罢大喜，命有司看养。

孟良闻知此事，密往视之，果见好匹良马，遂寻思先取骸骨，然后计较此马，抽身竟往红羊洞去。只见令公骸骨，将一石匣盛着在内。孟良取包袱出来，将骸骨裹了，走到洞口，被番人捉倒，喝曰：“汝何人也？想必是个奸细。”孟良曰：“小人是黄河渔父之子，日前献鱼，上娘娘之寿，蒙赏父子酒食。吾父被酒醉死，欲带血尸回去，路途又遥，只得将尸来此焚化，包取骸骨归葬。”言罢大哭。番人见其哀恸情状，遂深信之，放出洞来。

孟良既脱，亟归下处，将骸骨藏了。次日，往药铺买了两个天南星，回下处舂捣成末，带入厩去。只见番人正在煮豆，孟良乃近槽边，撒下其药，竟回去了。那马去吮槽，被药麻倒。及待喂马军人将豆来喂，那马不食。军人慌报司官，司官急奏太后。太后曰：“马之不食，莫非汝等失调理也？”司官奏曰：“非臣等失调理，但异乡之马，来此不服水草。乞娘娘出下榜文，招取能医马者，来看何如？”太后允奏，即出榜文，张挂于外。孟良竟往揭之，守军引见太后。太后见是渔父，乃问曰：“汝又能治马？”孟良曰：“臣祖专门治马，故小人亦粗知其一二。”太后曰：“此马我甚爱之，汝能治疗，平复如初，即封汝职。”孟良拜谢毕，同司官至厩中，假意看马，良久之间，乃曰："马初到此，不服水土，食豆太多，肚腹膨胀，故不食也。"因令军人，将马捆倒，拿冷水洗其口；复把甘草末调水，灌了几碗，遂放起来，把草料与食，那马复食如故。

次早，司官进奏太后。太后闻奏大喜，即宣孟良升殿，言曰："卿医好此马，今授汝燕州总管之职，以彰医马之功。"孟良叩头谢恩，自思："我为此马而为此计，非为官职。"遂复奏曰："今蒙娘娘授职，感恩无地。但此马虽愈，病根还未尽除，若不调理，后恐再发，难以医治。臣愿带任所，驰骋几日，治疗断其病根，方保无虞。"太后曰："卿言有理。"遂令孟良带往燕州而去。孟良得旨，叩头谢恩。退到下处，取了令公骸骨，辞了店主，跳上骕骦良骥，不去燕州，竟望佳山寨而走。有诗为证：

只身取却令公骸，慨想谁如彼壮哉。
槁木辽人机术巧，又将良骥带将来。

卷三

孟良带马回三关

却说孟良跑马不去燕州，竟望三关而走。逻卒飞报幽州总督，总督急奏萧后。后大惊，随遣萧天右率轻骑五千追之。天右领旨，引军竟追孟良。孟良跑到半途，忽回头一顾，只见后面尘头滚起，自想必是太后发兵追赶，拍马奔走。至于三关地界，早有哨军遥望孟良跑马而来，忙报六郎。六郎急令岳胜等出马，看是甚么缘故。岳胜等得令，披挂出马瞭望，只见孟良高声叫曰："辽人追赶甚紧，快来接战。"岳胜曰："汝上关歇息，我等迎接辽兵。"孟良入寨去了。岳胜摆开队伍，霎时萧天右横刀骤马而到，厉声骂曰："贼徒！盗我骕骦良骥，好好献还，饶汝等残喘，不然踏平三关，方始回军。"岳胜怒曰："好贼奴，敢如此大言！"舞刀跃马，直取天右。交战十数余合，焦赞从旁杀出，六郎又驱军从后掩杀。萧天右望见，拨马走回。岳胜等众，乘势追杀，北兵大败。直赶至澶州界上，乃收军而回。萧天右止剩下十余骑回去。

却说六郎到寨中，乃问孟良曰："何为一人独往幽州而去？"孟良备道其情由。六郎曰："负累汝矣。"遂遣人送骸骨归葬先陵。又将骕骦良骥献上朝廷。使人到了汴京，近臣引奏真宗。真宗见马大悦，谓群臣曰："此马本来献朕，被辽攘夺而去，今又夺得回来，可见中国有人。卿等言，将何以待杨郡马也？"八王曰："当遣酒帛之类犒赏其众可也。"帝允奏。正欲遣人赍段匹、羊酒，赏犒佳山寨三军，忽近臣奏："澶州守臣表奏，辽兵进寇甚急，乞朝廷发兵御之。"真宗看罢表章，问群臣曰："辽兵侵犯澶州，当令谁人领兵讨之？"八大王曰："佳山寨与辽相去不远，可敕令杨郡马领兵伐之。"帝允奏，遂遣使臣领旨，并赏犒之物，赍往三关而去。

使臣不日到寨，六郎等叩头领旨毕，乃将朝廷段匹，俵散诸将。六郎言曰："今辽寇澶州，皇上命我御之，汝等谁肯领兵先行？"孟良曰："祸自小将生出来的，愿先往迎敌。"六郎曰："天右，辽之名将。汝引兵先行，须用计迎敌。"孟良曰："马到擒来。"六郎曰："汝亦紧防之，不可造次乱动，吾即引众从后杀来。"孟良领兵五千去了。又唤岳胜曰："汝引兵三千，埋伏于澶州之后，待敌人战到半酣，可出击之。"岳胜领计去讫。六郎自统步军三千，随后救应。

辽卒飞报天右，天右与耶律第曰："拐我娘娘良骥，今访得是三关剧盗孟良也。闻彼引军来与我接战，汝等助我削平三关，取得马回，定奏娘娘重加旌赏。"耶律第曰："谅此盗马小贼，有何难敌？我等定要擒之，以慰主帅之心。"言罢，天右下令摆开阵势。只见宋兵如风骤到，孟良全身披挂，绰斧出马，立于阵前言曰："贼奴不退，来送死耶？"天右大怒，骂曰："偷马之贼亦来出战，诚可羞也。"举枪直取孟良。孟良迎战数十合，不分胜负。番将耶律第纵骑助战。忽岳胜一军从山后杀出，与耶律第交马。辽宋两军鏖战良久。天右勒马佯走，孟良骤马赶上，抡斧劈面砍去，只见金光灿烂，不能伤之。孟良见砍不入，大惊，拨马回走。辽兵赶来，宋兵四下奔走。天右赶了一程，见前面杀气连天，恐有埋伏，收军回营。

孟良回寨见六郎，道知砍萧天右之事。六郎曰：“世间有此奇怪之人，待吾明日出阵，看是何如。”次日，六郎命陈林、柴敢守寨，令岳胜引刘超、张盖先战，又令孟良、焦赞引王琪、孟得、丘珍、郎千分左右而出。众将得令而去。

却说萧天右与部下言曰：“孟良、岳胜，英勇难敌，且部下皆是强徒，俱能厮杀。若但死战，徒劳无功，不如设计胜之。”耶律第曰：“元帅有何计策？”天右曰：“南去一谷，名曰双龙，内中只有一条小路，可透雁岭。但先得一人引骑军三千埋伏谷口，待我赚得宋人入谷，即出兵截住谷口。倘宋人冲突而出，多设弓弩射之。不消半月，宋人皆饿死于谷中矣。”耶律第应声曰：“小将愿往。”天右曰：“得汝去，犹为妙也。”耶律第领计引军去讫。又唤黄威显，谓之曰：“汝引步军三千，屯于雁岭之上，待我引军一出，汝即滚石下来，塞断其下之路。又要多张旗帜，使敌人不敢登山越岭。”黄威显领军去讫。

天右分拨已毕，忽报宋将寨外搦战。天右披挂上马，摆开阵脚。岳胜舞刀先出，大骂：“砍不死的囚奴，尚敢出战。”天右大怒，挺枪直取岳胜。岳胜与战数合，孟良、焦赞，左右冲出，天右力战三将。六郎从傍挺枪刺之，只见金光迸起，刺之不入。六郎思忖：“此非人也，必是个妖物，须定计擒之。”只见岳胜等乱刺天右，天右败走，三人追之不舍。六郎恐三人有失，亦随后追之，被天右直赚入谷去。

六郎见山势险峭，树木茂盛，急鸣金收军。忽谷口金鼓齐鸣，喊声大振。孟良等拚死冲突而出，只见万弩齐发，宋兵被射伤者甚众。孟良等遂退入谷中。六郎曰：“汝等恃血气之勇，只管赶杀，不思被他赚入谷来，无计得出，将奈之何？”孟良曰：“那头有条小路，可通雁岭。彼今走入此来，毕竟亦从那里出去。彼欺我等不知路径，我等亦趁此赶杀，从那里出去。”六郎曰：“既有小路，快杀出去。”

及至雁岭，只见辽兵纷纷，俱在岭头，擂木滚石，塞断其路。又见漫山遍岭，树立旗帜。焦赞曰："此处难出，莫若还从谷口冲杀出去。"六郎曰："不可。徒伤生也。辽贼锐气正盛，难以冲突，不如少停此中，俟其疲倦，方可杀出。"岳胜曰："设若久居其中，内绝粮草，外无救援，辽兵乘虚杀进，那时人困马隤，何以为敌？岂不是坐以待毙？还依焦赞之言，奋力杀出是也。"六郎曰："救兵到有，只是无人去取。"孟良曰："何处有之，小将愿去取来。"六郎曰："此去五台山三十里之遥，吾兄杨五郎在彼寺为僧。若请他来，此困立解。"孟良曰："将军等在此忍耐，待小将偷出谷去，径到五台山，请得他来。"六郎曰："汝既肯去甚好，若见吾兄，请他火速相救。"孟良应诺，遂打扮与番人无异，辞别六郎，星夜偷出雁岭。陡遇番兵夜巡，被孟良砍之，取了军人之铃，绕营摇之，高声叫曰："牢牢把把，莫交走了杨郡马；牢牢守守，莫交走了宋蛮狗。"时辽营并无人知之，随着孟良过岭而去。

孟良就走过了岭，星夜到于五台山。将进寺门，见一行者，孟良问之曰："杨五郎师父在寺中否？"行者曰："君是何人，问杨师父有甚事？"孟良曰："某非他也，乃杨六郎将军差遣来的，烦为通报。"行者闻是五郎家中之人，即引入方丈，禀知五郎。五郎出来，相见毕，五郎问曰："汝名谁，来此何事？"孟良曰："小将孟良是也。近因杨将军招归帐下，同镇三关。今辽兵侵犯澶州，朝廷命杨将军讨之。不意被辽人赚入双龙谷中，伏兵截住谷口，不能得出。今粮饷已绝，救兵又无，故杨将军特遣小将来请师父，解此一厄。"五郎曰："何不表奏朝廷，发兵相救？"孟良曰："救兵如救火，待奏朝廷发兵，杨将军等皆饿死于谷中矣。特因师父这里相去甚近，故来拜请。乞师父念手足之情，暂屈一往，救出众军士，九原不忘。"五郎又曰："我出家之人，誓戒杀生，岂可复临阵乎？且戎任未亲，枪骑顿忘，去亦无益。"孟良哭诉曰："乞师父以慈悲为本，此行救活众军，阴功浩大，胜念千声佛也，幸勿推辞！”五郎曰：“出家多年，已无战马，教我怎么与人迎敌？”孟良曰：“但师父肯去，要马不难，小将即回佳山寨，取得马来。”五郎曰：“微躯颇重，寻常之马，难以乘载，惟八大王所乘的千里风、万里云两骑得一才可下山，出救汝等之危。”孟良曰：“此二马，师父苦苦要之，没奈何，小将只得星夜往八大王府中借之。”五郎曰：“若有此马，我即下山，决不推辞。”孟良别了，竟望汴京而行。

孟良计赚万里云

不一日，孟良到了京中，直进八大王府中，拜见八王，以借马解围之事一一告之。八王曰："杨郡马有书来否？"孟良曰："郡马围困双龙谷中，小将今在五台山来，未有书信。"八大王曰："既无郡马之书，马却难借汝。"孟良哀告曰："小将非为私也，亦为朝廷祸患，舍死忘生，竭力接战，故有此难。乞千岁垂念朝廷分上借我去罢！"八王曰："汝既要马，速去讨得郡马书来。"孟良曰："再去讨书，往回却要许多日子，岂不饿死杨将军乎？"八王曰："这贼，叫汝去讨书又不肯去，却思量飘空来拐骗我之马也。"孟良曰："安敢这等胆大，来骗千岁之马。"八王曰："我素不认汝，今只据汝口词就把马借去，决无是理。快走！快走！再勿多言。汝再抵死不去，我将汝做贼，拿送法司，定行问罪。"孟良见八王怒发，只得退往无佞府，去见令婆。

既见令婆，孟良告曰："杨郡马被困双龙谷中，遣小将往五台山求五郎师父相救。师父要八大王之马方下山来，小将只得来京与八王借之。哪晓八王见无郡马之书，坚执不与。今小将无奈，只得来见太太，商议作个区处。"令婆听罢，哭曰："吾夫与诸子降宋，皆没疆场，惟存此子，今又被困，倘有不测，使老身倚靠于谁？"九妹言曰："母亲勿忧，哥哥遭困，待我与孟良同去救之。"令婆曰："汝念手足去救极好，但到彼地，须宜斟酌行事，勿得有误。"九妹领诺。孟良曰："既肯同去，请先出城外四十里驿馆等待，小将今夜往八王府中，偷了马来赶上同行。”九妹归房，收拾辞母，竟往驿馆等候去讫。

却说孟良悄地跳入八王后花园中。将近黄昏，抽身竟向敕书阁边放火。一霎时，火焰涨天，军校急报八王。八王大惊，急令人救之。守厩之人俱往救火去了。孟良乘其扰攘之际，走进马厩，偷取千里风，牵向后花园，开了角门，竟跑出城。及救灭了火，看马之人来拴吊千里风，却不见了。看马者急报八王，八王怒曰 :“被此贼徒算计，盗去了马。”唤人快牵万里云过来，八王跳上，挥鞭追赶。

时已二更，孟良得马，走出了城，心下甚喜。正行之际，忽听得后面马铃声响，如风骤一般，须臾间赶到。只见八王骂道 :“贼徒，快将马留下，饶汝之罪！”孟良大惊曰 :“何来恁快！”遂生一计，推千里风陷于淤泥中，躲避林间瞭望。八大王赶到，见马陷于泥泽，乃笑曰 :“此贼计较千般，不得马去，又推落泽中，以阻拒我赶杀他也。且待军校来抬他起来。”心下又怕陷坏了马，乃跳下万里云，径向前视之。孟良觑见八王下马，忙跑出林来，跳上万里云，叫声 :“殿下休怪！借此马去，退了辽兵，即送来还。”言罢，扬鞭勒马而去。八王跌足懊悔。

须臾，军校到来，抬起了马。告知众人，被孟良如此如此赚去了万里云，怎生是好？军校曰 :“爷爷勿忧，想他毕竟是真去救杨郡马也。不然，有甚要紧，拚命来盗此马？他若救出郡马，敢不送还？”八王听众军劝解，乃乘着千里风，回府去讫。

次日平明，孟良会见九妹，说知盗马前后事情，九妹喜曰 :“汝好机变，果好匹马。当速往五台山付与五哥，请他快来救应，我往澶州寨中等侯。”孟良单马往五台山，见五郎，道知借马本末，与九妹同来救应之事。五郎曰 :“看汝之心，可谓忠勤报主矣。”遂点起头陀五六百人，扯起杨家旗号，竟往澶州而去。

不日到了寨中，与九妹相见。九妹曰 :“六哥受困谷中，想他坐若针毡，今夜即杀入辽营，以解其围好否？”五郎曰 :“辽势浩大，不可轻犯其锋，待探信息，方可出兵。”

却说大辽游骑，知五郎救兵至，急报萧天右。天右与诸将言曰：“杨五郎骁勇莫敌，吾有一计，令彼自退，定要困死六郎等于谷中矣。”耶律第曰：“请元帅陈其妙计。”天右曰：“今捉得大宋之民，拣选面目似六郎者，枭其首级，悬于高竿。令军士等声言，六郎皆饿于谷中，不能动作，昨被吾军杀入，尽行诛戮。彼若见了首级，必自退去。”耶律第曰：“此计妙甚。”天右唤过所捉之民，捡一貌似六郎者，枭了其头，令军人悬之于竿。传说六郎被擒，枭首号令边关。

哨军听得，慌报五郎。五郎大惊曰：“吾弟困久，辽人乘虚杀入擒之，理可信也。”乃令九妹往观首级。九妹披挂出马，着人通辽帅：“将首级来看，果是六郎，即便退兵。”天右听知这话，即令人挑出寨外，与宋人看之。九妹见面貌甚似，挥泪骂曰：“臊臭瘟奴，不报杀兄之仇，誓不回军！”遂回营告知五郎。五郎曰：“杨门抑何不幸，此子又被枭首，吾今亦徒尔下山。”惟孟良不信，乃曰：“此是假事。杨将军困于谷中，部下岳胜、焦赞，俱是虎将，怎不竭力救护？单单着他砍了本官一颗首级，且杀得这等干净，便无一卒逃回？”五郎亦然其言。

是夜天气清明，星斗灿烂，五郎步出帐外仰观，只见将星朗朗照着双龙谷中，乃曰：“六郎不曾遇害。”次日，谓九妹曰：“夜来观星，六郎定还在。但通不得一个信息，叫他从里杀出。”孟良曰：“小将愿往。”五郎曰：“必须汝去，吾始放心。”孟良辞别而去。九妹曰：“兵者，诡道也。彼今诳我，我欲往探，以破其谋。”五郎曰：“汝不可去。倘有疏危，是自罹于祸阱。”九妹曰：“不必挂心，自有方略。”言罢，辞别五郎，扮作猎人，游至天马山。

深入其中，不识去路，沿山麓而走，恰遇辽兵数十来到，九妹抽身向山后而走。忽见一小庵，九妹即入其庵。庵主问曰：“汝是何人？来此山中何干？”九妹曰：“吾乃杨令公之女九妹是也。因吾兄被辽人困于双龙谷，吾今来探消息，不知路径，忽遇辽兵追赶，无处躲避，特投贵庵。望师父救我一命，结草相报。”庵主曰：“汝好胆大，何为孤身深入此来！吾今不救，性命怎逃？”言罢，令卸下弓箭，取出道衣穿起。已毕，番兵赶到，捉住九妹。庵主曰：“汝等有何缘故捉吾弟子？”番兵曰：“既是汝之弟子，缘何身带军器？”庵主笑曰：“此山狼虎极多，出则必带弓箭，防其所伤。适我往雁岭庵回，着令他往山后施主家去，约会明日同往雁岭庵赴佛会，故叫他带弓箭防身。”番兵听得这话，遂放了九妹，言曰：“汝弟子能射，必知拳棒，我要与他比试。若还不肯比试，定要拿见娘娘。”庵主曰：“吾弟子昔日无仇，今日苦苦相逼，何也？”番兵曰：“近因辽宋交兵，娘娘传下令旨，各处关隘，俱要严加巡视，防备宋人打探消息。我等故疑此人是个奸细，故要比试。”九妹曰：“师父不必忧虑，凭他比试便了。”言罢，即出庵前相斗拳棒，数十番兵无一抵敌得过。番兵遂回去讫。九妹亦辞庵主而行。庵主曰：“汝来此艰难之甚，必探访得实落回去，亦不枉受这番危险。姑待数日，我与汝访之何如？”九妹领诺，遂止于庵不题。

张华遣人召九妹

却说张华家丁与九妹比试不过，沿途嗟叹不已。及回到府中，见张华丞相禀曰："小的偶往天马山打猎，逢一修行之人，武艺娴熟，我等十数人，无一能敌之者。"丞相曰："既有此等勇士，我即遣人召来见娘娘，封他官职，协同伐宋，岂不妙哉！"遂遣人赍敕，竟往天马庵来。使人到庵，见了庵主，道知张丞相来召之事。庵主问九妹曰："张丞相遣人召汝，怎生是好？"九妹曰："既丞相来召，当往应命。"庵主愕然，乃点首招九妹于庵后言曰："汝是宋人，倘人认得，一命休矣，缘何辄许赴召？"九妹曰："蒙君相待，至于如此，足感盛情。但此一行，自有斟酌。且这个机会，亦足以探吾兄消息。"庵主曰："此等机会，实危险可惧，日后遭祸，毋怨我也。"言罢，九妹遂辞庵主，同使人竟往幽州而去。

不日到了幽州，番卒引进张华府中。参见毕，张华问曰："汝姓甚名何？生于某处？"九妹曰："小人姓胡，名元，祖籍太原。幼年习文，屡试不第。后又习武，亦不能就。遂弃家庭，修行云游。昨承命召，不敢违迕，特来拜见。"张华见九妹声音清亮，言语激烈，丰神俊秀，喜不自胜。乃命九妹居于书房，九妹称谢。张华入后堂，见夫人言曰："月英长成，亦当婚配，未得其人。昨在天马山，招一壮士，文武全才，吾爱之重之，欲将月英配他，夫人意下何如？"夫人曰："公相既允，妾复何辞？"张华大喜。次日命人将招赘之事，告知胡元。胡元曰："此事我深愿也，但俟杀退宋兵，回来成亲。"其人将胡元之言回答张华。张华曰："若能如此，老夫门楣愈有光矣。"即以胡元退宋之言入奏萧后。后大喜，下命封胡元破宋骠骑大将军，领兵三千，前往萧天右军营助战。

胡元得旨，谢恩退出，辞别张华，领兵竟到澶州，向西扎一寨。正欲参见萧天右，忽报杨五郎索战。胡元单骑直跑出阵，大叫："宋将速退，免受其殃。"五郎见是九妹，大惊曰："贤妹如何领辽之兵出战？"九妹曰："闲话不叙，但乞五哥佯败。"五郎与战数合，佯败，走回本阵。九妹亦不追赶，收军回营。番卒报知天右，天右大悦，遣人请入帐中，商议退敌之计。番营有认之者，密告天右曰："日前来看杨六郎首级；就是此人，元帅须提防之。"天右大惊，遂喝众军擒下胡元。胡元乃曰："元帅拿我，我有甚罪？"天右曰："日前汝来看六郎首级，今日敢来诈降以欺我耶！"言罢，喝令左右将陷车囚于营中。次日，遣军校解回幽州见萧后。后闻奏，即宣张华问曰："卿日前所荐之人，乃杨家之将，苟非军士认得，几败乃事。卿何用人如此不实？"张华曰："臣实不知，乞娘娘恕罪。"萧后遂将九妹发下天牢，候再擒宋人，牵出一齐枭首示众。有诗为证：

为兄失策困双龙，乔扮修行密访踪。
本欲破围全骨肉，谁知先自受牢笼。

却说五郎探知九妹消息，即与陈林等商议曰："六郎天幸无恙，但闻九妹被擒，囚于幽州狱中，吾当先往救之。"陈林曰："将军何策，可以破之？"五郎曰："西番陀罗，乃辽之与国。吾今诈作陀罗国，举兵相助，萧后必信。那时军入幽州，攻破牢狱以救之也。"陈林曰："将军有此神算，毕竟成功，小将亦引军接应。"五郎遂引军悄地绕澶州界外入幽州，扯起西番陀罗国旗帜，遣人报萧后。后得报，命侍臣宣陀罗国统军主帅入见。杨五郎承命，进于阙下。称呼毕，萧后曰："途路风霜，劳顿元帅殊甚。"五郎曰："吾主闻娘娘与宋兵交战，未决雌雄，特遣臣领兵助战，此君命所在，敢云劳苦？"萧后大喜，设宴相待，亲自举觞奉酒，赐赏甚厚。五郎酒至半酣，起身告曰："蒙娘娘厚赐，明日即出兵以擒宋人。"萧后曰："军士远涉疲劳，姑休息数日而行。"五郎称谢。酒筵既罢，五郎遂辞太后而出，屯兵于城南。乃暗传令军士俱要准备，乘番人不知，今夜杀入牢狱，以救九妹。

却说狱官章奴，知九妹是杨家府之子，隆礼相待。每欲放九妹，未会其便。是时九妹在狱卜课，遂谓章奴曰："适卜课大吉，主今夜当离此狱。蒙君相待甚厚，不敢隐讳。"章奴曰："我欲释君久矣，但恐君去，我受其殃。"九妹曰："君随我走过南朝，即奏朝廷，高封君职，以相报也。"章奴曰："君肯带我同去，今夜即越狱而出，不宜再迟。"九妹整顿齐备，将近黄昏，只听得外面炮响连天，五郎引五百头陀，从城南杀入狱边而来。近臣急奏萧后，反了陀罗国军民。萧后闻奏大惊，急令紧闭午门。五郎一马当先，杀入狱中，忽遇九妹正与章奴从狱中杀出，番人不敢抵敌。五郎、九妹在城中左冲右突，杀死番人不胜其数。复各处放火，嚷闹一晚，然后引军杀奔澶州而来。

天右不晓是甚缘故，兵从幽州杀来，却未准备，部下大乱，被五郎、九妹杀进营中乱砍。耶律第出马迎敌，五郎与之交战两合，被五郎一刀砍于马下。陈林、柴敢听知呐喊，想是五郎兵到，引军杀出。萧天右见宋兵声势昌炽，拍马逃走。五郎骤马追之，天右回战数十余合，被五郎挥刀劈面砍去，只见金光灿起。五郎忖道："吾师父曾说，辽有两将，乃逆龙精降生，刀斧莫伤，不想就是此人。当时师父曾授我降龙咒一篇，若交战遇之，诵起此咒，无有不胜。"五郎即诵之。只见狂风大作，飞沙走石，半空中忽一金甲神人飞下，手执降魔杵一条，大叫："孽畜好好回去，饶汝之罪！"只见天右滚落马下，五郎提起大斧，用尽平生力气砍之。忽一道火光，冲天而去。

五郎遂挥兵杀进双龙谷中。六郎听得谷口喊声不绝，知是救兵到了，驱军杀出。孟良一马当先，恰遇黄威显，交马一合，被孟良砍于马下。六郎与五郎合军一处，杀得番军尸横遍野，血流成河，夺得无数马匹军器。六郎收军，还佳山寨，与五郎相见，乃曰："倘若哥哥不救，小弟等必饿死于谷中矣。"五郎曰："九妹为访贤弟消息，被萧后囚于狱中。我昨诈为西番陀罗国举兵相助。彼不知觉，被我杀入狱中，救出九妹，不然，九妹亦休矣。复后乘机杀到澶州，天右不知其由，吾兵骤至，彼无准备，部下大乱，吾军杀人，遂获全胜，救出贤弟等也。"九妹曰："小妹在狱，有一狱官名章奴者，蒙彼相待甚厚，昨日放妹出狱，同持戟杀退番兵，不意被番兵所伤。此人之恩，痛惜无由报答。"六郎乃问被囚情由，九妹将庵主相待，及往幽州张华招赘之事本末，俱道一遍。五郎曰："此亦是个贤人，当遣些礼物谢之。"六郎依言，遣人送金银各五十两，往谢之。

六郎于是设筵，赏犒诸将。饮酒已阑，五郎曰："贤弟与列位，当竭力防御辽人，藩卫王室。老母在堂，九妹回奉甘旨。愚兄告别，仍往五台山去也。"言罢，兄妹遂辞别而行。六郎送出寨外作别。有诗为证：

> 同枝深幸脱灾归，聚首须臾又别离。
> 风急雁行轻拆散，孤飞形影各东西。

却说六郎回寨，写了退辽表章，遣人申奏朝廷，并携万里云送还八王。使人既去，复令军士严整戎伍，招募英雄，以防大辽侵犯。

时萧后被杨家之兵大闹了幽州，又萧天右等战没于阵，心甚不乐。乃敕耶律休哥等，紧守关隘，不得妄动，以致宋师侵害。自是边祸少息。三关之威，震动幽州。

却说真宗看罢六郎破敌之表，乃与八王议曰："杨郡马杀退辽人之功，当升其职耶？当赏其众耶？"八王曰："陛下姑赐其金帛以犒赏军，伺后再立功绩，则升其职。"帝允奏，遂遣人赍金一千两、段匹十车，前往三关犒军。使臣领旨赍物去讫。

是日朝散，王钦归府，自思："杨家英勇如此，吾即老死于汴，不能遂吾之志。吾想朝廷之上，惟谢金吾声势表里，不如请他来商议，设个计策，谋死杨六郎，方好行事。"顷刻间，差人请得谢金吾到，王钦出府接入。坐定茶罢，谢副使问曰："下官今日蒙王大人见召，不知为着甚事？"王钦曰："圣上宠厚下官，须生死难报，大人所知之也。奈八王嫉妒，深入骨髓。日前公出，到天波滴水楼前经过，未曾下马，被杨府家奴辱骂一番，惶恐难当。待奏圣上，又恐八王来做对头。思想起来，无如之何，只得辞官去，采樵于山，钓鱼于水，杜门不出，免人欺凌，而绝耻辱也。"谢金吾曰："大人何自损锐气？今圣上所亲厚者，止有我二人而已。八王权势虽尊，朝政不属于彼，此亦何惧之有！若论杨府，惟存六郎一人，其余皆死于非命。且先帝特立无佞府天波楼，不过使其舍死以御敌人，当今圣上何尝将此挂心？下官明日试往过之，无甚说话则亦已矣，若有一毫少及于我，即令手下拆之。"王钦暗喜，乃曰："谢大人休要惹祸，若拆其楼，令婆岂肯与汝干休？必来进奏。圣上重念其功，为之作主，反受其殃矣。"金吾曰："王大人放心，吾自生支节，以奏圣上，定要拆之。"王钦假意劝之至再，复留饮酒。至晚，谢金吾辞谢，王钦送出府门外而别。

杨六郎私下三关

却说谢金吾，次日摆队往无佞府前而去。将近天波楼，手下禀曰："凡大小官员，在此经过，俱要下马，请老爷下马过之。"谢金吾曰："此非禁门，何下马之有！"喝令敲金鸣鼓而过。

杨令婆正与柴太郡在厅前闲叙，忽闻府外金鼓喧腾，令人出府觑看。回报谢金吾端坐马上，喝令左右大张响器而过。令婆怒曰："极品公侯在此经过，下马恭敬，不敢轻慢。谢金吾职非极品，何敢如此欺凌！"言罢，遂唤丫头，拿出朝服，整顿入朝进奏。侍臣引见真宗。真宗赐坐于侧，乃问曰："夫人今日亲造于朝，为着那件事情？"令婆跪下奏曰："先帝垂念夫君诸子死于王事，特建无佞府天波楼，以旌奖焉，又着令官员人等经过俱要下马。今日，谢金吾喝令左右响张金鼓，端坐马上而过。观此夸扬势耀，非欺老妾，乃欺朝廷也。"真宗听罢，再三慰之。令婆退回府去。

真宗即宣谢金吾升殿，责之曰："先帝遗旨，汝何敢违？令婆适劾汝经过天波楼前不下马来，此系忤逆圣旨，拟罪当斩。"金吾奏曰："小臣何敢逆旨！但因日前敕命使臣，赍金帛犒赏杨郡马，使臣领旨在身，从天波楼前经过，要下马来。小臣见之，说道不便。然天波楼前之路，实南北往来要道，凡朝贺圣节，特为陛下而来，又从此处下马，此楼更尊于陛下矣。且此是前朝使愚使贪之计，有何所重？臣欲会同朝臣进奏此事，想令婆知臣有此举，故先以欺朝廷进奏，以箝臣之口也。但臣荷陛下重恩。凡有不便朝廷之事，虽刀斧加身，亦必诤之。乞陛下先将臣诛戮，然后降旨毁拆天波楼，以便南北往来，而尊朝廷也。”真宗闻奏不语，王钦乘机奏曰：“谢金吾之奏，甚切时议，乞陛下为准理之。”真宗曰：“卿言固是，亦须再详，又得来说。”谢金吾既出，王钦暗地辩论谆谆，真宗遂下令着谢金吾毁拆天波楼。

敕命既下，杨府家兵闻知消息，急报令婆。令婆与柴夫人言曰：“今朝廷轻信谢金吾、王钦之言，毁拆天波楼。倘被拆之，贻羞于夫君多矣。”柴郡主曰：“此事必哀恳八王，转达天廷，才能止之。”令婆曰：“须速往告之可也。”柴郡主即往八王府中。与八王相见毕，柴郡主曰：“谢金吾妄生事端，无故进奏圣上毁拆天波楼，不期圣上准之。妾今特来哀告殿下，转奏圣上，止息不拆，则杨门不独生者衔恩，死者亦感德矣。”八王曰：“郡主不来说，我亦欲去奏之，但闻王钦私赞其事。今圣上所信者，此二贼子。彼谓此楼不便天下往来，故圣上深以为然。我今度之，虽去进奏亦难挽回。谢金吾小丈夫也，郡主急归，与令婆商议，将金宝赂之，买其宽宥数时，等我遇便奏帝，或者可保其不拆。”

郡主领命，归告令婆。令婆曰：“若保全此楼，无限荣耀，须罄家藏亦甘心焉耳。只愁金吾不受买嘱。”郡主曰：“闻得金吾与刘宪最为心腹，遣人送礼，挽他递进，彼必然接受。”令婆即密遣人挽刘宪，送谢金吾玉带一条，黄金百两。刘宪领物，送入谢府。金吾见杨府送礼，自矜曰：“杨府恃功骄傲，满朝文武无敢与抗衡者。非我今日设此计策，岂识我谢某耶？”刘宪曰：“杨府今既帖服，大人可与之方便。且此事，亦无甚紧要，朝廷毕竟不究。缓缓延捱，留之不拆，则落得杨府相敬重矣。”金吾听刘宪之言，遂受了礼物，令来人以不拆回复令婆。令婆大喜，遣人告知八王。

不想金吾所受贿赂之物，王钦早已知之。王钦复密奏真宗，亟行毁拆。真宗闻奏，敕金吾火速毁拆。金吾不得已，引军校往拆之。八王听知，遣人报令婆："圣意难回，可着人星夜往三关召回六郎，商议计策。"令婆闻知，闷闷不悦，寝食俱废。八娘曰："此事必须令人请回六哥，才可止得，不然日后又生计策来拆无佞府也。"令婆曰："未有诏命，六郎怎敢擅离三关？"八娘曰："六郎兵印权付部下，代掌几日，悄地回来，事定即去，有何不可？"令婆曰："此事全要机密之人行之，叫我遣着谁去？"九妹曰："小女曾到三关，愿往去来。"令婆曰："汝去极好，但要快回。"九妹遂辞母，望三关而行。

不日到了，入寨见六郎曰："谢金吾冒奏圣上，毁拆天波楼。母亲遣小妹来请兄长，星夜回汴商议。"六郎曰："满朝众臣不救，八王亦忍心而弗救耶？"九妹曰："八王言谏不得，他着人来说，要请哥哥快回商议。"六郎不胜愤激，屏退左右，低声与九妹言曰："朝廷今无诏命，我敢擅离此地？"九妹曰："母亲亦曾虑及于此，八姊说道无妨，请哥哥把印与部下掌着，事定就来。"六郎听罢，即唤岳胜分付曰："母亲有紧急事，着舍妹来召，我回一看即来。汝与孟良等谨防北辽奸细，遵依吾之号令。待焦赞回来问我，只说打猎去了，不可令他知之。"遂将印付岳胜，岳胜领受而退。六郎同九妹，悄悄离了佳山寨，望汴而回。有诗为证：

权臣平地起奸谋，奏毁天波滴水楼。
郡马带星归去急，怕来慈母不禁愁。

六郎与九妹星夜回至半途，忽焦赞从林中跳出叫曰："将军何为分付莫与焦赞知之？小将在此等候多时矣。"六郎惊曰："冤家到了。"乃责之曰："汝何私逃至此，该甚么罪？"焦赞笑曰："将军亦私离至此，又该甚罪？小将闻京中最是繁华去所，平生未见，今日要跟将军同去看之，始慰吾之心愿。"六郎曰："真好恼也！我此来怕人知觉，且汝之性甚不良善，若到京师，必竟生祸。汝听吾言，可归三关，我回当独加重赏。”焦赞曰：“小将不要赏，只要去看景致。若不许去，小将先往京中，传扬将军私离三关。”六郎怒曰：“这畜生如此无礼，你去有甚勾当？”九妹曰：“只他一人，哥哥带去有何妨碍？但叮咛嘱付，勿使生事便罢。”六郎遂依其言，带焦赞同来汴京。

归到无佞府，见了令婆，拜毕。令婆一见六郎，两泪汪汪，言曰：“汝父子八人尽丧，止有汝一人，老母今日一见，勿觉疼上心来，搁不住腮边泪也。叫汝回来，别无话说。当日先帝，因汝父子有保驾之功，敕建天波楼，以旌奖焉。今谢金吾恃宠欺我杨门，冒奏此楼不便天下往来。圣上听信，下命毁拆，若不能止之，日后无佞府亦难保也。”六郎跪下言曰：“母亲休忧伤神，待儿与八王言之。我父子俱死国难，料圣上必竟垂念而不毁拆。”柴太郡曰：“若得八王竭力维持，何愁金吾小辈。”六郎既与家眷俱相见毕，乃安置焦赞后面书房歇息，着军校伏事防守，勿令出府生事。

时焦赞路途辛苦，到府两日亦不觉得。连住了几日，拘禁得慌，与军校言曰：“我跟本官来京，止望遍城游玩景致，早晓这等监守，何似当初不来。汝等肯引我入城观看一番，多买酒食相谢。”军校曰：“放汝出去，只恐你们生事，那时连累我等，怎生了得？”焦赞曰：“好哥哥，带我出去，三生不忘，且我不生事便罢。”于是军校暗开后门，瞒着六郎，引焦赞入城游玩。果见一座好城，有诗为证：

虎踞龙蟠地有灵，长安自古帝王城。
红云日拥黄金阙，紫气春融白玉京。
孔雀徐开金扇迥，麒麟高喷御香清。
皇图巩固齐天地，四海黎元乐太平。

又后人叹息汴梁，作诗一首：

三百余年宋祚遐，平原千里挹嵩华。

黄袍昔照陈桥柳，翠袖今埋故苑花。
南渡一龙能立国，北行双马不还家。
伤心漫写兴亡恨，汴水东流日夜斜。

焦赞夜杀谢金吾

焦赞与军校进了仁和门，只见人如蚁聚，货似山积。焦赞言曰："若非老哥放出时节，怎么见得这般热闹去所？"军校惊曰："汝好大胆！倘人听见，盘诘究出是三关逃军，拿去问罪，却不连累本官？"赞笑曰："道这一声，便有何害？"忽行到酒馆面前，闻得作乐歌唱，肴馔馨香。赞曰："可进里面沽饮三杯而去。"军校曰："这里闹纷纷的，我等难以从容饮酒，当往城东望高楼偏僻去处，饮之可也。"焦赞闻他这话，遂邀军校，径往望高楼饮酒。

饮至日色将阑，军校催趱回府。赞曰："此地难再得到，望老哥多饮两杯，今晚只在此店歇宿，明日回去也罢。"军校曰："明日本官见责，我等怎生分理？"赞曰："无妨，我自分解，不致罪加汝等。"军校见其性急，恐嚷闹被人知觉，只得依随，直饮酒至更尽方罢。焦赞不肯歇息，邀军校乘着月色，东荡西游。游到谢副使门首，听得里面大吹细擂，作乐饮酒。焦赞曰："这个人户好快活也。"军校笑曰："你不消说他，此正谢金吾之家。是汝本官对头，乃当朝第一幸臣，最有威势。今领着旨，来拆滴水天波楼。汝本官回来，为着这些事情。"焦赞先未知谢金吾之家也自罢了，此时一知，杀心顿生，谓军校曰："汝二人在此等着，待我进去，结果了这贼出来。"军校吓得战战兢兢，浑身麻了，言曰："汝生事出来，连累我等。可速转店安歇，明早回去，本官还不知觉。不然，我先回去报知本官，定行重责。"

焦赞怒曰：“汝二人要去只管去，我今定要这般行也。”

二个拖焦赞转至后面墙角边，焦赞说声撒手，踊身一跃，跳过其墙，里面乃后花园也。悄地进到厨房，家人俱在堂上伏事饮酒，只有一个丫头在厨房，整备酒肴。焦赞抽出短刀，向前杀了。提头走出堂中，只见金吾居中坐着，乐工歌童，列于两旁。焦赞将那颗头照金吾脸上打去。金吾大惊，扑得满面是血，大叫：“有贼，众人快拿！”焦赞走向前，骂曰：“奸佞贼，你认得焦爷么？”言罢，望金吾项下一刀，砍落其头。众人见了，各自逃生。焦赞恨怒不息，一门不分老幼，尽皆杀之，并未走脱一人。有诗为证：

静中察天道，天道好循环。
妄意将人害，全家一剑餐。

时夜三更，焦赞将筵中美酒佳肴饱恣一餐，临行思忖：“谢金吾一家被我杀了。他乃朝廷宠臣，肯干休罢了？必竟贻累街坊受祸。不如留下数句，与人猜详，庶不贻害他人也。”即将血大书四句于壁。诗曰：

四水星连家下流，二仙并立背峰头。
明明写出真名姓，仔细参详莫浪求。

题罢，复从后园跳出，去寻军校不见，乃躲于城坳，过了一晚，次日清晨，逃回杨府去了。

却说巡更军卒，夜闻谢副使府中被盗，亟报王枢密知之。王钦竟往谢府视之，只见老幼一十三口，俱皆杀死。壁上大书血字四句，乃是凶身名姓。命人抄写，进奏真宗。真宗大惊，下命王枢密，体访是事。王钦奏曰：“臣缉访得，杀死谢金吾者，乃杨六郎新招贼徒焦赞是也。”真宗曰：“杨郡马镇守三关之地，那里有部将来此杀人。”王钦曰：“日前私下三关，带得焦赞同来。乞陛下遣兵，围住杨府搜捉，便知端的。”真宗允奏，敕令禁军捕捉杨景与凶身焦赞。旨命既下，禁军百十余人领旨而行。

时六郎正与令婆计议天波楼之事，忽左右报：夜来焦赞入城，越墙入谢金吾府中，杀死老幼一十三口，今朝廷差禁军围府捕捉。六郎曰：“这个狂徒，败吾家门。”道罢，禁军一齐抢入，捉拿六郎。焦赞听得这个消息，手执利刀，一直杀入。禁军见其凶恶，放了六郎，不敢近前捕捉。六郎喝声曰：“汝生出这大祸，尚敢相拒朝廷捕耶？好好自缚，去见朝廷请死。”焦赞曰：“杀人是我本等的事，这一生也不知杀了多少，希罕砍这一十三口而已。我今把这些狗奴杀了，待与将军回转佳山寨，看有甚人来奈我何！”六郎怒曰：“汝做出逆天大罪，又说这等不法之话，今若不听吾言，先斩汝首去献。”焦赞乃放下利刀，唯唯而退。禁军复欲来捉，六郎曰：“不必汝等动手。吾自缚见天子。”六郎、焦赞俱自绑缚，随着禁军入见真宗。

真宗问曰：“朕未有诏命宣卿，卿何私离三关？带领部将杀死谢金吾一家，应得何罪？”六郎奏曰：“臣该万死，乞陛下宽宥一时，伸诉冤苦。臣父子荷朝廷厚恩，虽九泉不忘。近因主命毁拆天波楼一事，臣母忧虑，遽成一疾，危在旦夕，惟恐死去，不得面见而饮终天之恨。又因三关此时略安，偷投来家，视省即去，虽带焦赞同来，监守在家。谢金吾全家杀死，黑夜难明，未必便是焦赞。乞陛下再行体访，如果是的，将臣等诛于藁街，以正朝廷宪典，敢求生乎？”真宗闻奏，持疑良久。王钦奏曰：“杀谢金吾者的是焦赞，即其自将血书名姓，又可为证。乞陛下将杨景、焦赞押赴法曹，庶后人知警而不妄为。”真宗犹豫不决。八王奏曰：“事亦可疑，岂有自杀其人，而又肯自书其名姓乎？但六郎、焦赞不应私离三关，其罪甚重。特念镇守三关功绩，免其一死，别行发落。”真宗允奏，敕令法司拟杨景等之罪。

六郎既退，王钦即遣人于法司处说，着令发配六郎等于边远凶恶地方。时掌法司正堂黄玉与王钦最相善，依其来命，遂将杨景发配汝州，监造官酒，递年进献三百埕，三年完满，听调别用。焦赞发配邓州充军。黄玉拟定，申奏真宗。真宗依拟，敕令杨景、焦赞即日起行，又命王钦安葬谢金吾全家尸首。王钦领旨去讫。

却说六郎闻此消息，不胜悲悼，归辞令婆。令婆哭曰："家门何大不幸，遂致如此。倘老身有甚吉凶，谁为收敛骸骨！"六郎曰："儿去三年便回，乞母亲休忧。且天波楼一事，儿与八王计议已定，他必保全不拆。焦赞杀了金吾，亦为朝廷除却一害。多感八王相救，不然性命难保，此又不幸中之幸也。"道罢，焦赞入见六郎言曰："闻朝廷发配将军于汝州，又问小将为邓州军，今特来请将军回三关寨，不必汝州去也。我一生好杀的是人，今日杀了谢金吾，却不是冤枉了他。此等奸佞之徒，我为朝廷除之，且不感戴，反把我来充军。然我所晓者，只是临阵擒军斩将而已，那晓得做甚军！"六郎曰："谁敢违逆圣旨！汝且小心往邓州而去。到于彼地，伺候赦书，赦除罪名，即有回三关之时。若再玩法得罪，则望生还三关，必不可得。"言罢，王钦差解军四十余人，来趱六郎等起行。六郎先遣焦赞与解军起身去，乃辞别令婆，望汝州而行。八娘、九妹直送至十里长亭而别。

焦赞在半途俟候六郎。六郎既到，赞曰："我此去不日即归三关，报与岳胜哥哥等知之，立地兴兵，来取将军也。"六郎曰："休得胡为，我今不致于死，何消如此。汝当忍耐三年两载，即便相会，再休妄生事端。好听吾言，谨记！谨记！"焦赞笑曰："贻累将军前途，休要埋怨，小将相报，除死便了。"言罢分别，与解军投邓州去讫。六郎与随行军人，望汝州而进。

正值三秋之候，六郎途中口占八句：

浅水芙蓉花满枝，园林木落叶初稀。

何人疏懒堪为侣，到处风尘解化衣。
傍晚笛声江上起，欲寒天气雁南归。
秋来不尽生愁处，翘望孤云片片飞。

六郎吟罢，投店而宿。次日，早到汝州，公人将解文投进府中，呈与太守张济看之。张济看罢，批了回文，着落军人回去，即邀六郎入后堂，问之曰："闻将军镇守三关，威震辽邦。吾等私谓将军非封国公，必授侯爵，今缘何又得发配之罪？"六郎遂将焦赞杀死谢金吾之事告之。张济甚加叹息，乃曰："将军宁耐，此去城西万安驿，极好监造官酒，便以解京。多则一年，少则半载，朝廷必取回矣。"六郎称谢，辞别张济，竟到万安驿造酒去讫。

却说王钦遣人打听六郎已到汝洲，乃请黄玉到府。坐定，王钦言曰："日前问杨景于汝州，好了他些。"黄玉曰："何为好了他？"钦曰："彼罪应死，圣上不欲显加其罪，而实欲暗置之于死也。"黄玉曰："此至是险地，监造官酒关系最重，朝廷动用的物微有差池，死罪难逃。明日大人可上一本，劾他私卖官酒，主上必怒，即赐死矣，无再可以得生之路。"王钦大喜曰："高见，高见，若大人不言，下官何由得知！"于是黄玉辞别，不题。

朝臣设计救六郎

却说王钦次日入朝，劾奏："杨景在汝州监造官酒，未经一月，将酒私鬻，积聚金银，欲逃反也。乞陛下枭其首级，以绝后患。"真宗闻奏，大怒曰："彼纵焦赞杀死金吾一家，亦该死罪。朕念其功，姑配汝州。今又私卖官酒，是欺朕也，难以再恕。"即下命团练使呼延赞，赍旨前往汝州，取六郎首级而回。旨意忽下，廷臣愕然。八王奏曰："杨景忠贞，必无是为。陛下休听狂夫之言，而枉屈损坏忠良之将。"真宗曰："杨景为恶，卿屡保之，故彼有所恃而轻藐国法，恣肆无忌。日前杀朕爱臣谢金吾一家，罪已不容诛矣，何况今日又盗卖官酒乎？再勿多言。"八王语塞而退。

是日朝散，寇准、柴驸马等俱集于阙下，商议其事。八王曰："朝廷若诛了六郎，他日将奈辽人侵害何！我等当竭力救之。"言罢，于是遍求计于众人。寇准曰："老臣有一计策，不知殿下以为可否！"八王曰："先生有何计策？"寇准遂屏左右随从之人，言曰："领圣旨者，幸是延赞。可嘱付他，见汝州太守密与计议，拣选狱中罪人貌似郡马者，枭取首级来献圣上。着六郎逃走他处，日后遇有国难，我等保奏出征，将功赎罪。此计可否？"八王曰："妙哉此计！"遂悄地以计告延赞，延赞曰："小将自当方便，不必殿下嘱付。"言罢，即辞众官，赍旨竟赴汝州。

见太守张济，道知斩六郎之故。张济惊曰："冤屈陷人，罪业如山。杨将军到此，未有几日，那里有这等事故？主上何不察如此？”延赞曰：“此乃王钦贼徒设计劾奏。圣上愤怒之甚，八王力保不允。”言罢，遂附济耳，低声言曰：“今廷臣计议，着太守如此如此行事。”张济喜曰：“此计正合下官之意。值今国家多难之秋，若此人一斩，北番乘衅来寇，其奈之何？”言罢，令人请杨将军来府会话。

须臾，六郎到府。礼毕，张济道知朝廷来取首级之事。六郎曰：“小将赤心报国，惟天可表！今本无此事，君王听信谗言，下命赐死，吾岂敢辞。当砍吾首级，回报朝廷便了。”有诗为证：

关塞功劳数十秋，非灾顿起实堪忧。
风雷逐地乾坤暗，霜雪漫空草木愁。
自许忠寒天子胆，谁将刀断佞臣头？
当年脱使英雄死，魏府何人破虏酋！

张济曰：“将军勿忧。适才计议，如此如此，以救君也。”六郎曰：“若大人肯如此垂救，异日当效犬马之报。”张济曰：“将军何言！但得无祸，朝廷之福。”遂藏六郎于内室。是日，张济即唤狱官伍荣商议。荣曰：“狱中有蔡权者，拟定当决，其人面貌俨似杨将军也，斩之献上，无有不信者。”济令取出视之，果与六郎无异，遂分付伍荣多与酒食灌醉，令夜枭其首级密包裹了，送入后衙来。伍荣依计，暮夜枭权之头，见济。济遂令人请呼延赞领着首级，星夜回汴京去了。张济请出六郎相谓曰：“将军可改换衣装，逃避远方，以俟他年之赦可也。”六郎拜谢。时将五鼓，张济开了后园角门，六郎将平人衣帽穿着了，辞别张济，竟回无佞府中去讫。

却说呼延赞回到汴京，真宗正设早朝。延赞献上六郎首级，帝视之，并不猜疑，群臣无不感伤。八王奏曰：“今杨景既诛，乞将首级送于无佞府中安葬，亦见陛下厚待功臣之意。”八王恐人知觉，故欲敛其迹，而有是奏也。帝允奏，着禁军送首级与杨府安葬。令婆举家哀恸至极，将首级安葬讫。

却说佳山寨岳胜等，闻知六郎被诛，满寨大哭，声震原野。孟良曰：“今本官遇祸，我等守此无益，不如各散去罢。”岳胜曰：“汝言甚有理。”即令刘超、张盖创立一庙于山下，中塑六郎之像，旁塑一十八员指挥使之像，递年春秋祭祀。分遣已定，又将寨中所积之物，尽数均分，遂毁拆三关之寨。是日众人拜别而散。陈林、柴敢领本部人马，仍往胜山寨去了。岳胜邀孟良反上太行山，称为草头天子，部将封为丞相等职，依旧劫掠为生。是时焦赞在邓州，听知六郎遭戮，亦逃走了。

却说王钦见六郎已斩，喜不自胜，乃曰：“三关无此人镇守，辽兵可以长驱而进，我亦不虚拘此也。”乃修书一封，密遣人星夜送往幽州。使人既到幽州，侍臣引奏萧后，萧后拆书视之：

> 臣违数年，欲报生成之德，每恨无由。入宋荷庇，职居枢密，宋君宠任，廷臣无两，言无不顺，谋无不从，略施一计，杨景成诛。此将已死，中原士卒俱木偶耳。娘娘兴师南下，取宋社稷犹反掌矣。逆寄孤臣，敬此申奏，伺后有机，驰书再报。

萧后看罢大悦，以示群臣。萧天左曰：“杨景既诛，他将诚木偶人也。曩者，土金秀等会猎河东，设非杨景，北兵直驱中原，谁复为敌？乞娘娘兴兵伐之。”师盖奏曰：“此机固不可失，然未必便胜宋也。”太后问曰：“卿何以知不胜？”师盖曰：“宋统中原，城池千百座之多，生齿数十万之众，岂无勇力智谋兼全如杨景者哉！恐一景死而又有一景出也。十室之邑，亦产英雄，何况中原户籍如许之多乎！依臣愚见，当用计赚之。”太后曰：“卿有何计？”师盖曰：“魏府铜台，佳山胜景，天下第一。娘娘可令人广造美酒，夜间倾于彼地池塘；又令人将八宝冰糖，粘缀彼地树叶之上，十日一次，如此行事。复命本国军民人等，三三两两，互相传扬，天降琼浆于树，甘露于池，声息必竟传入汴梁。今将此计通知王钦，令他愚弄宋君，引诱来此玩景，然后出兵擒之，大宋天下，唾手可得矣。”萧后闻奏大喜，即修书付来使，通知王钦。下命师盖引军三千，造酒粘糖，密为其事。又命萧天左整顿军兵，以待征战。

不数旬，消息传入汴京，王钦私谓僚属曰：“下官闻魏府天降琼浆甘露，列位大人闻否？”僚属曰：“闻人传说已久，但未知的否。”王钦曰：“果的有之。且圣君在御，则有此等瑞事，列位当表奏称贺可也。”于是，次日贺表纷纷，言池水成醪，树贮琼浆，若饮食之，则能白日飞升。真宗看罢表章，问群臣曰：“今魏府之地，有此奇瑞，卿等探访果真，再得来说。”惟寇准、柴驸马、八王不信。寇准奏曰：“魏府铜台，与辽相近，臣恐是辽之诡计。天既降瑞，何独此处有之？陛下不可深信。”帝未语。王钦奏曰：“此等之事，天下皆然，何足称瑞！是盖圣君至德感召所致，始有此等祥瑞。以臣愚见，千载奇逢，陛下当整六师，亲往视之。一者巡抚边军，二者扬威，以震北番，令他不敢正视中原。”真宗大悦，乃曰：“卿见高出寻常万万矣！”即下诏巡狩魏府。八王谏曰：“陛下龙驾若去，倘萧后知之，兴兵围困，再调战将，攻打澶州，陛下江山，能保不危乎？乞以社稷为念，勿轻信此等虚诞之事也。”真宗曰：“朕命柴驸马、寇丞相领禁军守汴，何危之有？”八王见谏不从，怏怏而出。次早降旨，敕令呼延赞为保驾大将军，光州节度使王全节、郑州节度使李明各引部下为前后辅从。呼延赞等得旨，准备起行。

越数日，真宗车驾离了汴京，八王以下，文武大小官员随行。有诗为证：

凤辇飘飖出禁城，旌旗拂曙壮行程。
寻常山岳俱摇动，鼎沸奔腾万马声。

时冬十一月，朔风凛冽，天寒地冻。大军游游荡荡，不数日到了魏府，车驾竟入歇息。次日，真宗与群臣游玩，见林中树叶之上有白颣子，取下食之，即八宝冰糖；池塘之水，皆是米酒。八王奏曰："陛下轻信狂夫之言，来此观看祥瑞，驰驱车驾，百姓供给，劳苦何堪！今至于此，遍观景物，何祥瑞之有？此必番人之计，赚陛下来此，欲相谋害。若不早回，定落其圈套也。"真宗亦疑，因下命回汴。

北番已知消息，萧天左、土金秀引马步军兵十五万，霎时间，将魏府团团围定。侍臣急奏真宗，真宗大惊曰："早不听八王之言，致有今日之祸。然将何计以脱此难？"八王曰："番兵蚁聚蜂屯，其气焰烈烈，急难与争锋；但号令严守各门，差人星夜回汴，取得救兵来到，始可破此围也。"真宗允奏，下令严守各门，毋得妄动。于是呼延赞等分门而守。时宋军在敌楼之上，望见番兵围得水泄不通，声势震天，众有惧色。延赞按剑言曰："凡军之比敌，在谋之臧否，不在兵之多寡。今番兵虽众，利在速战。明日待我设一计策，定要杀退臊奴，汝众不可畏怯退后。"众军得令。

次日，请旨出战，乃定下计策："使光州节度使王全节引一军居左，郑州节度使李明引一军居右，待吾交马，战至半酣，汝等一齐杀出，定获全胜。"调遣已毕，出城列阵。只见辽将土金秀跑出阵前，指而言曰："汝等见浅，已落彀中，早早纳降，庶几免死。不然尽作无头鬼矣！"延赞曰："臊狗亟走，尚留残喘。若凶顽邀驾，攻破幽州，寸草不留。"言罢，轮刀拍马，直取金秀。金秀举枪，交锋数合。金秀力怯，拨回马走。延赞赶去，金秀拈弓搭箭，射中其马，把延赞掀落于地，被番兵活捉而去。王全节、李明见延赞擒去，不敢追赶，退入城去。宋兵溃乱，被番兵杀死不计其数。全节入见真宗，奏知捉去延赞，番兵强盛难敌，今臣等败归本阵。真宗闻奏大惊，手足慌乱。八王曰："陛下休忧伤龙体，可作急写诏，遣人赍往附近各处节镇，火速发兵相救。"帝允奏，即写手诏，遣使臣赍去讫。

卷四

真宗出赦寻六郎

却说天左、金秀捉得延赞，用槛车囚了，商议再擒几人，一齐解往幽州献功。自是萧天左、土金秀、耶律庆分门攻击愈急，宋军惶惶股栗。八王曰："杨六郎，番人素所惧也。今陛下可效汉高祖解白登城故事，选军中精壮者，假装六郎等一十八员指挥使，扯起杨家旗号，令他俱在城上往来。番人见之，必然退去，我军乘势杀出，即脱此难。"帝依奏，下令军士，并依三关人马一样装束。

次日平明，扯起杨家旗号。番人见城上金鼓齐鸣，炮响震天，焦赞、孟良、岳胜等，于城上往来驰骤，却不知是假的，俱齐叫："快走，此是六郎诈死埋名，赚我等之计也。"萧天左等俱拆营而走。王全节、李明一见，开门乘势追击。番兵奔走，自相践踏，死者无数。宋兵直追数里而回。王钦见番兵退走，怒曰："此辈懦夫，一似黄口孺子，心里恁地无胆，惧怕六郎如此！"遂密遣人亟报番将。萧天左等得报叹曰："假者尚且惧之，设使逢着真的，岂不惊破胆耶？"遂复回军围城。

侍臣见之，急奏真宗。真宗问八王曰："番贼参破此计，卿另有别策可以退之否？"八王曰："臣无计也。沿边救兵不至，京师又未知音，只此疲败之兵，那个敢去出战？如今无了六郎，北番猖狂，如此莫敌。"真宗曰："噬脐已无及矣，朕今率众亲出交战，突围而出，此谋何如？"八王曰："彼众我寡，如何为敌？陛下亲阵，徒损军士，不可得出，只紧守此城，以待救兵来到。"

番兵围了魏府二十余日，城中汹汹，危急之甚。众拥真宗登城瞭望，只见番人在城下走马，势甚雄壮。八王曰："陛下要离此阱，除非杨六郎来到。"帝曰："悔当时愤怒，误斩此人。设使他在，岂容丑虏横逆如此！"八王曰："陛下可出赦书，普天下寻之，恐或有六郎也。"真宗目视八王而不语，徐退到御帐中，自思八王何为有此言也，乃与侍臣论之。侍臣齐奏曰："既八王有此口词，毕竟知得六郎还在，乞陛下准其奏，遣人赍赦，往各处寻之。"

次日，真宗问："谁肯赍赦往汝州寻究六郎根由？"王全节曰："小将愿往。"帝付赦文与之。乃令李明先开门杀出，正遇番将耶律庆交战，耶律庆大败。全节乘势杀出重围，竟投汝州而去。李明退入，坚守不出。

却说全节既到汝州，入府见太守张济，道知："圣上被困魏府，军兵战败，延赞被擒，故众官保奏赦除杨六郎前罪，着令领兵救驾。小将特赍赦文至此，望大人作急究之。"张济曰："杨将军已被呼将军枭其首级，进献圣上，岂复有个生者在乎！今着下官从何处究问，请将军速回，别召名将解围。"全节听罢，怅怅不悦，乃曰："既无六郎，圣上之危似难摆脱，小将怎生复命？"张济曰："若论为臣，当竭力匡济君父之难，将军必欲寻究杨将军，当往杨府体访何如？下官敝治，实无有也。"全节不得已，辞别张济，竟到杨府，参见令婆，道："圣上遭难，今行赦文，命小将赍来，赦除令郎前罪，着他火速领兵救驾。”令婆曰：“那日蒙圣上发下吾儿首级，来家葬埋，今已化成尘矣，那里再讨一个生的？军情紧急，将军可速去奏帝知之。”

全节无奈，次日单骑，奔往魏府，杀开血路，直至东门。李明望见，急开门接入。全节进奏真宗：“汝州并无六郎消息，复到杨府究问，令婆说道：‘当时枭首，众人共睹，今日何得复在？’”真宗听罢，长叹曰：“朕当日少思，枉杀英雄。今日遇难，堂堂中国，更无一人如六郎能提兵调将救护朕也！”言罢，问计于群臣。群臣奏曰：“似此等威势，虽诸葛复出，子牙更生，亦无如之何也！”真宗泪流满面，寝食俱忘。八王曰：“事势至此，亦已极矣！臣只得往杨府追究，六郎如果不在，即召藩镇兴兵来救。陛下与众将坚守此城，毋得妄动。”真宗曰：“卿当念手足之情，作急取兵来救，勿得有误。朕今困此，度日如年。”言罢，复命李明、王全节开门杀透重围，保助八王出去。八王既出，二将复杀入城去讫。

八王赍赦，径往无佞府中，见了令婆，说道：“圣上今受危困，正六郎展翅之秋，可令出来商议，兴兵救驾。”令婆曰：“日前王节使来到寒舍，老妾实隐匿不令彼知，今殿下亲到，尚敢相瞒？”遂唤仆人往后园地窖中唤六郎出到堂上，拜见八王。八王一见，执着六郎之手，且悲且喜，言曰：“妙计妙计，若非昔日，何有今日？郡马不在，圣驾谁能救之？”六郎谢曰：“殿下此恩此德，再生难报。”八王曰：“主上受困已久，今我领着赦郡马旨意一道来到。汝当趁此出力相救，以显报国之赤心也。”六郎曰：“闻佳山军士皆已离散去矣，一时恐难聚集，须待臣前往彼地招之，方可去救。”八王曰：“事势甚急，汝速往招之。我亦去召集各处藩镇军兵往魏府，伺候郡马一同夹攻。”六郎领诺，八王辞别去讫。

六郎谓令婆曰：“朝廷养我，譬如一马，出则乘我，以舒跋涉之劳，及至暇日，宰充庖厨。儿欲拜别母亲，云游天下，付理乱于不闻也。”令婆曰：“虽朝廷寡恩，八殿下相待甚厚，亦当思念。汝今如此，非独负八王，乃祖乃宗令闻家声，被汝堕尽矣。汝若不去，气杀我也。”六郎是个行孝的人，见母吃恼，遂安慰令婆，拜别前往三关，去寻旧日部众。有诗为证：

负剑独徒行，三关集旧兵。

一心援主难，忘却旧冤情。

六郎一人途行数日，思忖莫若先往邓州，访问焦赞消息。既到邓州访问，并无下落，遂行至锦江口，只见一伙僧人，唧唧哝哝而来。六郎问曰：“汝等要往何处，作甚公干，这等嗟怨？”僧人曰：“君不知其情由。此间有个癫汉，怒发之时，要杀人吃，官军无奈他何。每常说他有个本官，被朝廷冤枉诛了，各寺拿僧，诵经超度。如有不去，放火焚寺，屠戮僧人。昨日来叫我等去作功果，追荐其主。我们只得前去，不然，一寺不得聊生。”六郎听罢，自思：“此必是焦赞。”复问曰：“此人今在何处？”僧人曰：“居于邓州城西泗州堂内。”六郎曰：“汝等引我同去看之。”僧人引六郎到泗州堂，只见焦赞卧于神案之上鼾睡，声息如雷。六郎近前视之，果是焦赞，伸手摇之。焦赞爬将起来，睁开一双环眼，大声喝道：“那一个不怕死的狗奴，这等胆大，却来惹着老爷？”六郎喝曰：“焦赞不得无礼，我今在此，来召取汝也。”焦赞听罢大惊，慌忙向前抱住，言曰：“本官是人耶？鬼耶？想必是焦赞超度多次，今日显出灵圣来矣。”六郎笑曰：“那有这般异事，白日鬼出相见。你且不必闲话，但随我到幽旷处一叙衷曲。”焦赞放手叩头。众僧掩笑而散。

六郎直引焦赞至城西桥边道知：“圣上遇难，今八殿下领赦来召我等领兵救驾。故我先来寻汝，同往三关，招集众兄弟前往魏府救驾。”焦赞听罢，大喜曰：“我道将军被朝廷所诛，撇得我众人好不凄惶，那晓今日又得相会，真个快活杀我。”

次日，经过汝州，入府拜见张济，道知八王领赦来取救驾之事。张济大喜，亦以王全节来由告知六郎。六郎曰："小将今往三关招集众人进兵，在此经过，不敢不进，相谢昔日救命之恩，即请告辞。"张济言曰："动劳将军过念。"遂送出城而别。

六郎与焦赞望三关进行，在途各诉其始终根由，不觉到了杨家渡。日正当午，遥望白浪滔天，两岸并无船只。俟候良久，全无一人往来。有诗为证：

途穷野渡边，雪浪拍遥天。
两岸芦花里，无舟一济川。

六郎停久，谓焦赞曰："汝往上流去看有船否？"焦赞领命而去，行至上流，见有船只，遂问船夫曰："汝把船来渡我过去，与汝渡钱。"船夫曰："此船不是我的，乃杨太保之船，我敢私渡人过？你若要渡，却向前面亭子上，见太保借之，方敢渡你过去。"焦赞听罢，径往亭子上去，只见一伙人在那里赌赛。焦赞近前言曰："你那船只可借我渡过河去，船钱随即相奉。"众人抬头，见焦赞生得形状古怪，又不小心称呼一声，皆不答之。焦赞复曰："把船渡我过去，即送船钱。我又不白骗你的，如何不答？"那众人骂曰："瘟奴侪，说甚么白骗。"焦赞大怒，伸出两拳打得众人乱窜，正欲向前打那太保，太保直走向后去了。

焦赞回见六郎，怒气未息。六郎曰："你又去惹下祸来？"焦赞曰："今番被那些狗侪欺我，明明有渡，不肯假借，且出言辱骂，恼发我的性子，被我乱打一番，众人俱各四散走了。"六郎正在忧闷，只见众人纷纷执着长枪短棍赶来。焦赞曰："将军少待，让我杀了这些贼徒，与民除却大害。"遂提刀杀去。那众人不能抵挡，走开去了。杨太保提刀从后走出，与焦赞连斗数合，不分胜负。六郎叫曰："壮士且休角力，愿通名姓。”杨太保停住利刀，立于垅上。焦赞亦罢为，不与之斗。太保曰："我邓州人，姓杨名继宗，小号太保。汝何人也，要过此渡，着令手下强夺，是何理也？”六郎曰："某非别人，乃令公之子杨六郎也。今圣上被困魏府，某要往佳山招集部众，去救圣驾，特来借船过河。有犯尊威，恕罪恕罪！”太保听罢，抛了宝刀，近前拜曰："大名久闻，无由拜瞻，今日幸亲，平生之愿慰矣。”六郎扶起，太保曰："请将军敝庄一饭，如不弃，愿领部下随往救驾，何如？”六郎曰："固所愿也。但待我招集众将，遣人来请可也。”太保领诺。是夕，留六郎宿于庄上，不题。

六郎毁拆赛会庙

却说杨太保次日将船送六郎过河，太保同行。登岸，六郎辞别杨太保，与焦赞望三关而行。时四月天气，途中日暖风和，有词为证：

翠葆参差竹径新，绿荷跳雨溅珠倾。湾曲茎，小荷亭。风约帘衣归燕急，水摇蒲影戏鱼惊。柳梢残日弄微晴。

二人不数日，行近三关之地。焦赞曰：“行得好疲倦，将军姑停于此，待小将往前面沽一酌来解渴。”六郎允之，焦赞直往前去，并无酒店。自思生命好苦，要些酒儿吃也没得。正行间，只见一起人，挑着几担物件而来。焦赞近前看之，只见是酒肉，遂问曰：“汝酒肉肯卖否？”那人曰：“你好不知事，一个祭神的酒肉，卖与人吃！”焦赞曰：“祭甚么神？远方行路之人，委实不晓！请明明说与我知。”众人曰：“前面立有杨六郎将军神庙，甚是显圣。我这乡村，托赖福庇，四时八节，并无灾难；且凡有祈祷者，无不遂意。今日是赛会之辰，特往酬愿。”焦赞听罢，回见六郎，将其事一一告之。六郎笑曰：“岂有是理。”焦赞曰：“非小将吊谎，是那些人这般说，待与将军前去看之，便见端的。”六郎依其言，径与焦赞同往看之。

行不数里，果是一座好庙宇，高大威严。六郎徐步进庙看之，只见中间一座塑着本身之像，两傍塑着一十八员指挥使之像，灯火朗朗明亮，阶前焚化纸灰，堆积如山。六郎指焦赞之像谓之曰：“此汝之像，真无异也。”焦赞笑道：“将军更塑得相似。小将在邓州要杀人吃，原来这里如此供养，使得我这等发颠。”言罢，遂一手推倒本身之像，复跳上中间神座上去，把六郎之像一连推了几下不倒，乃用力一撑，崩声大震。赛愿者见之，各各奔走。崇奉香火神祝忙将铜锣敲动，霎时间，刘超、张盖带领二百余人来到庙前。六郎一见，喝曰：“汝众人做得好事！”刘、张大惊，纳头便拜曰：“众人只道将军遇害，今日缘何又到此来？”六郎将诈死之事告毕，乃曰：“今有敕书，来取我等去救驾，今日来招集汝等。”刘、张喜曰：“既朝廷复有是举，请将军且到寨中商议。”六郎遂令人毁拆宙宇，推倒神像，同众人到虎山寨去。

六郎坐定，刘、张参拜毕，设酒款待。六郎问曰：“岳胜、孟良今在何处？”刘、张曰：“岳胜与孟良引部众反上太行，称王称帝，大为民蠹。”六郎叹曰：“天无二日，民无二王。今只无我一人，汝等尽皆乱做。”言罢，分付刘、张：“准备枪刀盔甲伺候，待我亲到太行，招取岳胜等来，一同起行。”刘、张领诺。六郎仍与焦赞望太行山而行。

行了一日，只见红轮西坠，天色渐渐将黑。六郎曰：“此去俱是长源深谷，人烟稀少，汝往前村寻问那家借宿一宵，明日早上山去。”焦赞领诺直往前去，并无人户。转过山后，有一乡村，焦赞乃进村去，只见一户堂上灯烛荧煌，有一老人，独坐慨叹。焦赞径进堂上，揖而言曰：“他方之人，行至此晚，敢借公公贵宅一宿，当以重谢。”老人答曰：“敝舍往日任客歇宿，今日有些勾当，却难相许，君当往别户借之。”焦赞曰：“天色已黑，没奈何，万望公公方便。”老人曰：“汝有多少人？”焦赞曰：“只本官与我两人而已。”老人曰：“既只是两人，请进歇了去吧。”焦赞即出，请六郎进见老人。老人见六郎相貌堂堂，遂问曰：“君欲何往？”六郎曰：“小生有些公事，往太行山去。”老人一闻说太行山，两眉皱起，长吁一声。六郎问曰：“公闻生言太行，即有不豫色然，何也？”老人曰：“说起那太行山，老拙有不共戴天之恨。”六郎曰：“有何冤枉，但说与小生知之，即待分剖。”老人曰：“本庄俱是陈姓，皆一家也。此去太行山数里之遥，今山中有两个草寇，一名岳胜，一名孟良，称为天子。部下聚集五六万人，掳掠民财，为害极大。老拙无儿，止生一女，被孟良知之，着人来说，今要来强赘。老拙平生好善重义，只得允从，以安一方生灵。不然，放火杀人，无有止息。有此冤枉，何处伸之？”六郎笑曰：“只是这些事情，请勿忧虑。孟良与小生有旧，待彼今晚到来，吾自有计退之。”老人曰：“若得不污小女，老拙泉下佩德不忘。”六郎与焦赞饭罢，出外房俟候。老者分付小厮安排筵席迎接。

将近二更，金鼓之声大震，一路灯火光亮，人报孟大王来到。陈老者出庄迎接。孟良进入厅上，坐定，从人两傍列着。老人拜曰：“大王光降，未及远接，乞恕愚老之罪。”孟良曰：“自今已后，汝乃丈人，不须下拜。”老者称谢，乃着小厮抬过酒席，假意唤百花娘子出来把盏。使女回报，娘子羞惭，不肯出来。老者曰：“如今已是大王内眷，何羞之有？”仍令人促之。孟良见老者如此奉承，不胜之喜。六郎与焦赞隔窗张视，私笑语曰：“他玩侮宪典，害民如此，今晚我偶不来，真个被他骗去此老之女。”焦赞曰：“待我出去，打折他一只腿，看他还做得新郎否？”六郎曰：“汝先出去抱着，待我便来羞他。”焦赞此时气得慌，乃几步跳上厅去，一脚踢倒筵席，两手将孟良紧紧抱住。孟良不曾防备，身子全动不得，但喝声：“手下何在？”喽罗正欲向前去打焦赞，六郎厉声骂曰：“不顾礼义之徒，缘何这等无耻！强占人间女子，是何道理？”焦赞乃拖孟良出座，指而言曰：“请汝开着驴眼，看是谁来到此？”孟良灯下见是六郎，慌忙拜倒，言曰：“向闻将军遭害，今日缘何到此？”六郎曰：“汝且起来，可急回太行山商议，整顿军马，前去救驾。”陈老者趋前问曰：“先生大名，愚老愿闻。”焦赞将其原由一一告知。老者纳头拜曰：“将军威名，愚老久闻，如雷灌耳，今日不知何缘，得拜瞻也。”遂唤其女出拜。六郎等见之，果是一个好女子，体态端庄，娇娆窈窕，堪比王嫱。焦赞笑曰：“今看起来，孟哥哥没造化，若撞遇我们迟来一日，也落得受用一宵矣。”孟良喝曰：“本官在此，休得胡谈，不知忌惮。”众人皆掩口而笑。百花娘子拜罢，退入房去。老者亲持杯劝六郎等酒，甚致殷勤。是夕，众人依次坐下，尽欢畅饮，直至天明。六郎辞别起行。那老者取过金帛，相谢六郎。六郎不受，乃与众人离了庄所，望太行而进。有诗叹孟良不得婚配为证：

孟良强欲效鸾凰，讵意良宵遇六郎。
婚牍芳名原未注，致令红粉两分张。

次早，孟良遣人上山，报知岳胜。岳胜引众人接至半山，见六郎，拜伏于道傍。六郎令岳胜起来，直进山寨，坐定，众将拜贺毕。岳胜进曰：“昔日假传将军升遐，众人无主，各自散去。今日复得相聚，使我辈有主，何幸如之！”六郎曰：“屈情容暇日再叙，且将目前事故，告汝知之。今圣上被辽人围困魏府，势甚窘迫，可作急整备器械，前去救之。”岳胜曰：“皇上不念将军，听信佞言，致于死地，寡恩极矣！将军素怀忠义，出力匡扶王家，此所以苍苍不昧，致使祸远身全。但依小将之见，不必去救圣驾，惟据此地，称为天子，受多少快乐，有何不可？”六郎曰：“我家世代忠贞，美名万祀，岂肯自我坠厥休声耶？今据此处，不过为一草寇，其如后世唾骂何？”岳胜不敢再言，乃令大设酒席，庆贺相会。是日，大吹大擂，众人酣饮而散。

次日，六郎遣人去召刘超、张盖等，起兵来会。又问：“陈林、柴敢何在？”岳胜曰：“二人仍屯胜山寨中。”六郎听罢，即遣人往胜山寨，召取陈、柴二人。不数日，刘、张、陈、柴等俱到。六郎查点帐下旧日部将，岳胜、孟良、焦赞、陈林、柴敢、刘超、张盖、管伯、关均、王琪、孟得、林铁枪、宋铁棒、丘珍、丘谦、陈雄、谢勇、姚铁旗、董铁鼓、郎千、郎万共二十二员指挥使，俱在部下，精壮军卒八万余人。六郎曰："佳山之众今日仍在，克敌无疑矣。"言罢，遣人赴汴，报知八王，期约进兵。又遣人往杨家渡，报知杨太保领军中途相会。六郎分遣已定，即日扯起杨家旗号，旗上大书"杨六郎兴兵救驾"数字。一声炮响，大军离了太行山，但见刀枪焰焰，剑戟棱棱。兵马正行之间，忽报前面一队军到，六郎令人探视，回报：乃杨太保也。遂与六郎相见毕，一同进兵。六郎在马上，见军容可掬，有诗为证：

宝剑霜威赳赳雄，霓旌秋卷海天空。
一声长啸貔貅肃，云鸟奔腾碧玉骢。

六郎兴兵救驾

三军行不数日，忽遇八王亦引军十万来到。六郎下马与八王相见，八王无限欣忭。六郎曰："这番救驾之后，直捣幽州之地，殄灭丑类，始旋师也。"八王然之。是日驻兵澶州城中。次日六郎谓岳胜曰："主上被辽困久，汝为先锋，领兵五千亟进冲杀一阵，先挫番人锐气。"岳胜得令，去了。又唤孟良、焦赞曰："汝引刘、张等，各领兵二万，分左右夹攻，当奋武扬威，杀入番军之中而去，吾即引大军来掩之。"孟良等引兵去讫。六郎与八王议曰："臣先遣岳胜等前去，再与殿下率精兵继之，何愁番围不解？"八王曰："郡马此等调遣，当日桓、文取威定伯亦不过此。"六郎辞不敢当。

次日，岳胜正催军速进，忽正北上征尘蔽天，一彪人马在道而行。岳胜谓众军曰："须速进，赶上那一彪军，杀他一阵，斫几颗头来，挫折番人锋芒，是我你的头功。"言罢，骤马当先赶上，舞刀杀人其阵。番将刘珂不能抵敌，大败而走。宋军遂夺得一槛车，送入六郎军中。其槛车中之人，却是保驾将军呼延赞也。六郎一见，慌忙打破槛车，扶出拜曰："叔叔遭槛，小侄深愧未能早救，罪万！罪万！"延赞曰："是何言也！天幸此处相会，不然竟遭俘虏矣。老夫被擒之时，欲报圣上知之，曾奈囚于番营，无人申达。"六郎曰："叔叔昔救小侄于汝州，今日吾使岳胜先来冲阵夺营，不期救叔于中途，天道循还，报应昭昭若此矣。"遂引见八王。八王曰："此天子洪福所致，而使老将军遇救。”六郎下令诸军俱要兼程进发。

是时真宗在魏府，与众臣悬望救兵消息，音问杳然。城中粮草已尽，臣下皆宰马而食。番兵得王钦通信，攻城愈急。幸兵权不在王钦之手，故众将不听调遣，死力相拒。

却说刘珂败回，见萧天左报道：“大宋救兵到了，已将呼延赞抢夺而去。”萧天左大惊，即遣人探是那里救兵到来。哨马回报说道：“旗上大书杨六郎救驾，兵将来的甚是雄壮。”萧天左笑曰：“前日被他假装六郎等一诳，军伍惊张奔走，今日又不知是那里兴兵，冒充六郎名色，来相欺哄。南人如此狡诈，但亦须紧提防也。”遂下令各营，整兵迎敌。

分遣未定，岳胜军马风骤而至，番将耶律庆出阵先战。岳胜骂曰：“天兵已至，丑贼尚不速遁，延捱以待戮乎！”耶律庆亦骂曰：“城中军卒，死亡将半，汝等又来送死。”岳胜拍马抡刀，直取律庆。律庆挺枪迎敌，交战数合，只见番兵围裹将来。孟良、焦赞分左右夹攻杀入番阵；番将麻哩喇虎举方天戟出战，正迎着孟良。两马交锋数合，陈林、柴敢又率劲兵，从旁杀到。是时，南北鏖战，金鼓连天。焦赞杀得性起，提着朴刀，在北阵上横冲直突，如入无人之境。恰遇番将刘珂，交马一合，被赞斩于马下。

宋骑竞进，万弩齐鸣，北阵上番兵犹坚拒不走。萧天左奋勇来战，杨太保舞刀迎敌。六郎催动大军，掩杀而去，番将队伍溃乱。萧天左败走，杨太保拈弓搭箭，射落天左于马下。土金秀望见，杀出救之。耶律庆料不能敌，刺斜杀出而走。岳胜追赶向前，一刀挥律庆为两段。麻哩喇虎拍马逃走，被刘超、张盖用索绊倒其马，军士向前活捉而回。师盖正待来救，被六郎挥郎千、郎万出战。师盖措手不及，被二郎生擒于马上。孟良一马直突进东门。

李明、王全节在敌楼上望见城下鏖兵，知是救兵来到，开门杀出，杀得北兵大败而走。宋兵长驱追击，践踏死者，射斫死者，不胜其数。萧天左与土金秀杀得垂首丧气，星夜逃回幽州去讫。宋兵夺得营寨马匹、枪旗盔甲甚多。

八王一骑直入城中，拜伏真宗之前，称贺曰："赖陛下洪福，取得杨郡马兴兵救驾，只见杀得番兵弃甲曳戈而走。"真宗曰："朕脱此祸，众得生还，皆卿之功也。"遂宣六郎入帐。六郎拜伏于地，请罪。真宗曰："卿之前罪，悉行蠲除。今日赖卿救驾，功莫大焉，候朕回朝，重加爵赏。"六郎叩谢，遂奏曰："天下难得者，时。今番兵大败，魄丧魂消，又乘陛下车驾驻此，愈加威风。臣请率部众直逼幽州城下，尽取萧后地舆以归，永除边患，而成千载之鸿图也。乞陛下准臣此奏。"真宗曰："卿言固是，但朕久出，将士疲困，待回朝再议征进未迟。"六郎遂退出军中，以所捉番将尽行枭首号令。次日，帝命代州节度使杨光美为魏府留守，又下令各营准备行李，班师回汴。军士得令，无不欢跃。文武拥护车驾离了魏府，望大梁而回。

大军不数日到了汴京，车驾进入皇城。翌日设朝，群臣拜贺毕，真宗以文武久困魏府，劳心竭力，各各赏赐有差。特宣六郎升殿，真宗赏赐甚厚，乃谓六郎曰："三关之地，昔卿镇守，北番不敢侵犯。今卿当仍领部众，镇守此处，以捍御辽人。"六郎曰："臣实愿再往佳山，招募雄兵，以图伐辽，但未得圣旨，不敢擅行。今陛下有是敕命，臣愿遂矣。"真宗大悦，遂授六郎为三关总管节度使之职，敕旨一道，自行斩杀，不请诏旨。六郎谢恩，自是复与文武列班朝贺。有诗为证：

鸡喔钟声出未央，千官鳞次散跄跄。
旌旗霄汉飞龙虎，乐奏箫韶引凤凰。
玉苑花飘迷晓色，金猊檀篆染余香。
不才此际方称庆，再续鸳班豹尾行。

越三日，真宗于便殿设宴，犒赏魏府救驾将士，君臣尽欢而散。次日，六郎入朝谢宴，拜辞真宗，退归无佞府，拜别令婆起行。其子宗保，年方一十三岁，欲随父同往三关而去。六郎曰："佳山之地苦寒，汝不须去，只在家侍奉老太太，待年长成去之未迟。"宗保方止。六郎离了家，与岳胜等跨上雕鞍，引军望佳山而行。有诗为证：

重寄分心膂，雄威奋爪牙。
三关今复往，声势净胡笳。

六郎引众，不日到了三关。入寨坐定，下令修整旧日营栅；分调岳胜等为十二团营，各领部兵，整枪刀衣甲听用。自是三关威声，仍前大振。六郎每日遣逻骑缉访北番消息，与诸将日议征讨之策，不在话下。

却说萧天左败归之后，萧后日夕忧虑宋国来伐。一日，与群臣议曰："自魏府战败，南人得志；又打听杨景在三关招募英雄，人强马壮，此必有北侵之意。汝等亦须设计防之。"道罢，韩延寿奏曰："若欲国势丕振，必须广揽英豪。窃见大辽将帅，俱已老迈，乞娘娘出下榜文，招募天下勇士，授以帅职，防御宋人侵伐。"萧后遂命写榜，张挂午门。榜云：

辽太后萧，为招贤以靖国难事：尝谓兵之所重者将，将之所贵者谋。今值干戈日作，祸乱相寻，特出榜文，招募豪杰。或抱才猷，隐于山谷；或怀韬略，处于遐荒；或有搴旗斩将之勇，或有掠地攻城之能；不拘一技一艺，足以富国强兵，咸集幽州亲试。若果称职，即授兵印。故兹榜示。

学士将榜文写罢呈上，萧后览毕，乃命军校张挂于午门之外。有诗为证：

张榜募奇才，椿精变化来。

洞宾传韬略，宋国受兵灾。

却说大中祥符四年，蓬莱山钟、吕二仙在洞围棋，钟离曰：“世人若不贪色，未必延年，然亦可以却疾。”吕洞宾曰：“人从欲中出来，谁不贪之？若能绝却，乃世之高士，修仙亦不难矣。”钟离又曰：“沉溺于酒，乱性乱德，举世纷纷皆是辈也，此又何故？岂人亦从酒中来乎！”洞宾曰：“酒之为物，亦能活血助气，但不可恣。弟子又尝闻酒中得道、花里成仙，酒色取用亦大。倘能节制，未为不可。”钟离笑曰：“我知之矣。为此之故，汝采战白牡丹，沉醉岳阳楼也。”洞宾不能答，自觉语非，弗敢与辩。

忽然南北一道杀气冲入云霄，众仙童惊讶，乃问曰：“师父，此主何兆？”钟离曰：“南朝龙祖，北番龙母，两国鏖战，杀气冲腾于汉。”仙童曰：“只一阵杀气，缘何如此凝结不散？”钟离曰：“以气数论之，有二年之久。”仙童曰：“但不知谁胜谁负？”钟离曰：“龙母逆妖之类，逃生于番，横霸一隅。龙祖天遣隆生，以作下民君师。龙母不守其分，妄意抗之，兴兵侵犯，荼毒黎民，不久当为龙祖所灭。”仙童曰：“二龙争斗，万姓遭殃，若能救活众生，功德莫大。师父何不临凡，收回龙母，除却民患，有何不可？”钟离曰：“此亦天地一塞会，民物之劫数，岂偶然哉！我等但当顺听之而已矣，可违天时，妄意希图，以成一己之功德乎？”言罢，遂入丹房，烧炼去讫。

椿精变化揭榜

钟离既入，洞宾思忖："钟离师父笑我贪恋酒色，欲待与辩，系我之师。他又道龙祖灭龙母之事。我今显个神通，定要以人胜天，扶助龙母，灭却龙祖。那时看钟师父怎生说话！"乃唤碧萝山万年椿木精到来。椿精既到，跪下问曰："吕师父有何分付？"洞宾曰："吾今付汝《六甲天书》，上中二卷不必看之，唯下一卷乃行兵列阵、迷魂妖魅之事，汝细玩之。即今北番萧后出榜招募英豪，欲与南朝争锋。汝可变化，降临幽州，揭了榜文，提兵伐宋。待灭中国之后，收汝同入仙班。"椿精拜曰："厮杀则能，但兵书之中，文义奥妙，实不知之。"洞宾曰："汝去揭下榜文，我来主谋用事。"

椿精遂别洞宾，摇身一变，化一道金光，轰烈如雷，降下北番幽州城外，缓步行到午门之前。只见四方勇士，云集看榜，无有一人揭之。椿精向前叫声："此榜待我揭了他。"众人视之，见其面若涂墨，眼似火珠，身长丈余，两臂肌肉突起，颜极怪异。守军见其揭了榜文，即引见萧后。太后看见，大惊曰："世间有此怪异之人！"乃问曰："汝是何方人氏？"椿精曰："小人家居碧萝山，姓椿，名岩。"太后曰："汝有何能？"椿精曰："一十八般武艺无所不谙，随凭娘娘亲试。"太后大悦，即与文武商议，封他官职。萧天左奏曰："壮士新到，才略不知高下，娘娘当权受一职，待后立功，才可以重职封之。"后允奏，乃封椿岩为幽州团营都统使。椿岩谢恩而出，不在话下。

却说宋真宗因魏府受困，常欲报复；忽一日，召集群臣计议。八王奏曰："陛下一统中原，幽州一隅之地，取之何难？但今驾回未久，且再休养士卒数年，讨之未迟。"帝未语。忽阶下一人出班奏曰："时可为而为之，无有不胜。今正可为之时，乞陛下兴兵伐之可也。"此是谁，乃光州节度使王全节也。真宗问曰："卿果何见，说时可为也？"全节曰："曩者圣上被围魏府，军士未曾伤损，番之军马十丧其七，以此论之，彼衰我盛，时可为矣。孟子曰：'虽有镃基，不如待时。'且臣又有一计，可使萧后拱手听命。"帝曰："卿有何策？"全节曰："幽州壤地不过千乘，乞陛下敕澶州一路、雄州一路、山后一路，臣从汴京再提一路，共四路军兵并进。区区千乘都邑，岂能当乎？"帝依奏，即日敕令三路出兵征辽。使臣赍旨往三处去讫。帝又以全节为南北招讨使，李明为副使，领兵十万前进。全节领旨，即日引兵离了汴京，望幽州而发。时值春初天气，风景融和。有诗为证：

花妆锦绣柳牵风，艳冶江山逞异容。
踏景寻芳多得趣，恍然人在画图中。

三军不日到了九龙谷，扎下大寨。北番巡哨，星夜走回幽州，报知帅府。帅臣即入奏曰："中国今起四路军兵北伐，声势极其利害。"萧后大惊曰："不料即日兴兵来到。"乃问群臣："谁敢领兵前去迎敌？"道罢，椿岩应声出曰："娘娘勿忧，臣举一人，退宋之兵如风卷浮云，霎时间耳。"萧后问曰："卿举何人，能退宋兵若此之易？"岩曰："臣师父姓吕名客，行兵胜于吕望，擒将高于轩辕，有泣鬼惊神之智，呼风唤雨之能。"萧后曰："今在何处？"岩曰："见在午门之外，未敢擅入，乞娘娘宣入问之，便见其详。"萧后即宣吕客升殿。

太后一见吕客，形貌奇异，自思此人必是奇才，乃问曰："我与宋君争衡，卿今应募而来，有甚妙策明教？愿奉社稷以从。"吕客曰：

“臣来相助娘娘，转臂之间，中国版籍尽夺之矣。”后曰：“卿要军马几何？”吕客曰：“若与宋人斗力，彼尤能抗拒一二。待臣排下一阵，使彼攻之不破，始肯慑志归降。且娘娘必遣人往五国借兵助战，方可胜宋。”太后曰：“卿要借那五国之兵？”吕客曰：“可遣使臣赍金帛，往送辽西鲜卑国王耶凡庆，与他借兵五万，彼必见利动心，发兵相助。又遣一使，进黑水国，许以成功之后，割西羌之地与之，令他助羌兵五万。又遣人赍官诰往森罗国，敕赐国王孟天能，令他发兵五万相助。又遣一使往西夏国，见国王黄柯环，告知中国之兵甚为利害，复喻以唇亡齿寒之语，令彼发兵五万相助。又遣一使往流沙国，见萧霍王，借兵五万相助。此五国之兵，若一借来，臣按兵法调遣，排下七十二座天门阵，使宋人一见胆战心惊，有谁敢与为敌？那时不愁他不宾服矣。”萧后大悦，乃曰：“卿真有御侮之才。幽州有托，吾复何憾？”即日封吕客为辅国军师、北都内外军马正使。吕客谢恩而退。

于是萧后遣五个使臣赍金帛往五国而去。当日，使臣各领旨分投五国，去见五国国王，道知借兵之事。五国国王得赐金帛，俱皆欢悦。鲜卑国王差黑鞑令公马荣为帅，森罗国王差亢金龙太子为帅，黑水国王差铁头黑太岁为帅，西夏国差黄琼女为帅，流沙国王差驸马苏何庆与公主萧霸贞为帅。各国俱助精兵五万，不数日，俱集幽州城外。近臣奏知萧后，萧后宣吕客问曰：“五国之兵已到，军师何以调遣？”吕客奏曰：“臣此行非等闲也，乞再召回云州耶律休哥、蔚州萧挞懒等，尽起九州之兵，与臣调遣，定须夺取宋之江山而回。”后允奏，即下敕调回云、蔚二州军马，又命鞑靼令公韩延寿为监军都部署，统率精兵五十五万，并听吕军师调遣。韩延寿得旨即出教场中，操练三军。越数日，云、蔚二州军兵皆到。吕军师曰：“韩监军先引本国军马前行，吾即率五国军马后来。”北番军马离了幽州，直望九龙谷进发。有诗为证：

腾腾杀气触长空，闪闪旌旗映日红。
摆列征途军令肃，神仙自不与凡同。

韩延寿领兵到了九龙谷，扎下大寨。次日吕军师统率大军来到，入帐坐定，召集诸将言曰："三月初三，乃丙申之日，干克其支，择定此日，吾出排阵，各部将官俱要听令，违者枭首，决不轻恕。"韩延寿曰："军令所在，君命有所不受，何人敢违？"吕客遂取纸一张，画成一图，付与中营总旗，引军五千，离九龙谷半里之外平旷去所，依图筑起七十二座将台；又另筑五坛，按方竖立青黄赤白黑色之旗号，内开往来通道七十二条，作速筑造回报。中营总旗得令，引军按图筑立。不数日，台坛悉筑整齐，回报吕军师。吕军师亲往巡视一遍，回到军中，召诸将言曰："明日乃丙申也，各营俱要整肃，听候调遣。"

次日，三通鼓罢，各营军马齐齐摆列帐外。吕军师升帐，出令鲜卑国黑鞑令公马荣引本部军兵，排列于九龙谷正路，排作铁门金锁阵：分军一万，各执长枪，把守七座将台，号为铁门；又分军一万，各执硬弓铁箭，把守七座将台，号为铁栓；再分军一万，各执利剑，把守七座将台，号为铁棍。马令公得令，炮响一声，引军于正路排列。有诗为证：

铁门金锁阵图开，晃晃戈矛绕将台。
变动随宜机莫测，攻冲除是八仙来。

吕军师又遣黑水国铁头太岁引本部军兵，前去九龙谷之左，排作青龙阵：分军一万，手执黑旗，把守七座将台，号为龙须；又以一万军分作四队，各执宝剑，把守七座将台，号为龙爪；又分军一万，各执金枪，把守七座将台，摆作龙鳞之状。铁头太岁得令，引军分布去了。有诗为证：

龙本一神物，排阵肖其形。
任是英雄将，遽然胆战惊。

吕军师又令流沙国苏何庆引部下去九龙谷之右，排作白虎阵：分军一万，各执宝剑，把守七座将台，号为虎牙；又分军一万，各执短枪，把守七座将台，号为虎爪。又令耶律休哥引兵一万，把守前面六座将台，号为朱雀阵；又令耶律奚底引兵一万，把守后面六座将台，号为玄武阵，绕围左右，列作倚角之势。苏何庆等得令，各引部兵而去。有诗为证：

阵势威严此白虎，前排朱雀后玄武。
中藏玄妙啸生风，浮世何人敢正睹?

吕军师又遣森罗国金龙太子引军守中座将台，号为玉皇大帝坐镇通明殿。又令董夫人装作梨山老母，分军一万，各穿青黄赤白黑服色，绕中座将台而立，号为五斗星君。又着二十八人披头散发，绕中座将台前后而立，号为二十八宿。又令土金牛装作玄天大帝。又令土金秀引军一万，手执黑旗，排作龟蛇之状，把守天门之北。金龙太子等得令，引兵去讫。有诗为证：

旌旆云屯拥玉皇，星君罗列阵堂堂。
宋人无策能攻破，万种忧愁积寸肠。

吕军师又令西夏国黄琼女引军俱执宝剑，立于旗下右傍，号为太阴星。凡遇交兵，赤身出阵，手执骷髅放声大哭，变作月孛凶星。又令萧挞懒引军，各穿红袍立于旗下左傍，号为太阳星。又令耶律沙率本部军兵巡视四方，结作长蛇之势。琼女等得令，引兵分布去讫。有诗为证：

号令太阴星，交兵放哭声。
太阳为党助，谁复敢相迎？

吕军师又令萧后之女单阳公主率兵五千，各穿五色袈裟，号为迷魂阵。内杂番僧五百，号为迷魂鬼。又令往民间捉七个怀孕妇人倒埋旗下，遇交战之际，将旗麾动，收摄敌人精神。单阳公主引兵依法而行。有诗为证：

阵图玄妙独迷魂，阴雾濛濛白日昏。
更有一般情惨处，神号鬼哭不堪闻。

吕军师又令耶律呐选五千健僧，手执弥陀素珠，号为西天雷隐寺诸佛。又以五百僧屯列左右，号为阿罗汉，并居七十二天门之前。耶律呐得令，领众排列去了。有诗为证：

战鼓声敲霹雳轰，四周万马自奔腾。
洞宾排就屠龙策，不是钟离孰抗衡！

六郎明下三关

却说吕军师分遣完毕，令椿岩与韩延寿督军出阵。每阵中进退接战，并观红旗为号。七十二座天门阵变化莫测，昼则凄风冷雨，夜则鬼哭神号，果是仙家作用，谁能窥其万一？次日，椿岩与延寿议曰：“今阵图排列已完，可令人往宋营下战书，约他出兵看阵。”延寿依其言，即遣骑军往宋营下战书。王全节览罢，批书回之。

次日，引李明等出九龙谷平旷处列阵。只见正北一座阵图如山隐隐，却似生成的一般，乃大惊曰：“番人素无队伍，今日列阵如此神妙，军中必有异人主谋。我等且不可轻敌，以伤锐气。”道罢，辽将椿岩、韩延寿二骑飞出，厉声叫曰：“宋军若要出战，即便出马；若要斗阵，汝试说我今日这个阵图，叫做何名？”王全节曰：“汝那小小阵图，有何难识？吾今且不言之，待我明日来破与汝看。”遂两下收军讫。

王全节回至军中，谓李明曰：“我行兵半生，那样阵势不识，特未见此阵也。当画图申奏朝廷，拣选识者来辨，才可攻打。”李明曰：“将军所言，正合我意，请即行之，不宜迟延。”全节乃按排阵形势画成一图，遣骑军星夜往汴，奏知真宗。

真宗看罢，即与示文武，并无一人识之。寇准奏曰：“详观阵图，玄妙无穷，或者三关杨郡马识之，其他将帅无有能识之者。”帝即遣人往三关，召取杨郡马回京。

使臣至三关，宣诏毕，六郎接了旨，谓诸将曰：“圣上有旨来宣，吾今当往赴命。”遂着陈林、柴敢守寨，乃引岳胜、孟良、焦赞二十员指挥使统领三军，离了三关，望汴京而行。有诗为证：

宝匣藏峰有几春，太平无计请长缨。
忽闻狼火风烟急，誓斩楼兰报圣明。

军马飘扬，不日到了汴京。六郎率部众于城外，号令不许骚扰百姓。

次早，朝见真宗。真宗曰：“朕命王全节征辽，不意辽人排下一阵，全节等不识，乃按阵画成一图，进奏寡人。寡人遍示满朝文武，并无一人识之。朕想卿乃世代将门之子，阵图俱各精达，此阵卿必识之。今试观看，名为何阵？”六郎接过阵图，观之良久，奏曰：“北辽素无此等高士，今偶有这样奇异之阵，使臣晓夜不安，必待臣亲提军马临阵观看何如？今只看图，实不识之，不敢妄对。”帝允奏，赐六郎金卮玉酒，即日起行。六郎谢恩而去。次日回无佞府，拜辞令婆，引部众离汴京，望九龙谷迸发。

哨马报知王全节。全节听知杨家兵到，愁怀顿释，乃与李明等出寨迎接六郎。六郎下马与全节并步入帐，坐定，全节曰：“小将领旨，到此征讨。不想臊奴排下一阵，奇异无比，小将等并不知其为何阵。天幸将军到此，毕竟知之，可以攻破无疑矣。”六郎曰：“圣上曾以阵图出示小将，小将亦不识之，须待日出阵观，方见端的。”全节曰：“将军之言是也。”乃令整酒接风。

次日，六郎下令岳胜等披挂出阵。三通鼓罢，宋军踊跃而出。北将韩延寿见是六郎来到，自忖道：“这人将门之子，此阵他必识之。”乃下令各营，俱要依红旗指挥，随时变化迎敌。军士得令，一声炮响，阵图排列，势如山岳隐隐。六郎于马上停视良久，谓诸将曰：

"我于阵图，无一不曾学过，未尝见此阵来。好道是八门金锁阵，又多了六十四门；好道是迷魂阵，又有玉皇殿。如此纷沓，怎敢攻打，只得回军再议。"遂命岳胜等收军，番人亦不追赶。

六郎回到军中，与全节议曰："此阵果排得奇妙，小将亦不知为何阵。"全节曰："将军不识，其余不足言矣。"六郎曰："当遣人奏知御驾亲来，计议进兵。"全节即差人赴京进奏。

真宗闻奏，与群臣议曰："其阵杨郡马不识，非等闲也。朕当亲往观之，以议进征之策。"八王奏曰："陛下今肯亲监军士出战，成功可立而待。"帝意遂决，下命寇准监国，大将呼延赞为保驾大将军，八王为监军，遣使召取沿边将帅俱要赴九龙谷听用。使臣领旨既去，各处得旨，俱发兵往九龙谷俟候去讫。

却说车驾离了大梁，望幽州进发，大军不数日到了九龙谷。杨六郎、王全节等接驾入寨，众将朝毕，帝宣六郎入帐，问其阵势何如。六郎曰："阵图异常，臣罕见也，请圣上来日观之。"帝下令，明日看阵。六郎退出，分付各营，准备保帝明日看阵。

却说番人听得宋君亲到，韩延寿与椿岩议曰："宋君车驾亲来督战，军士英勇十倍。今我等亦当奏请娘娘车驾亲来监战，则诸将知所尊畏，大功更易成也。"岩曰："汝言有理，请即行之。"延寿写表遣人回幽州奏萧后。萧后闻奏，即与群臣商议。萧天左奏曰："此战取中原大计，关系极重，娘娘当准其所奏。"后悦，因令耶律韩王监国，萧天左为保驾将军，耶律学古为监军，即日驾离幽州，望九龙谷进发。韩延寿迎接入寨，奏知宋人不识阵图，及宋君欲亲出阵观看之事。萧后曰："卿等尽心竭力，若得中原，定行裂土分茅。"延寿拜命而出。

次日，三通鼓罢，真宗车驾拥出，将佐前后摆列。萧后亦亲出阵，遥见黄纛下，真宗高坐马上看阵。萧后跨着紫骅骝，立于褐罗旗下，高叫："宋主一统中原，贪心不自知足，屡欲图我山后九郡，实无奈何，今特来决一雌雄。若破得此阵，山后尽献；不然，还要尽图陛下城池也。”真宗答曰：“汝貊狄硗瘠之地，纵献于我，有甚裨益？但汝等不尽殄灭，边患无日止息，每每兴兵，坐此故耳。朕今亲到，尚欲饮马幽州，扫空巢穴，今逢此小阵而不能破耶？”言罢，挥军还营。萧后亦回军去讫。

宗保遇神授兵书

却说真宗看了阵图，回营召集诸将议曰：“朕观其阵，变化多端，今卿等皆不识之，将奈之何？”六郎奏曰：“臣想此阵，《六甲天书》下卷有之。臣止学上中两卷，方欲学下卷，臣父被潘仁美、王侁等陷死狼牙谷，遂失其传。此阵妖遁不一，若欲攻打，不知从何而入，从何而出。想臣之母或得闻其概，乞陛下召来问之。”帝大悦，即遣呼延显赍敕命星夜回汴，召取令婆。

延显领旨，径赴无佞府见令婆。宣诏毕，令婆拜受，款待延显，乃问阵图之由。延显答曰：“日前圣上亲出观阵，亦不识之。彼膻奴得志，出言不逊，因此特来宣召老夫人观阵，计议进攻之策。”令婆曰：“既圣旨来召，敢不赴命？明日即行。”呼延显辞出。次日，令婆谓柴太郡曰：“老身今往九龙谷观阵，若宗保回来，勿以告之。”太郡领诺。分付已毕，遂与延显离了无佞府，径往幽州而行。

却说杨宗保正打猎之际，忽人报有天使来召令婆看阵。宗保闻言，慌忙拍马奔回。回到府中，即问太郡曰：“令婆何在？”太郡曰：“入宫中见娘娘商议国事去了。”宗保笑曰：“母亲诳着孩儿。”言罢，出府跳上骏马，径进城中体访令婆消息。行至北门，见军校问曰：“汝见令婆在此过否？”军校答曰：“早间同天使赴幽州御营去了。”宗保听罢，亦不回府，勒骑随后赶去。一路探问，皆道过去已久。宗保追赶而去，不觉日色渐渐将黑，且不识路径，入一穷源僻坞。两边树木茂密，并无人户居住。宗保大惊，欲待转去，林深路窄，昏暗沉沉，东西莫辨。正慌急间，忽前面一点灯光透出。宗保心忖道："那里灯光之处，必是人户。"乃随着光影而去。

既到其所，只见一宇，俨似庙廷，遂拴了马，叩户数声。忽有人开门，引宗保进去，乃是一妇人巍然独坐于殿上，两旁侍从美丽无比。宗保鞠躬于阶下。那妇人问曰："汝何人也？有甚缘故，暮夜叩我之扉？"宗保道知其情。妇人笑曰："汝令婆一人耳，那知仙家作用？即赴军中亦是枉然。"因令左右，具酒款待。宗保跑得腹中饥渴，开怀饮之。又献出红桃七枚，肉馒头五个，宗保亦尽食之。妇人复取出兵书，付与宗保，言曰："吾居此地四百余年，世人未尝睹面。我与汝有宿缘，致使今宵会晤。"遂将兵书逐一明明指示。其晚那妇人所赐之饮食，皆仙丹也，宗保吃了，心下豁然明敏，其兵书一指点，洞彻无遗。授毕，乃曰："汝将下卷，再详玩之，内有破阵之法。汝去扶佐宋主，擒捉番贼，不枉今宵之奇逢也。"宗保拜谢毕，但见东方已白，妇人令左右指引宗保出路。

宗保辞别，行不数步，那左右曰："此去十里之遥，便是九龙谷。"言罢忽不见。宗保在马上，且惊且疑，出了深林，只见坦然一条大路，宗保遂问路傍居民曰："此山何名？"居民曰："此一座山，乃红垒山也。"宗保曰："内有人烟否？"居民曰："无有。但人传言，原日有个擎天圣母娘娘在内，如今庙宇俱已倒败，惟有基址焉。"宗保听罢，默然自思，此真天缘奇遇。有诗为证：

幽谷迷行处，天缘偶会奇。
兵书明授与，一一剖玄机。

却说令婆随呼延显到了九龙谷，径入御营，朝见真宗。真宗道知不识北番阵图之事，令婆曰："老妾曾得先夫传授几卷兵书，但不知此阵有否，容妾出阵看之。”帝允奏，令婆辞出。次日，与六郎登将台瞭望其阵，但见兵戈隐隐，杀气腾腾，红旗一动，即换其形。令婆曰：“此阵未尝见也。”又取兵书对看，亦无此阵，谓六郎曰：“此阵莫道是老母不识，即汝父在，亦不识也。”六郎曰：“似此奈何？”令婆曰：“我杨门不识，他人愈不识矣。”言罢，下了将台，与六郎等回到军中。

正在忧闷，忽报宗保到。六郎怒曰：“戎伍之中，不知他来何干？”道罢，宗保入来，见父怒气未息，乃曰：“爹爹这等烦恼，莫非不识此阵图乎？”六郎曰：“谁问汝来？好好回去，若再多言，定行鞭笞。”宗保笑曰：“我去到不打紧，有谁破此阵图？”令婆闻言，唤近身傍，低声问曰：“汝能识此阵乎？”宗保曰：“待去一看，便知分晓。”令婆遂唤岳胜等保护宗保，登将台看阵。岳胜等得令，遂辅从宗保登台瞭望。宗保左顾右盼，良久之间，谓岳胜等曰：“此阵排得果然奇妙，但亦有不全之处，可以攻之。”岳胜等曰：“今营中将帅如云，无一人能识，小将军何以知之？”宗保曰：“待回军中道之。”众人下了将台，岳胜入见六郎言曰：“小将军深知此阵，言破之不难。”六郎笑曰：“小孩童作耍说话，汝何信之？”

岳胜即出，宗保入见令婆，道知阵有可攻之隙。令婆曰：“且莫说可破，汝既知之，名为何阵？”宗保曰：“一言难尽。此阵一座座俱是按名把守。自九龙谷北东上起，直接西南一派，内有七十二座将台，将台之傍，有路往来相通，名为七十二座天门阵。左边黑旗之下，阴雾沉沉，乃吞迷人魂之所，下面倒埋孕妇，能为祸害。惟此一处，实难破之。其设立未备之处，乃中将台玉皇殿前缺少天灯七七四十九盏，青龙阵上少了九曲黄河，白虎阵上少了虎眼金锣二面、虎耳黄旗二面，玄武阵上少日月皂罗旗二面。这几处乃是可攻之隙，若能依法调兵打之，如汤浇雪，霎时消除矣。”令婆曰：“我的乖乖，汝何由知此阵局？”宗保将追赶失路，遇神授书之事，从头告之。

六郎以手加额曰："此圣上洪福所致，故使汝得此奇遇。"

次日，六郎进御营奏帝，言其阵名，并可攻之处。真宗大悦，言曰："卿既识其阵，急遣兵攻打可也。"六郎曰："待臣出与宗保议之。"帝允奏。六郎退出军营，唤宗保计议。宗保曰："闻他丙申日布阵，取其干支相克，吾当用干支相生日出兵破之。"六郎然之，遂下令诸将俟候出阵。

却说王钦闻六郎说阵图排得不全，即遣心腹人星夜入番营，报知韩延寿。韩延寿得报大惊，急奏萧后。萧后即宣吕军师入帐问曰："卿排其阵，缘何又有不全之处？"吕军师曰："是谁来说？"萧后曰："宋人道排得不全，破之甚易。"吕军师自思，彼军中能识此阵者，亦非凡夫矣，遂奏曰："非臣不肯排全，但欺宋人不能识之。今彼既窥破，臣将不全之处，一一加添，纵使神仙下降，无能为矣。"后曰："卿宜快添，勿被敌人攻破。"吕军师即出军中，下令于玉皇阵上，添起红灯七七四十九盏；青龙阵上，布起九曲黄河；白虎阵内，左右建起二面黄旗、中间设立金锣二面；玄武阵上，竖起日月皂旗。阵图全备，浑如铁桶。有诗为证：

图局神人未布齐，英雄幸有可攻机。
一从奸贼传信后，不许凡人着眼窥。

却说杨六郎因宗保遇神授兵书，识破其阵，心甚喜悦，乃下令诸将，并依宗保指挥，择定其日，奏帝出兵攻阵。帝闻奏，下敕各营并进杨六郎营中听用。宗保复引岳胜等登将台观望，但见天门阵原不全处尽皆添设，无一丝可攻之隙，遂大叫一声："好苦！"跌倒台上。岳胜等大惊，慌忙扶下将台，转入帐中，报知六郎。六郎急令人救醒。问其缘故，宗保曰："番阵不全之处，今皆添设全备，若欲破之，除非天仙降临凡世。"六郎听罢，昏闷倒地，众人急救起来，嘿嘿不醒人事。令婆放声大哭，众将皆慌。宗保曰："婆婆且休号哭，快请八王来计议。"令婆乃收泪，着人请得八王到营。令婆道知其由，八王曰："既郡马暴疾，当速奏圣上知之。"八王即辞别令婆，入见真宗，奏知六郎得疾之故。帝大惊曰："若使杨郡马不测，则此阵谁能破之？"八王曰："陛下休忧，乞出榜招募名医治之。"帝允奏，即出榜文挂于辕门之外。

却说钟离见洞宾时去时来，神思恍惚，待其既出，遂拨开云雾视之。只见他降临番地，与萧后排下一阵，助他灭宋，乃叹曰："此畜生，气何不除如此！昔日怒斩黄龙，今日因我说他之过，遂动气，竟去扶辽灭宋，以灭我之口也。设我不去解围，倘此畜生灭了宋君，犯却天条，怎生恕饶？且于我仙班中分上，不好观看。"遂乃降临宋营。

只见辕门外张挂募医榜文，直向前揭之。军校报入御营，近臣奏知真宗，真宗宣进问曰："卿姓甚名谁，居于何处？"老人曰："臣居来逢庄，姓钟，名汉，奉道半生，人皆呼为钟道士。今因杨将军得病，臣特来医治。"帝见其表表威仪，暗思此人必能医治，乃令钟道士往视六郎病症。须臾看了，即回奏曰："臣能治之。"帝曰："卿将何以治之？"钟道士曰："臣视其症，只要两味药调服即愈。"帝曰："那两味药？"钟道士日；"此两味药有一味甚难得。"帝曰："卿试言之。"钟道士曰："却要龙母头上发，龙祖项下须。"帝曰："出于何处？朕遣人求来。"道士曰："若论龙须，陛下项下有之。龙母之发必向萧后头上求之。"帝曰："此时正与争衡，怎么求得？"道士曰："若求不得，病则难疗。"八王奏曰："杨郡马部下皆多智之士，陛下可出密旨，说有人过辽求得萧后发者，重加赏赐。"帝允奏，钟道士退出讫。

孟良入辽求发

真宗因八王所奏，遂密写旨付八王。八王领旨，径到六郎营中看视，乃与令婆计议其事。令婆得旨，即唤岳胜入来，与之言曰："圣上有密旨在此，说有人往番营求得萧后发者，回来必重加赏赐。我想起来，则有一个消息，可以求得。只是无一个机密之人前去。"岳胜曰："不知老奶奶有何机栝，可以求得。"令婆曰："闻萧后将女招赘我四郎为婿，若有人以信通之，此发必竟求得。"岳胜曰："军中有孟良者，可以去得。"

令婆召孟良入与言其事，孟良慨然领诺。是夜入见钟道士，问要发多少，道士曰："不拘多少，但还有两事，汝一并干来。"孟良曰："有那两事？"道士曰："萧后御厩中有匹白奇骥，可偷来与宗保乘之。又御苑中有九眼琉璃井，其水番人化来布于青龙阵上九曲黄河之内，汝将粪土填中一眼，其龙被污，即旱无水。彼无处取水，此阵不足破也。"孟良得令，径偷过番营而去。忽焦赞从后赶上，孟良回头见之，恨声曰："冤家，你来何干？"赞曰："因哥哥一个独行，我心不安，特来陪伴。"良曰："干此等之事，全要机密，如何同汝去得？"焦赞曰："只有哥哥机密，而我便浅露耶？死便就死，定要同去。"良无奈，只得与他同去。

及到幽州城中，酒店安下。次日，良谓赞曰："汝在店中停止，我去打探驸马消息便回，切莫出街，被人识破，有误大事。"焦赞领诺。孟良装作番人，入到驸马府中见四郎，道知本官染疾求发之事。四郎曰："我府有人缉探，难以容汝，且暂出外，待吾思计求之，汝过数日来领。"孟良领诺，仍复回店中歇息。

却说四郎夜间转辗思忖，忽生一计，大声喊叫心腹疼痛。公主大惊问曰："驸马心疼，原日有的，近日新添？"驸马曰："原日有的。"公主急召医官调治，全无应验，愈叫疼痛。公主曰："驸马原日怎生得此疾来？"驸马曰："幼年战争伤力，衄血于心，每尝作痛。"公主曰："先日曾医治否？"驸马曰："先日曾得龙发烧灰调服，好了数年，今不觉陡然又发。"公主曰："龙发何处得之？快使人去求来治疗。"驸马曰："中国才有，此地那里去讨？但得娘娘龙发，或者可代。"公主曰："此则不难。"即遣人前往军中见萧后，道知驸马病发，要龙发治疗之事。萧后曰："驸马之疾，此而可治，吾何惜哉！"遂剪下一握，付与来人。来人星夜回幽州，将发递进府中，驸马假意取些烧灰服之，其痛立止。公主大喜。

次日，驸马正以所剩之发藏下，只见孟良入府，即付与之。孟良接了发，拜辞，径转店中，付与焦赞，乃曰："汝速拿此发回营，救取本官，我干完了事就来。在途仔细，勿得有误。"焦赞领了发，星夜奔回九龙谷不题。

却说孟良那晚，悄地入御苑去看，只见果有九眼琉璃井，遂将粪土沙石填塞中眼毕；抽身出了御苑，直走到一寺门前坐着，捱到天亮，径往御厩看马。只见番人正在喂马，孟良打番语云："娘娘有旨，遣我来牵此马出教场训练，明日骑出与宋对阵，庶不误事。"养马者曰："拿旨我看。"孟良来时，得江海送萧后假旨一张，带在身傍。那人一问，孟良徐即取出示之。那人见印信是真，遂不疑其为假旨，即牵马与孟良。孟良骑出教场，勒走一番，将近黄昏，打马径往九龙谷而跑。及番人知觉，随后追赶，孟良已走五十里矣。孟良得马，回到军中，见钟道士，道已干了三事回来。道士曰："汝倒有些胆略。"遂进真宗御帐，奏剪龙须和合。真宗欣然剪下，付与钟道士。钟道士即将和之，调酒灌下六郎口去。霎时间，六郎苏醒，康泰如故。

真宗闻钟道士治好六郎，不胜之喜，乃宜入御帐言曰："赖卿治好郡马，特封一职，以酬汝劳。"钟道士曰："贫道山野愚夫，胸中空空，上不能致君，下不能泽民，何敢居职旷官？"真宗曰："卿何谦退若是？以朕观之，子才不亚周、召矣。"钟道士曰："荷陛下知遇之恩，待臣再与杨将军同破此阵，以报万一云尔。"真宗喜曰："卿能建此功绩，朕当勒名鼎石，垂之于不朽也。"道士曰："此阵无穷变化，一有不备，难以攻打，容臣指示宗保行之。"帝允奏，遂权授钟道士为辅国扶运正军师，凡在营将帅，不必奏闻，并听调遣。

道士谢恩而退，来见六郎，六郎拜谢。钟道士曰："此亦君当有此小厄，今幸安痊，可与令郎破此阵图。"六郎即唤宗保拜钟道士为师。宗保拜毕，钟道士曰："吾见军中人马缺少，不足调遣，难以破敌。"宗保曰；"何以处之？"钟道士曰："须遣人再调各处军兵来营听用。"宗保曰："师父说要调遣何处军马，任凭使人召来。"钟道士遂令呼延显往太行山，召取金头马氏引本部军兵前来御营听用；又遣焦赞回无佞府召取八娘、九妹、柴太郡来营听用；又令岳胜往汾州口外洪都庄，调回大将王贵来营听用；又令孟良往五台山召取杨五郎，带领僧兵来营助战。分遣已定，呼延显等各领令而行。

卷五

孟良金盔买路

却说孟良不日到了五台山，见五郎道破天门阵一事，乞下山相助之意。五郎曰："前者澶州救吾弟后，回到山来，一心皈依佛教，扫除尘缘，那肯复临阵伍，伤吾之行？汝今又来缠害，何也？"孟良曰："此非小将己事，上命差遣，不敢不来。望师父念本官勤劳王事情分，勿辞一行。"五郎曰："萧天右、萧天左乃二逆龙精降生。天右已被我除之，天左尚在，此孽障不比天右，若还我去，必竟调我战他。我今思忖，惟木阁寨后有降龙木二根，得左一根，与我为斧柄，便能降伏此人。汝若能求得此木，徐即下山；不然，去亦无益。"孟良曰："师父果若要之，小将敢辞劳苦？只得前去求来。"五郎曰："汝速去求来，吾亦准备下山。"孟良辞别五郎，竟往木阁寨而去。

却说木阁寨主号定天王，名沐羽，有一女名穆金花，又名穆桂英，生有勇力；曾遇神女，传授神箭飞刀，百发百中。有一日，与众喽罗打猎，射落一鸟。有诗为证：

结队纷纷出寨东，分围发纵势豪雄。
龙泉光射腰间剑，鹊血新调手内弓。
犬带金铃飞草际，鹘翻锦翅没云中。
平原十里秋风冷，沙草萧萧半染红。

穆桂英游猎之间，只见一鸟飞过，拽弓射之，那鸟应弦而落，恰落于孟良面前。良拾之而去，行未数步，忽有五六喽罗赶来，叫声："好好将鸟还我，饶汝一死。"孟良听得这话，停步不行。喽罗近前来捉孟良，被孟良拳起脚踢，打得那些喽罗抱头乱窜，奔忙报知桂英。桂英与众喽罗追赶孟良。孟良听得后面喧嚷，知是贼众赶来，取出利刀，挺立待之。忽桂英到，大骂曰："这狂夫，敢如此胆大，却来俺这里逞英雄也？"孟良亦不搭话，舞刀来战桂英。桂英举剑迎之，连斗数十合。孟良见喽罗拥来，恐被所伤，遂扭身奔走。桂英与战，见其刀法熟娴，疑是诈败，遂不追之，只与众人退守隘口。孟良进退不得，遂谓喽罗曰："吾将所拾之鸟还汝，汝开路，放我过去也罢。"喽罗曰："汝才逞英勇，如今缘何就小心了？但汝来错了路，谁不知道要过木阁营，须留金与银？倘无钱买路，休道一日，就是一年也过去不得。"孟良闻说，自思："我来与他求木，连性命也难保了。"只得取下金盔，递与喽罗，以作买路之资。喽罗奉与桂英，桂英既得金盔，令开路放他过去。

孟良急奔回寨，见六郎，道五郎要斧柄，及将金盔买路一事，尽行诉说。六郎曰："此等泼妇，甚是可憎。"宗保曰："儿愿与孟良同去取来。"六郎曰："恐汝不是其敌。"宗保曰："随机应变，爹爹不必罣虑。"那日，与良引军二千，竟到木阁寨外呐喊。穆桂英闻知，乃全身披挂，引众鼓噪而出。宗保曰："闻汝寨后有降龙木二根，乞求一根与我为斧柄，待破阵之后，遣礼相谢。"桂英笑曰："汝要求木，胜得手中宝刀，莫说一根，两根俱奉。”宗保与孟良言曰：“狗妇出言如此不逊，待我捉之，自往砍伐，何必恳求于彼。”乃挺枪直取桂英，桂英舞刀相迎。交战十数余合，桂英卖个破绽，拍马佯败，走过山隅，宗保乘势追之。桂英抽身转回，拈弓暗放一箭，射中其马。宗保落马，桂英近前活擒而去。孟良随后赶上救应，寨上矢石交下，不能前进。孟良曰：“我等不可退去，必要寻个计策，救出小将军回营。”众军依言，遂扎住于阁下。

却说穆桂英捉得宗保入帐，令喽罗紧紧绑缚。宗保厉声曰：“要杀便杀，用此苦刑何为？”桂英见其生得眉目清秀，齿白唇红，言词激烈，暗忖道，若得此子匹配，亦不枉生尘世。密着喽罗将匹配之事道之。喽罗道知宗保，宗保寻思半晌：“我要求彼之木，今不应承，死且难免，莫若允之，以济国家之急。”乃曰：“蒙寨主雅情，愿从其命。”喽罗以肯就回报桂英。桂英大喜，亲释其缚，扶起宗保相见，令左右整酒款待宗保，对坐欢饮。

酒至半酣，忽寨外喊声大震，人报宋兵攻击甚紧。宗保曰：“蒙寨主与生既效鸾凤，事同一体，乞开门说与部下知之，以安其心。”桂英然之，令喽罗开门，以此情说知宋兵，放孟良一人入帐来见。孟良见宗保与桂英对席而饮，曰：“小将军在此无限喜乐，却把我众人之胆亦吓破矣。”宗保将成亲之事道知孟良。孟良曰：“军务紧急，待暂辞别，容后日再来成就何如？”宗保哀告桂英，桂英曰：“郎君要去恁紧，明日即当送行，不敢久相淹留。”次日，宗保与桂英求降龙木。桂英曰：“郎君且回，待妾送来，以作进身之资。”直送宗保至山下，俱有恋恋难舍之意。宗保曰：“我倘遇难，请救应，幸勿推辞。”桂英领诺而别。有诗为证：

> 郎才女貌两相宜，洞府摇红烛影辉。
> 一夕恩情山岳重，临岐不忍遽分离。

宗保引众军回见父亲，言曰："不肖去木阁寨，与桂英交锋，误被暗箭伤马，遂擒儿而去。复蒙不杀，强逼成亲，儿亦无奈，只得允从，今特来请罪。"六郎曰："得木来否？"宗保曰："未有，桂英道他亲自送来。"六郎大怒曰："我因王事倥偬，起处不遑。汝今求木，又未得来，乃贪私欲而忘君亲。予何不幸，养出此不肖之子，要他何用！"喝令推出斩之。左右以宗保正在绑缚，令婆闻知，急出言曰："宗保虽犯军令当斩，但目下正要破阵，且姑留以备用也。"六郎曰："若非婆婆相救，决不饶汝。权囚禁于军中，待破阵之后，取出问罪。"孟良跪下告曰："请将军息怒。小将军之事，诚不得已。既被其擒，已为笼中之鸟，又且欲求其木，此时安敢不从？乞赦其囚禁。"六郎竟不允，将宗保囚了。宗保所以被囚者，六郎恐其贪恋新婚而不用心破阵也。

次日，孟良密入禁中，见宗保言曰："适见钟道士，言小将军有二十日血光之灾，今在此受禁，亦准折了。没奈何只得忍耐。"宗保曰："父亲冤屈我也！吾之所为，汝尽知之。但我在此想来，桂英甚好才能，得他来相助，大有利益。汝今再往见之，一者求木，二者叫来助吾出阵。"孟良领诺辞别而去。

穆桂英活擒六郎

次日，孟良领宗保之言，径往木阁寨见桂英，说知小将军被囚，特来请助之意。桂英曰："悬望汝主不来，正要着人相接，汝今到来请我，我如何离得此地？速归拜上本官，他不放小将军出来，吾即引众来相攻击。"孟良听罢，愕然曰："寨主既与小将军成了佳偶，正宜引军相助，何故出此不睦之言？"桂英怒曰："夫之不幸，即妾之不幸。夫为我囚，彼即我也，乃我之仇敌矣。吾安得而不引众以攻之哉？再勿摇唇，试看此刀利否！"孟良曰："今日天晚，容小将歇宿一宵，乞念本官情分，何如？"桂英曰："这个使得。"孟良遂退出寨前安歇。

孟良忖道："若不下个毒手，如何能勾他去相助？"立定主意，候至二更，密往寨左，放火烧之。正值九月天气，狂风大作，霎时间，烟焰张天，四下烧着。喽罗大惊，齐出救火。孟良提刀，进到寨后，砍了降龙木，复入寨中，将家眷杀了一半。孟良恐被众人知觉，负着降龙木，竟往五台山去了。

比及救灭了火来，知是孟良，四下搜寻，人道已去多时。复入寨看，只见杀死家属。桂英大怒，即点集部众，杀奔九龙谷而去，报此冤仇。行了数程，有一喽罗进前言曰："孟良行此策，见寨主不肯下山相助，彼实无戕害之意。且今山寨已烧得零落，家小又杀伤了，不如举众相助大宋，一则完成佳偶，二则代朝廷立功，多少是好，何必与他厮杀，自伤和气？”桂英沉吟半晌，乃曰：“汝言亦有理。”遂引众回去，收拾寨中粮草物件，装载于车，扯起木阁寨令字旗号，引众竟赴宋营而来。有诗为证：

紫箫声断凤凰台，缅想离情恨满怀。
不是毒心焚却寨，怎能勾引下山来！

宋军望见木阁寨旗号来到，忙报六郎。六郎怒曰：“此泼妇引诱吾儿，殊为可恨！今日又来勾引，待吾砍之，以绝后患。”即引军出阵，大骂曰：“贱人好生退去，也自干休。不然，枭汝首级。”桂英大怒，忖道：“我好意引兵来助，今反受他凌辱。”亦不打话，拍马直取六郎。六郎举枪，与之交战数十余合，不分胜负。桂英佯败而走，六郎纵骑追赶，喝声曰：“走那里去！”桂英拈弓搭箭，射中六郎左臂，翻落马下。桂英勒回马捉之。此时岳胜、焦赞等皆不在军中，无人救应。桂英乃将六郎绑回原寨。

正行之间，忽山坡后，旌旗蔽日，一彪僧兵来到，乃杨五郎与孟良也。桂英列开阵脚，孟良拍马近前，望见六郎被捉，大惊叫曰：“将军因何成擒？”六郎未答，桂英问曰：“此何人也？”孟良曰：“汝乃翁也。”桂英惊曰：“汝若不来，险伤大伦。”亟跳下马，令人急解其缚，乃拜曰：“误犯大人，万乞赦罪。”六郎曰：“不必下礼，汝且起来相见。”五郎等一齐合兵，回至九龙谷。

六郎令人放出宗保，与桂英同拜令婆。令婆不胜欢喜曰：“此女真吾孙之偶也。”因令具酒，与五郎等接风。酒至半酣，人报岳胜、呼延显等，召取各处兵马皆到。六郎大喜，即出寨迎接王贵、金头马氏、八娘、九妹等，齐入帐内。相见毕，六郎请王贵拜曰：“叔父驰驱风尘，乃小侄累及，幸勿罪也。”王贵曰：“贤侄与我同一王臣，何云累及！”王贵等皆拜见令婆毕，六郎设酒款待，众人尽欢而散。

次日，六郎入御营奏曰：“今诸路军马俱已到寨，特请圣旨号令破阵。”帝曰：“既诸军皆到，卿宜乘机而行。自今以后，不必俟朕之旨，任卿调遣。”六郎领命退出军中，与宗保商议破阵。宗保曰：“破阵须要择好日辰，目下数日不利，钟师父亦言姑待两日方好。儿今先引诸将看其破绽。”六郎允之。

次日，三通鼓罢，宗保全身披挂，扬旗鼓噪而出。番将马鞑令公韩延寿耀武扬威，跑出阵前，见南阵上，众将拥着一小童子，端坐白骥之上。延寿认其马是萧娘娘所乘的白骥，大喝一声，恰似雷震。宗保忽然落于马下。众将慌忙救起，扶转军中，入帐坐定。钟道士将白汤滚下一丸药，即时安妥。六郎问坠马之故，众将答道：“正对阵之际，番人厉声一喝，小将军遂落马下。”六郎听罢，叹曰：“还未交战，但闻声息，战栗如此，安能望其成功？竖儿不足以谋大事。”钟道士曰：“此非宗保惧怯，不能接战，特因其年幼小。将军必奏圣上，筑坛拜他，授以重任，赐他一岁，始能出阵破敌。”六郎依言，入奏真宗。

真宗与群臣商议，八王奏曰：“当允六郎之奏，重封宗保之职，始能调遣三军，以破辽也。”真宗曰：“当封何职？”八王奏曰：“辽、宋胜负在此一举，今日封职，不可如往日授他将之职，苟简呼遣而已。”真宗曰：“必如何以封之？”八王曰：“昔日汉高祖拜韩信为帅，使军士知所尊敬。今日亦仿汉高之行可也。”帝允奏，下令军士于营外筑起三层将台，四方竖立旗竿，按方色扯旗，礼仪法度一如汉制。不一日筑完，回奏真宗。真宗斋戒沐浴，择吉日，引群臣同到将坛之上。真宗登坛，宣宗保升坛。宗保跪下。真宗焚香，祝告天地毕，真宗亲为挂大元帅印，封为吓天霸王、征辽破阵大元帅。宗保领旨，谢恩毕。帝谓众臣曰：“朕以宗保年幼，特赐一岁，以作满丁之数。”八大王奏曰：“陛下既赐一岁，臣等亦赠一岁，凑成一十六岁，令满过丁年，使他出阵，有万倍之威。”真宗大喜，即下敕赐宗保一岁，众臣赠一岁。差军校捧金牌敕书，送归营寨。宗保再拜受命，与军校先回营去。真宗始下坛，同群臣转于御营。

翌日，宗保坐军中，下令各营听候攻阵。请钟道士入帐，商议进兵。钟道士曰："番阵之内，中间道路曲折极多，必先得一粗心大胆者，进去巡视一番，回来说与众军知之，然后可以攻击。"宗保乃问曰："谁敢去巡视天门阵？"焦赞应声曰："小将愿往！"宗保允其行。焦赞退回本帐，与牙将江海议曰："我今要去巡视番阵，君有何策，教我而行？"海曰："若无萧后敕旨，如何进去看得？君今要往，必须假借萧后敕旨夜巡，方可去得。"赞曰："那里讨着印信？"海曰："此事不难。我父曾为萧后掌印之官，遗有印式，被我依样刻出。日前孟将军去偷良骥，亦是我把印信与他。今我仍将此印，印着一张假旨，与君前行，管取巡视回来。"焦赞大喜，遂与海索了假旨，星夜离了本营，去到天门阵。

先视铁门金锁阵。只见番将马荣，雄威赳赳，立于将台之上，部下把守，如铁桶一般。见焦赞问曰："汝何人也，敢来此巡视？"赞曰："我奉娘娘敕旨，来此夜巡。"荣曰："敕旨何在？"赞即取出示之。荣看罢，开阵放赞过去。赞遂过了铁门阵。又到青龙阵，铁头太岁厉声言曰："此何去所，汝来此夜行？"赞曰："娘娘有旨，遣来巡视。"太岁请旨看毕，放赞过了青龙阵。赞入其中，遍视道路丛杂，又闻四面金鼓之声，心甚惧怯。又到白虎阵，守将苏何庆喝声："是谁来此看阵？"赞道："领娘娘敕旨夜巡。"苏何庆讨旨看了，遂开阵，放赞过去。赞慌忙走到太阴阵，见许多妇人赤身裸体，绕台而立，阴风习习，黑雾腾腾，不觉头旋脑闷，心神恍惚。黄琼女手执骷髅，将焦赞截住。赞喝曰："吾奉娘娘敕旨巡视，汝何得拦阻？"琼女索旨看毕，放赞过去。焦赞雄心顿消，十分慌乱，不复思进观看里面之阵，乃从傍边走出阵来，跑回营中。

入见宗保，说知阵图，其中如此如此。宗保听罢，即请钟道士商议。钟道士曰："惟有太阴阵极难破，下令先破此阵，其余可以依次而攻。"宗保问曰："太阴阵上，妇人赤身裸体而立，此主何意？"钟道士曰："彼按为月孛星，手执骷髅，遇交战之际，哭声一动，则敌将昏迷坠马。今破此阵，必先擒此妇也。"宗保曰："谁人可往？"钟道士曰："金头马氏前去，可以成功。"宗保下令，遣金头马氏曰："汝引精兵三万，从第九座天门阵攻打入去，吾自有兵来接应。"金头马氏领兵去讫。宗保又请八娘曰："姑姑可引军马一万，直逼太阴阵外俟候，待彼军一出，乘势杀进。"八娘领计去讫。宗保分遣已定，与钟道士登台瞭望。有诗为证：

蓬岛神仙侣，临凡辅宋君。
坐筹知胜败，先独遣红裙。

黄琼女反辽投宋

却说金头马氏引兵从第九座门呐喊攻打，黄琼女听得，赤身裸体，出阵迎敌。马氏一见乃骂曰："汝乃西夏国王亲生之女，引军助人战争，指挥不得自由而受他人指挥，是无能也。且妇人所以异于男子之行藏者，特掩敛身躯一事耳。今汝不识羞耻，现露父母遗体而出阵耀武扬威，纵使成功，亦受人之唾骂，不知明日何颜回见父母兄弟？"琼女被马氏骂得默默无言，羞惭满面，跑马回入阵中去了。马氏见阵上杀气腾腾，刀枪晃晃，亦不追赶，遂与八娘合兵而回。

却说黄琼女回到帐中，自思："我来助他，令我赤身露体，真个羞辱无限。曾记当年邓令公为媒，吾父将我许配山后继业六郎，只因邓令公丧去，遂停止此姻事。今闻统宋大军乃六郎也，是我旧日姻配；不如引部下投降于宋，续此佳偶，扶助破番，报复此等耻辱，岂不妙哉！"计议已定，次日密遣部军，送书入马氏营去。马氏得书，报知令婆。令婆曰："彼今不言，我亦忘之。昔在河东时果有此议，盖因那令公弃世后，遂不曾成其亲事。"马氏曰："此女昨被我耻辱一番，今日来降，料非虚情。老太太可与令郎商议。"令婆遂召六郎入来，道知黄琼女为旧日结姻之事，今日遣人下书，要来投降，以寻旧好。六郎曰："来降则可，会亲则难。此时交兵之际，何暇于此？待破阵之后，又得计议。"令婆曰："汝言差矣！彼因亲事，方肯来降，汝若迟迟为词，他心怀疑，不肯来矣。当今用人之际，彼一来降，此太阴阵不攻自破。且宋添一羽翼，而辽增一劲敌，此等机会，一举两得，甚为大幸。依老母之言，允之可也。”六郎从母命，即修书与来人回转，约期明晚里应外合，阵图一破，请入军中毕姻。黄琼女得书，不胜之喜。

次日，将近黄昏，下令众军整点齐备。忽阵外金头马氏率本部攻打太阴阵，喊声大震。黄琼女听知宋兵已到，引众从里面杀出。巡阵黑先锋忽到，与马氏交锋，只一合，被马氏斩于马下，北兵大乱。黄琼女与马氏合兵一处，杀出北营而去。及韩延寿、萧天左引兵来赶时，马氏已回到营矣。二人懊悔无及而回。金头马氏带黄琼女入军中见令婆，言曰：“今得黄琼女归降，又杀了黑先锋，大胜北番一阵。”令婆大悦，召六郎入来。黄琼女与之相见毕，各营军官一齐贺喜。

次日，宗保入禀六郎曰：“昨蒙钟师父指示阵图，攻打出入之路，甚是分明。后日乃是甲子，可以破阵，乞大人奏知圣上，亲来监战。”六郎曰：“汝用心定计进兵，吾即奏帝知之。”宗保退出，见钟师父问曰：“明日出兵，破何阵为先？”钟道士曰：“铁门金锁阵乃咽喉紧要之所，先须破之。次则便及青龙阵也。”宗保曰：“可遣谁去破铁门、青龙两阵？”钟道士曰：“铁门阵可遣令正桂英一往，青龙阵要劳令堂柴太郡一行。”宗保曰：“桂英无辞。吾母有孕在身，如何去得？”钟道士曰：“但去无妨，今正要以孕气压胜此阵之妖孽也。”宗保领诺，入见六郎，道知调遣之事。六郎曰：“军令安敢有违？但汝母有孕，恐致疏危，怎了？”宗保曰：“钟师父道无妨，但着孟良扶助而行。”六郎允其说。宗保遂密书破阵计策，付与太郡、桂英。太郡、桂英领计而行，各引精兵三万，一声炮响，二支兵鼓噪而进。

却说穆桂英领兵三万，将到番阵，分兵一万，号令各执火炮火箭之类，候入阵交锋之时炮箭齐发；又分军一万，着令从九龙谷正北打入，抄出青龙阵后，接应柴太郡之兵。众军领计而行。穆桂英驱军呐喊，分左右攻打铁门金锁阵。番将马荣望见，离却将台，引众如天崩地裂而下。桂英约退一望之地，赚得马荣近前，交战二十余合，不分胜负。桂英正战之际，其一万部兵，各望通道攻进。铁须兵一时进至，被宋兵放火炮，射火箭，伤损不计其数。铁拴、铁棍一十四门精兵俱来救应，被宋兵蜂涌而进，北兵遂乱其阵。桂英奋勇杀进，大喝一声，钢刀起处，马荣头已落地。宋兵乘势攻入，杀死番兵无数。有诗为证：

铁马金戈破阵图，马荣力怯竟遭诛。
苍天此际扶明圣，致使佳人立大谟。

却说柴太郡引军三万去到青龙阵，分付孟良曰："汝引军一万先攻九曲黄河，杀从龙腹而出。吾引兵攻打龙头，绕出阵后，与桂英会合。"孟良得令，领兵先进。郡主既遣良去，令军大喊，攻打龙头。守将铁头太岁引兵离将台直来迎敌。郡主交战数合，不分胜负。忽杀到中间，一声炮响，孟良引军截出，北兵大乱。铁头太岁复来迎战，柴太郡乘势催军进击。龙须、龙爪一十四门精兵齐出，柴郡主与孟良前后力战。将及半午，郡主用力战久，动了胎息，忽觉肚腹疼痛，渐渐难忍，郡主遂大叫一声："好苦！"部下军士无不失色。须臾坠下马来，产一英孩，昏闷倒地。铁头太岁见郡主落马，拍马来捉。忽阵侧一彪军马，如风骤到，乃穆桂英也。望见郡主在地，努力相救，近前与铁头太岁交战数合。铁头太岁被郡主生产腥气所冲，忽拍马而走。被桂英忙抛飞刀砍去，遂化一道金光冲霄去了。番兵大乱，孟良乘势乱砍番军，不计其数。桂英下马，扶起郡主，将所生之孩包裹了，放在己之怀内，复扶太郡上马，然后自跳上马杀出，遂破了青龙阵。有诗为证：

太郡威风不等闲，忽然胎堕阵图间。

桂英一马如迟到，险被妖魔短剑餐。

桂英大获全胜，回见令婆，道知破阵之事，郡主生产平安。令婆、六郎等大喜，乃安置郡主于后营休息。

却说北番韩延寿听知宋人又破了二阵，急召椿岩计议。岩曰：“虽破此两阵，岂复能破我迷魂阵耶？待其再来，尽数戮之。”延寿曰：“也难说这个话儿，阵图已被他破了三个。想彼军中，亦必有智谋之士，勿得轻觑其为无用，将军可提防之。”岩曰：“吾自有主张，不劳元帅忧心。”言罢，径与吕军师商议去了。

却说哨马来报知宗保：北兵阵图，提防甚是严切。宗保曰：“彼虽提防完固，被吾打破三阵，已挫折其锐气矣。今再依序攻打，何愁不胜！”言罢，乃请钟师父进帐，计议进兵。钟道士曰：“当调兵攻打白虎阵。白虎阵一破，再看机而行。”宗保曰：“此行可遣谁去？”钟道士曰：“此阵令尊可以破之。”宗保领诺，徐即进告六郎。六郎曰：“必我亲出，始能激励诸将。”宗保退出。

次日，六郎全身披挂，引骑军三千杀奔北营，攻打白虎阵。宋兵喊声大震，势如潮涌。椿岩登将台，将红旗麾动，番帅苏何庆遂开中座阵门，引兵迎敌，正遇六郎耀武扬威来到。两骑相交，战上二十余合。何庆佯输，勒马回走，宋兵乘势杀进。忽将台铜锣响处，黄旗闪闪，陡然变成八卦阵。霸贞公主引精兵围裹将来。六郎进入其中，只见门路纷纷，不知进退，被何庆催兵复回，围困六郎于阵。六郎左冲右突，不得其路而出。

败军慌忙回报宗保。宗保大惊言曰：“是我失其计策。”即唤焦赞谓之曰：“汝快引兵三千，从左侧攻入白虎阵内，将石打破两面铜锣，使虎无眼，则不能视，吾自有兵来应。”焦赞领兵去讫。又唤黄琼女谓曰：“汝引军五千，从右侧攻入白虎阵内，砍倒黄旗二面，使虎无耳，则不能听，其阵必乱。”黄琼女领兵去讫。又唤穆桂英曰：“汝引骑军一万，从中门杀进白虎阵内，以救吾父。”桂英领兵去了。宗保分遣已毕，自引岳胜、孟良等接应。

却说焦赞一闻本官被围，声振如雷，率兵从右攻进。番将刘珂镇守虎眼，只见宋兵杀到，即下台迎敌，交马两合，被赞一刀砍了；杀散余军，拍马走近台边，将铜锣打得粉碎，乘势杀进。

却说琼女从右傍而杀入，恰遇番将张熙，交战一合，被琼女一刀砍于马下；遂近台前，将黄旗二面砍倒，与赞合兵，一奇抄出白虎阵后而去。

苏何庆见阵势已乱，急来救应。穆桂英杀入，与何庆交战二合。何庆力怯，绕阵而走。桂英拈弓搭箭射之，何庆应弦落马，被乱兵吹死。霸贞公主见夫落马，急来救应。不防后面黄琼女杀到，将铁锤从背脊心一打，霸贞公主口吐鲜血，单马走归本国去了。六朗闻得外面金鼓之声，思忖必是救兵来到，乃从中冲杀而出，正遇焦赞，合兵一处，砍杀番兵，犹如切瓜，遂破了白虎阵。有诗为证：

白虎安排阵势巍，六郎攻打奋雄威。
旗锣砍倒无眸耳，顷刻尘清奏凯归。

令婆攻打通明殿阵

六郎破了白虎阵，宗保等迎接而回。次日升帐，诸将俱入拜贺。六郎曰："阵图果是玄妙，战至半酣，又变一阵，遂迷出路。若非救兵来到，险遇其害。"宗保曰："今爹爹破了白虎阵，可乘势进兵，攻打通明殿，则其余阵图破之无难矣。"六郎曰："阵中变化不一，汝须仔细调遣，勿得轻视，有误大事。"宗保曰："爹爹放心，儿已有成算矣。"乃请过令婆、八娘、九妹，谓之曰："敢劳婆婆与二位姑娘，领兵三万，攻打通明殿。其殿有个梨山老母，婆婆一去，先要擒捉此妇。"言罢，令婆领兵而出，乃令八娘、九妹各引军一万前进。宗保又请王贵进帐，言曰："敢烦老将军领军一万，从通明殿正中而入，以救应令婆之军。"王贵领军去讫。宗保分遣已毕，引诸将登台瞭望。

却说令婆引众呐喊，杀奔通明殿而去。椿岩见令婆杀进阵来，摇动红旗。梨山老母，董夫人是也。董夫人望见红旗摇动，拍马来与令婆交战。战了数合，董夫人勒回马走。八娘、九妹两翼夹攻，一齐赶入阵去。忽然阵内金鼓齐鸣，番将围合而来，将令婆等困于其中。王贵急引兵从殿正中杀进，去救令婆。恰遇北番巡营元帅韩延寿来到，拈弓搭箭，指定心窝射去。王贵应弦而倒，部下军兵被番人杀死大半，败军走回，报知宗保。宗保大惊曰："伤损圣上爱将，此恨怎消！"即遣桂英引军五千，前去救应。桂英得令，领兵去了。又令杨七姐，六郎女也，引步军五千，直入殿前，打破红灯，令敌人不知变动。七姐引兵去讫。

却说穆桂英望见阵内，杀气腾腾，团团围定，纵骑突进，正遇董夫人力战八娘、九妹。八娘、九妹渐渐衰危，穆桂英架箭当弦，射中董夫人之目，坠马而死。桂英催兵杀入，救出九妹、八娘、令婆等。合兵杀出，只见杨七姐打破了红灯，绕出通明殿后，与令婆等会兵一处，杀进阵内而去。韩延寿见宋兵威势甚锐，不敢接战，勒马退回去了。宋兵遂夺得王贵尸首回寨。

宗保等接见，无不悲伤。时王贵之妻杜夫人亦在行营，见夫阵亡，号泣不止。六郎曰："婶娘请止悲哀，侄今去奏知圣上，重加旌表，以报其死。"夫人遂收泪不哭。六郎乃进御营，奏道："叔父王贵，乃出阵射死，其情可矜，乞陛下旌表，以励后人。"帝闻奏，感伤不已，乃允其奏，即宣杜夫人入御帐，抚慰之曰："王令公，朕之爱将，今者战殁，朕甚悲悼。但幸有子，封为无职恩官，月给俸米八十石，候年满丁，入朝袭父旧职。封汝为忠义夫人，谥赠王贵为忠义成国公，钦赐金银缎匹一十二车。"敕旨既下，夫人谢恩而退。次日，杜夫人辞别令婆等，径回洪都庄去了。

却说宗保请钟道士入帐，商议进兵之策。钟道士曰："今虽破数阵，还有迷魂阵极难攻打，当调汝伯五郎，率僧兵前去，方能破之。"宗保曰："弟子在将台上瞭望，正北吕军师之营，隐隐如山，此处弟子深忧，不能破之。"钟道士曰："汝不必多忧，待吾亲破此处。"宗保大喜而退。

次日，宗保升帐，乃请五郎谓曰："烦伯父领僧兵先出攻打迷魂阵，侄调兵来接应。"五郎即引头陀僧兵五千，呐喊杀入迷魂阵去，正遇番将萧天左接战。交马十数合，天左佯败，引五郎入阵。单阳公主纵马舞刀，直取五郎，五郎与战两合，公主拨回马走，五郎驱兵追之。只见五百罗汉一齐杀出，被头陀僧兵奋勇力战，将五百罗汉杀死一半。耶律呐在台上，望见宋兵势锐，急将红旗麾动。忽阴风习习，雾气漫漫，一阵妖鬼号哭而出。头陀僧兵尽皆昏闷，头疼脚软，不能前进。五郎大惊，急念神咒解之。然后引兵走回，报知宗保。宗保曰："我忘之矣，师父曾言，此处有妖怪，吾当按法破之。"遂遣人于附近乡村，寻得四十九个小儿来到，尽皆戎装，令他各执杨柳枝条几根。复请五郎到来，谓曰："今日再烦伯父，领此小儿进去攻打，若遇妖鬼出来，即令小儿将杨柳枝迎风打近前去，其妖鬼三魂七魄尽皆散去。妖魂一散，疾令健军五百，直去红旗台下掘出孕妇尸首。如此而行，则破此阵必矣。"五郎领计去讫。及唤孟良曰："汝引军一万，打入太阳阵去，抄出其后，接应本军。"孟良得令，领兵去了。

却说五郎奋勇耀威，引众复攻迷魂阵。单阳公主不战而退，随着宋兵入阵，只道仍前迷昏其军。五郎挥兵直杀进去，耶律呐麾动红旗，妖气迸出。五郎急令小儿将杨柳枝迎风乱打近去，妖气顿消。五郎即令五百健兵，急掘孕妇尸首。耶律呐见之，慌忙下台逃走。五郎骤马赶近前去，一斧砍死。五千佛子溃乱奔走，头陀僧兵齐举戒刀追上，杀得寸草不留。单阳公主吓得措手不及，被宋兵活捉归寨。萧天左愤怒不胜，提兵杀来，五郎冲出接战。未及五合，五郎忖道："此孽障，若不抽出降龙棒击之，怎能胜他？"遂将降龙棒照着天左脸上一击，天左躲避未及，遂击中其肩。天左露出本形，乃是一条黑龙。五郎举斧砍为两段，分作两处飞去。于是五郎既砍了萧天左，令军士收阵。

却说孟良引军攻打太阳阵，番将萧挞懒望见，骤马接战。两合，被孟良一斧砍为两段。良杀散余军，直抄出阵后，接着五郎，合兵一齐杀出，遂破了迷魂阵。有诗为证：

七十二座天门阵，惟有迷魂惨毒甚。
不是五郎下山来，难将妖氛悉扫净。

五郎收军回营，解送单阳公主入军中见宗保，道知破阵杀天左之事。宗保大喜曰："此阵破了，尽扫胡尘，擒萧后必矣。"遂命押出单阳公主，斩首号令。穆桂英劝曰："此女容貌端庄，且萧后亲生，不如留之以为使令。"宗保允其言，遂放了单阳公主。乃提调诸将出阵，唤过呼延赞曰："汝装作玄坛，攻打玉皇殿。孟良装关元帅，焦赞扮殷元帅，岳胜扮赵元帅，张盖扮温元帅，刘超扮马元帅，汝五人分左右攻破他北天门。"延赞等得令，各领兵五千而去。宗保分调已毕，与六郎登将台观望。

却说呼延赞呐喊扬威，杀奔玉皇殿去，恰遇金龙太子，两马相交，战了数合。太子佯败，引赞入阵。孟良、焦赞等乘势杀进，恰近将台真珠白凉伞下，只见杀气炎炎，不敢逼近。延赞率众绕阵而杀，忽土金秀将真武旗摇动，岳胜拍马先进，陡然天昏地暗，不辨东西，岳胜遂被番卒生擒而去。比及焦赞知之，欲杀入救时，番兵四面围合而来。延赞见番众势锐，引众杀回，归见宗保，道知阵中之事。宗保查点军将，折却岳胜、孟良二人，慌慌无计。忽小卒报孟良、岳胜回寨，宗保召入问之。岳胜曰："小将杀进阵去，只见土金秀将旗摇动，遂昏暗迷路，竟被番兵所擒。苟非孟良假作番人相救，几丧残生。"宗保曰："阵内所能变化惟七七四十九盏天灯，二十八宿将官，必用计去之，才破得此阵。"遂唤孟良曰："玉皇殿前真珠白凉伞，汝明日攻进，先去砍之。"又唤焦赞曰："明日入阵，砍倒二面日月真武皂罗旗，吾自有兵接应。"孟良、焦赞领兵去讫。

宗保入禀六郎曰："玉皇殿上玉皇大帝必要圣驾亲与交锋，始获全胜。又请大人出马，从右侧攻打白虎殿。再请八王出马，从左侧攻打青龙殿。不肖引兵从中杀进，攻其正殿。今乞大人进奏圣上知之。"六郎听罢，即入御帐，奏请圣驾亲出临阵。王钦密奏曰："将帅俱集于此，何劳陛下亲出？倘有疏危，将如之何？只命诸将足矣，如不克敌，督责元帅。"此王钦见宗保屡破北阵，故此沮之，欲使其不能成功也。真宗因钦之言，迟疑而不下旨。八王慌忙进奏曰：“锦绣江山，岂臣子之所有哉！今将佐出力死战，皆为陛下争之。当此一决胜负之际，退逊不去，诸将解体，陛下大事去矣。乞陛下大奋天威，勇往直前。诸将目击，威风自长，敌人见之，披靡而退。且宗保行兵如神，百战百胜，陛下无以疏危为虑也。”帝意乃决，遂下令亲出临阵，不题。

钟离收回吕洞宾

次日，三通鼓罢，孟良、焦赞两骑直杀近玉皇殿去。孟良砍倒真珠白凉伞，焦赞砍倒日月皂罗旗，正遇土金秀、土金牛二人杀到，两下鏖战。孟良愤怒，将金牛一斧劈死，焦赞将金秀斩于马下。番军被宋兵砍死，不胜其数。六郎在后，催军攻打入阵，先射灭四十九盏号灯，其阵遂乱。二十八宿将官，一齐杀出，被孟良、焦赞尽皆杀之。金龙太子见阵势溃乱，勒马逃走，被真宗架起翎箭射中左肋，坠马而死。宋兵纷纷杀入阵中。宗保将火箭射上玉皇殿，烧着其殿，火焰滔天，烧死番兵无数，与孟良等合兵一处，遂破了玉皇阵。有诗为证：

大纛高牙玉皇殿，动摇闪电无穷变。
金龙伤箭入冥途，帝王勤劳功业建。

宗保既破了玉皇殿，遂下令诸将竭力克敌，着孟良攻打朱雀阵，焦赞攻打玄武阵，呼延赞攻打长蛇阵。军令才下，孟良奋勇当先，引众杀入朱雀阵，正遇番将耶律休哥挺枪来迎，战上数合，不分胜负。忽阵后一声炮响，刘超、张盖杀到。休哥力怯，遂弃将台而走，孟良乘势追击，遂破了那朱雀阵。

却说焦赞攻进玄武阵，遇着耶律奚底，交战十数合，奚底败走，被焦赞赶上，一刀斩了，杀散余军，遂破了玄武阵。六郎率众攻打长蛇阵，耶律沙见阵势俱乱，不敢迎敌，拖刀绕阵走出。宗保阻住去路，两马相交，未及数合，孟良、焦赞等从后杀到，耶律沙进退无路，遂拔剑自刎而死。

宗保下令，攻打吕军师之营。韩延寿见天门七十二阵，被宋兵摧灭将尽，慌入问计于吕军师。吕军师怒曰："黄口孺子，敢如此无礼，吾自往擒之。"即引本营劲骑杀出，势如河翻海沸。椿岩念动咒语，霎时间天昏地暗，走石飞沙，宋兵眼目尽开不得，宗保君臣父子诸将伏于马上，心下十分惊恐。番兵四面砍来，宋人正在危急之际，钟道士望见，几步到于阵前，将袍袖一拂，其风飘转，吹倒番军，日复光明。

椿岩见是钟道士，慌忙回报吕军师曰："钟仙长来矣，师父快走！"道罢，化一道金光去了。钟离见洞宾喝曰："小辈可恨！前言相戏，汝即怀忿，降凡助番，伤损生灵无数。倘我不来，汝助番人杀了宋君，犯却天条，其罪怎生逃脱！好好同归蓬莱，逍遥物外，何等快乐！管此闲非，耽烦受恼则甚？"洞宾无言可答，于是遂与钟道士驾着祥云，升天而去。

却说萧后之营，左右前后，尚有七个仙姑阵、四个天王阵未破。宗保下令，八娘、九妹、穆桂英、令婆、杨七姐、金头马氏、黄琼女引军攻打七个仙姑阵，又令五郎、岳胜、孟良、焦赞引兵攻打四个天王阵。众皆得令，引兵攻打去了。

却说八娘等杀却番将靼靼令公等七人，杨五郎等杀入阵去，将耶律尚、耶律奇、兀术儿、不花颜儿四将尽皆杀了。韩延寿见军势消灭，忙奔入，奏萧后曰："四下皆宋兵矣，请娘娘快走！"萧后惊曰："吕军师何在？"延寿曰："不知何处去了！"萧后听罢，慌张无计，遂载小车，与韩延寿、耶律学古等望山后走回幽州。六郎知之，催众将亟进追之。焦赞奋勇，向前赶上大叫曰："羯狗速降，饶汝之死。"延寿回马，与焦赞交战数合。延寿因牙将皆被宋兵杀死，心甚惧怯，枪法慌乱，被焦赞乘其破绽，奋力拨开延寿之枪，向前活擒而归。孟良等竞进，番众抛戈弃甲而走。学古等保着萧后从僻路遁回幽州去了。杨宗保不一月间，将辽国七十二天门阵尽皆破了，杀死番兵四十余万，骸骨山积，血流成河。有诗为证：

胡虏秋高胆气横，杨家英勇耀边城。
沙场血染征袍赤，白骨平原积满盈。

六郎追赶萧后不及，遂收军还营，大获全胜。次日，宗保升帐，查点各处军马，并所获番人的器械、马匹、所捉之将，忽步卒解韩延寿入帐，捆缚丢于阶下。宗保指而骂曰："膻羯狗不安本分，凭恃强阳，侵犯边境，戕贼生灵数十余年，岂知今日天假我手擒捉，以除其患，为下民立命乎！不然，无时酿祸，民岂得其生哉！且汝居北番，自恃为英雄莫敌，今日何以被吾擒之？"延寿曰："不必絮絮叨叨，请速加刑。今日我被汝擒，汝谓汝英雄矣；倘易其地，则英雄又在我矣。汝谓我害生灵，汝杀了我家四十余万军兵，独非害生灵乎？"宗保闻言大怒，令左右推出斩之。须臾时，枭了首级，号令讫。

宗保令记功官录诸将破阵功绩，乃不见钟道士，遂问诸将见否。却有一卒入禀：钟道士喝骂吕军师，如此如此，与驾云飞去之事。宗保曰："汝何以见之？"其卒曰："蒙元帅差着小的服侍钟道士，昨日跟随他入阵，是以见之。"宗保曰："原来却是汉钟离与吕洞宾也。"嗟呀不已。复分付诸将，各依队屯营，俟候圣旨。诸将得令退去。自是军声大振，四夷惊骇。

却说六郎以众将功绩，奏知真宗。真宗曰："朕班师回京，廷议升赏。"六郎又奏曰："便宜机会，自古难得。今趁番人之败，乞陛下敕旨，命诸将长驱而进，直捣幽州，取其版籍，以绝万世之祸根也。"帝曰："军马劳苦太甚，且再休息几年，计议进征未晚。"六郎遂退出营去。越二日，帝下命澶州三路军兵仍前各归原镇。又令坚筑关隘于九龙谷，命王全节、李明领兵镇守。其余征辽将帅随驾回朝，听旨调遣。圣旨既下，三军尽皆欢悦。

次日平明，军分三队，真宗居中队，六郎在前队，宗保在后队，三军离了九龙谷，悠悠荡荡望汴而回，不题。

王钦诳旨回幽州

却说真宗回到汴京，文武迎接入宫。次日设朝，群臣贺毕，帝宣六郎至御前抚谕之曰："日前破辽之阵，俱卿父子力也，姑待数日，朕行重赏。"六郎奏曰："破辽阵图，陛下洪福所致，诸将效命之功，臣父子安敢独受其赏？"帝曰："今卿不矜不伐，真社稷臣也。"乃命设席，宴犒征北将士，杨家女将皆与其席。是日，君臣尽欢而散。

次日，六郎趋朝谢恩，帝赐黄金甲二副，白马二匹，红缎一十二车，金银各千两。六郎当日固辞。帝曰："微物少酬破阵功绩，何必辞为？待朕再与群臣议，升卿父子与诸将之职。"六郎遂受其赐，领归无佞府。见令婆，道知圣上所赐之事。令婆曰："圣上恩典，可谓厚矣，吾儿当耿耿在念。然三关之地，番人不时侵寇，汝当复往镇守以防御之。"六郎曰："母亲所言是也。"因令具筵赏犒部下。岳胜等二十余员战将坐于左席，黄琼女、穆桂英以下二十余员女将坐于右席，杨令婆、柴太郡、杨六郎、五郎、宗保俱中坐。是日，张乐侑酒，众人开怀尽饮。酒至半酣，杨五郎起谓令婆曰："沙门法戒，不肖未完，今日特告母亲，拜别膝下，仍往五台山而去。"令婆曰："修缘功果，此是好事，随汝自往，吾何阻拒！"五郎遂拜辞令婆等，领头陀僧兵回五台山去讫。酒阑席散，诸将皆退。

次早，六郎趋朝谢恩，奏帝："愿领部兵，仍往镇守三关。"帝闻奏大悦，即降旨，命六郎仍前镇守三关，杨宗保监点禁军，巡视京城。六郎辞帝，退归无佞府，拜别令婆，引部将岳胜等径赴三关去讫。

却说王钦归至府中，思忖："自入宋国一十八年，未与萧后干得些子功绩。"遂心生一计，入奏真宗曰："臣蒙陛下厚恩，未有寸报。今北番败归，想必重畏中国之威。乞降旨一道，臣奉去谕之，使其纳降，以杜后日边患。陛下准臣干此事，居官食禄亦无愧也，不然其如素餐何？"帝曰："卿肯委身以为此事，其忠极矣，安得不从！"即下令差武军校尉周福领兵一万随行。周福得旨，遂整兵同王枢密赍敕旨，离汴京，望幽州进发。

行至城外十五里总驿，王钦问曰："不知有几条路可通北辽？"福曰："有两条通之。"钦曰："是那两条路？"周福曰："一从黄河而进，一从三关而进。"王钦曰："今从何处而进？"福曰："今从三关而去。"王钦听罢，忖道："若从三关而过，六郎岂肯相饶？他有斩杀自由，敕旨在身，毕竟擒而戮我。不如瞒着周福，我单骑从黄河而去。"遂谓周福曰："适想起来，忘了公文，回去取来。汝领军马，只管向前进发，不必等候。"福不知是计，即引军先行。王钦竟从黄河而去。及到太原府，令人报知知府薛文遇。薛文遇即出郭迎钦进府。相见毕，文遇问曰："大人至此，有何公干？"王钦曰："圣上令我往大辽求取纳降文字，贤太守可遣船只送我过去。"文遇遂令军校，将官船送王钦过河。王钦过了河，辞别文遇，望幽州而去。

却说周福引军将近三关地界，被六郎逻骑拦住，问曰："是谁领兵过此？"摆道军士称道："是钦差王枢密，前往北番，干公务事。汝是何人，敢来邀截？"逻骑曰："我本官得八王信息，说王钦要逃走入辽，我等在此等候多日，今果不谬。"众人向前将周福绑缚了，报知六郎，捉得奸佞王钦到了。六郎大喜曰："此贼因我举荐，位至枢密，屡谋作乱，而向帝前谮我，可厌之甚！我每欲擒他，彼倚着圣上之势，无处下手，岂知今日自投罗网！"乃令捆绑来见。众人得令，将周福绑缚，丢于帐前。满营军士闻是谋害本官之人，个个咬牙啮齿，恨不得砍为肉酱，尽皆执枪执刀摆列两旁。周福惊得面如土色，哑口无言。六郎反覆视了几回，乃曰："此人不是王钦，汝等何故拿之？"周福方应声曰："小将周福是也，乞将军饶命。"六郎问其经过之由。周福曰："蒙圣上遣小将同王枢密往北番讨取纳降文字，不期枢密忘了公文，复回取之，着令小将先行。不知将军部下，因着何事，擒捉小将？"六郎笑曰："欲捉王钦，误捉汝也。汝被他笼络了，岂有领圣旨出行而会忘了公文？此贼必先知风，故生是计策，往黄河去了。"言罢，令人放了周福，入帐相见。六郎曰："汝记昔日河东交兵，吾遭潘仁美陷害之事否乎？"周福曰："小将记之，切切在怀。"六郎曰："汝乃吾之旧知，不必惊恐。"六郎在河东交战时迷路，得周福引出，故相识也。

六郎筵宴周福

却说六郎放了周福，令左右具酒食，款待周福，通宵尽欢而散。有诗为证：

渭北春天树，江东日暮云。
清宵一樽酒，相叙旧知音。

次日，六郎送周福过三关讫。

却说王钦到了幽州，先着近臣奏知萧后。萧后宣进，一见王钦，大怒骂曰："奸佞之贼，恨不生啖汝肉，以雪其愤。每思无计可获，今日自来送死。"喝令推出斩之。军校得令，将王钦绑了。耶律休哥奏曰："娘娘息怒，王钦此来，必有议论，待其陈说可否，斩之未迟。"耶律学古亦奏曰："王钦如笼中之鸟，无处逃避，乞娘娘放还，问其来由，再行定夺。"后怒少息，乃命放还，问其来意。钦惊得魂不附体，停止半晌，乃言曰："臣别娘娘而去，非不尽心，奈彼处未有好机会，故难建其功。今宋人又欲发兵出征大辽，既说尽取山后九州而归。臣虑番邦无有能抵敌者，故臣设计进奏宋君，请得敕旨回来，与娘娘商议，欲就内中图事。今娘娘反以奸佞责臣而加诛戮，岂不冤屈臣耶？"萧后闻奏，回嗔作喜曰："卿图中原之策，姑试言之。"钦曰："今大梁城中，征战良将俱各调遣，镇守他处去了，只有十大朝臣在京。娘娘可写书，愿纳九州文字来降；但王钦官卑职小，难以任此大事，惟遣十大朝臣到于飞虎谷交纳，后日有可凭据，始不相征伐也。娘娘以此言诳得他来，围而捉之。既捉其大臣，遣人告宋君，要他中分天下，始放还大臣。宋君必以大臣为重，不得不与。那时得了地土一半，再议进兵图全宋也。”后曰：“以此意道知大宋，谁人可去？”钦曰：“小臣愿去，使宋君不疑。”后即令文臣写书与王钦带往汴京而去。

王钦辞别萧后，离了幽州，星夜驰驿，到于中途，恰遇周福，道知萧后肯纳文字，但要十大朝官来接。福大喜，即与王钦由黄河归朝。不一日到京，进奏真宗言曰：“万岁命臣入番，以旨意示萧后。萧后畏威，愿纳九州图籍献与陛下。但言此等大事，非朝廷大臣前来领受，其后必生异议。臣恳恳陈其利害，彼言纵辩论有理，其奈汝官卑职小何！必得十大朝臣于飞虎谷，交献九州文书，庶几将来廷臣箝口而不进征辽之表，才成久坚之盟，以免征伐之苦。故今臣以此复命。”真宗闻奏大悦，即下旨令朝中大臣，俱赴飞虎谷领受交纳文字，即日起行，毋得违命。

却说寇准、柴王、李御史、赵监军一班大臣，俱赴八王府中商议。准曰：“此乃王钦之计，陷害我等，列位怎生区处？”柴王曰：“圣上命下，只得委致其身，一行便了。”八王曰：“我想此去，必由三关经过，待与杨郡马借军，扮作仆者，扶助前行，缓急有所资也。”寇准等皆然之。

次日，十大朝臣入辞真宗，真宗曰：“息止边患，万年之计，在此一举。卿等慎之可也。”八王等领旨出朝，离了汴京，望三关进发。先遣人报知六郎，六郎令孟良、焦赞迎接于中道。八王与朝臣将近梁关，即三关也，一彪军马拦路。军校回报八王，八王大惊，急近前言曰：“何人敢此拦路？”孟良认是八王，滚鞍下马，伏于道旁，言曰：“本官遣小将等在此伺候。”八王遂与众官直入三关。又见一彪军马来到，却是六郎迎接八王。八王一见，喜不自胜。既入军营，十大朝臣依序坐下。六郎摆列筵席十分整齐，众官举觞称谢。六郎曰："薄治不恭，幸勿见罪。"遂问曰："殿下与列位大人至此，果何见谕？"八王曰："圣上欲取北番九州，王钦奏帝：不须用兵，但乞敕旨前往幽州，见萧后陈其利害，索取九州献纳文字，便可得也。圣上听信谗言，即降旨付之。王钦领旨到幽州见萧后，萧后允从。但说盟书，却要十大朝官前赴飞虎谷接受，其盟议始坚，后日才不反背而加征讨也。圣上见奏，遂命我等前去接领九州文书。吾恐此是王钦之计，特来与郡马借部下助行，以防其不测也。"六郎曰："日前小将接见殿下之信，欲擒此贼，以除后患，不意彼从黄河而去。今彼既用此诈术，小将当策兵赴援，务取丑虏图籍，方才罢手。"八王听罢，大喜曰："得君调度军兵救护，吾何惧哉！"是日众官尽欢而饮。

酒筵既散，六郎遂唤岳胜、孟良、焦赞、林铁枪、宋铁棒、姚铁旗、董铁鼓、丘珍、丘琪、孟得、陈林、柴敢、郎千、郎万、张盖、刘超、李玉等二十余人，近前分付曰："此行关系最重，汝等须谨防番人谋害十大朝臣。"岳胜曰："将军遣行，敢不遵命？但恐辽人认得我等，怀疑不肯交纳文书，岂不耽误大事？"六郎曰："吾有一计，使他不识。汝每俱装作随行伴当，各挑箱子一只，内藏军器；又用竹筒一个，内去其节，藏着刀枪。辽人来问，只说不服水土，将此筒带吾本乡之水来吃。若无事则止，倘有不测，临机应变用之。"岳胜等领计而退。

八王次日辞却六郎，与众官离了三关，竟往飞虎谷而进。时值寒冬，鸿雁悲鸣。十大朝官至九龙谷，见两旁骸骨堆积，八王叹曰："昔日在此交兵，杀伤生灵，今日见此骸骨，不由人不痛心。"有诗为证：

骸骨如山积，黄沙古战场。
西风残照里，怅望泪双行。

十大朝官过了九龙谷，将近飞虎谷。北番游骑飞报幽州总兵耶律学古，学古入奏萧后，萧后即遣耶律学古为行营总管，引精兵一万，前往飞虎谷迎候。学古得旨，领兵竟往飞虎谷正北下寨。次日，亲往谷中巡视一遍，回到军中谓牙将谢留、张猛曰："汝二人领兵前去此谷东南平旷之处，扎下一寨，大排筵席，以待宋臣。"谢留等领计，安排整顿去讫。

学古领计陷宋臣

耶律学古调遣谢留已毕，忽报宋国十大朝臣已到。耶律学古带着数十人出到谷口，接见八王。八王马上欠身施礼曰："王钦回言，汝娘娘愿献九州与我大宋，我等今日特来接受文字。汝可速将交纳，以结千载之欢。"学古曰："交纳，国之大事，如何这等轻易？明日请到筵中献纳。"八王允之而别，遂于正南安下营寨。

耶律学古回到帐中，召集谢、张商议曰："汝等谁善舞剑，我明日欲向筵中唤出舞之，假意侑酒，尽诛宋臣，始不负娘娘命令。"谢、张领计而退。学古又召太尉韩君弼谓之曰："汝领劲兵一万，埋伏谷口，候有变即出截住，不许走了宋臣。"君弼领兵去讫。分遣已毕，乃遣人持书往宋营，请十大朝臣赴宴，面议纳降文字。两下军士人等，不许身带寸刃随行。八王得书，亦回书与番卒去了。寇准曰："王钦此贼好狠心肠，尽将我等置之死地。倘不在杨郡马处借得部下同来，吾等要一个生还也是不能得勾。"八王然其言，乃曰："明日赴会，看他设何计策。"言罢，众官俱退。

次日，耶律学古亲出帐外接候，遥见尘头飞起，宋臣俱跨马来到。学古迎着，见未带军马兵器，心中暗喜，忖道："遂吾愿矣。"即邀宋臣进营，相见毕，依次坐定。茶罢，八王曰："萧娘娘今肯归顺大宋，极有识见。一则不失为一国之主，二则干戈偃息，民得安生。且两国和好，实万世之良图也。"学古曰："此等事，待从容议之。吾与列位会合，亦千载奇逢，略饮数杯以通和好之情。”于是令人奏乐侑酒。

却说柴驸马坐于左筵正席，学古举酒及之，乃问曰：“得非柴先生乎？”柴玉曰：“然也。”学古曰：“曾记昔年我国将天字图来示宋朝，被先生改作未字。我娘娘闻之发怒兴兵，遂成仇隙。今日不期又相会也。”柴玉即应声曰：“我只道汝有何高论见教，原来却是这样浮谈。然我主应天顺人，一统中原，因汝北番地土硗薄，故置之度外，不加征讨。讵意汝君臣屡为边患，戕害生灵。前者震动皇威，将天门阵打破，汝众倒戈而逃。那时我国杨元帅欲驱军马直捣幽州，尽取汝辽图籍，以绝后患。幸我主仁慈，不忍生灵久困锋镝，班师回朝而去。今萧后若知顺逆之理，不为狂夫所惑，倾心事大，犹得为一邦之主。不然，堂堂中国，士马如林如虎，岂容逆类称孤境外而不剿灭之哉！改天字之图，实出我主之意，然此亦往事，谈之何益？”学古被柴玉说了一篇，深有忿色。饮了数杯，又问右边正席寇准曰：“咸平年间，我国将锦被暖帐来与宋主，先生沉匿不奏，遂致兵甲相寻。以理论之，岂忠君忧国者之所为乎？”寇准厉声应曰：“我欲主上清心寡欲，论道经邦，敢以玩物簧鼓主志？此一举也，正忠爱之至，谁敢指其非乎？今日我等特为汝主献纳九州文字、结好吾宋而来，何必谗谗往事为哉！”学古曰：“九州文字，另日交割未迟。但今日蔬酌简甚，筵中无以为乐。帐下有能舞剑者，入舞一番，以劝列位老爷多进一瓯，岂不妙哉？”道罢，谢留应声而出，手执长剑，挥舞筵前。

八王曰：“汝昨日之书，说道不许身带寸刃，今又令人舞剑，何其言行之相背乎？”道罢，孟良激怒向前言曰：“一人舞剑不好观看，必得二人对舞，方才为美。我今愿对舞之。”道罢，挥剑与谢留对舞。耶律学古见孟良意气昂昂，自思此人英勇殊甚，料留非其对，遂曰：“两相对舞，恐乖和好之盟，不如射箭取乐。”孟良曰：“不知要如何射之？”谢留曰：“走马穿杨，人所习见，惟奇巧射之，方见手段。”孟良曰：“要怎么射叫做奇巧？”谢留曰：“将一个活人缚于柱上，连发三矢，能避之者，便见妙手。”孟良听罢，暗笑曰：“此贼设计害我。我显个手段，除了此贼，以挫番人锐气。”乃应声曰：“这个使得，但谁为首先射？”谢留曰：“我先射之。”孟良慨然允诺，自令人缚于柱上，叫曰：“凭汝三射怎么射来！”八王等看之，面面相觑，皆有惧色。谢留离筵前二百余步，拈弓搭箭，先指孟良之口，放箭一枝，被孟良张口咬住。又放第二枝，向项下射去；孟良见箭到，略斜转其头，将箭一打，其箭遂落于地。谢留慌张，指定心窝，再放一箭，不想孟良有护心之镜，射之不入。十大朝官见射之无伤，连声喝采，令人解了其缚。孟良曰：“借汝与我试箭。”谢留自恃目力之高，思要尽接三箭，以夸其能，亦令人缚于柱上，叫孟良射之。孟良心生一计，头一箭，遂将坏翎之箭射之，不中。谢留自思，此人只会舞剑，不会射箭，不甚着意防备，乃曰：“凭汝射那两箭，吾何惧哉！”孟良暗忖：“这贼合该死矣。”遂取过好箭，照定咽喉一射，谢留应弦气绝。有诗为证：

勇猛谢留似虎狼，筵前自恃目高强。
孟良巧发雕弓处，忽觉须臾一命亡。

耶律学古见射死谢留，大怒曰：“汝等要来讲和，何敢如此大胆，射死吾之部将！”大叫：“军士何在，俱各出来将宋人尽数擒之。”只见筵前，转出五六百骑番将杀来。焦赞、岳胜等不胜愤激，各开箱子，取甲穿起，拿出竹筒，长枪短剑，一齐接杀。耶律学古见有准备，抽身走了。众骑军被孟良等杀死一半，遂夺马匹乘着，保助朝臣而走。及到谷口，忽一声炮响，韩君弼伏兵齐出，将谷口截住。岳胜恐北兵紧困，后愈难出，遂鼓众奋勇杀出。只见番人弓弩齐发，箭如飞蝗，不敢近前。有诗为证：

猃狁奸回计策奇，截途羽箭似蝗飞。
孟良不遇延朗放，朝士何由得出围？

八王见走不出谷，惊慌失色。寇准曰："此等灾祸，未离汴京已知有矣。今亦无奈，只得暂停于此，徐图计策可也。"八王曰："斯言固是，但今粮草缺少，朝廷又不知我等被困，无有兵来救应。番人重重密布，久久困守，却不生生饿死于此谷乎？"孟良曰："殿下勿虑，待番兵稍怠，小将偷出谷去，奔回三关，取得兵来，杀此羯狗。"八王然之，遂下寨安歇，不出冲围。

却说耶律学古见宋人不出，与张孟议曰："我等不必与他厮杀，只要紧守此处，彼虽有拔山之力，亦无用也。"张猛曰："久困固好，但消息必竟传入汴京，宋君知之，必发兵来相救。依小将之见，还要奏娘娘，亲提大兵来围，才可成功。"学古曰："汝言有理。"遂遣人回幽州，奏知萧后。萧后闻奏，即与群臣商议。耶律休哥奏曰："宋臣既落彀中，机会极好，乞娘娘允学古之奏，亲监大军前往擒之，以图中原。"后曰："吾国良将，因天门阵杀败，尽皆丧亡。今无保驾大将，安敢轻出？"道罢，忽阶下一人应声曰："娘娘若去，不才愿保车驾。"众视之，乃木易驸马也。后喜曰："司天台官常奏，辽当兴王天下，其间必有名世者出，此兆想应在子之身矣。"遂下命，封木易为保驾大将军，引领女真、西番、沙陀、黑水四国军马共十五万而行。木易受命退出。

翌日，萧后车驾离了幽州，望飞虎谷进发，不日到了。耶律学古迎接进军中，拜曰："赖娘娘洪福，已将宋之朝臣困予谷中，粮草将尽，不久出兵擒之。臣又恐中国有兵策应，故请娘娘亲来监战，以图进取中原之计。"后喜曰："若擒得宋之大臣，足以雪天门阵之耻辱矣。"遂命军马分作二大营，屯扎飞虎口。耶律学古统女真、西番二国之兵，屯于正北；木易驸马统沙陀、黑水二国之兵，屯于正南，以困宋臣。学古等领旨而退，各去分遣军士。

是夜微风不动，星斗灿烂。木易在帐中忖道：“朝臣被困已久，救兵又不到来，粮草若绝，岂不尽皆饿死谷中？”遂生一计，修书一封，缚于响箭之上，悄地步到宋臣营边，直射入去，约其密遣人出山后抢粮。孟良正出营巡哨，忽听一声响箭射到，遂令人满营寻之，乃得一箭，缚有书信在上。慌忙送入帐中，与八王等观看。八王接了，拆开视之，其书云：

> 亡人杨延朗顿首，顿首。启八殿下暨列位大人先生等：兹落阱中，策惟谨守，俟候救兵，慎毋妄动，轻犯锋镝。北人若欲出兵侵犯，朗自设计止之，不必惊忧。今幽州运来粮草二十余车，定限明日午后，从山后经过。速遣人攘夺，入营应用。敬此申闻，勿误，勿误。

八王看罢，叹曰：“杨门所产之子，并皆忠义勇将。”乃召寇准等入帐，谓之曰：“杨四将军适射箭入营。箭上有书一封，报道明日午后，有粮草从此山之后经过。若去抢之，又恐祸来更速；若不去抢，吾之粮草已断。此事何以处之？”准将书看了，乃曰：“抢之无妨。四将军书上明说，有兵侵害，他自止之，殿下不必过虑。”八王遂唤孟良、焦赞、岳胜、刘超、张盖等二十余人，伏于山后，俟其车来抢之。只留陈林、柴敢领着五百从卒，守护营寨。

孟良等得令。次日，带领五十健卒，伏于山后。俟至傍晚，果见粮车来到，孟良等一齐杀出，尽抢去了。监运粮草番将律轸宣儿见宋兵杀来抢粮，一骑奋勇迎敌，被孟良、焦赞、岳胜、董铁鼓四人并力杀近，乱枪刺死于马下。

运粮小卒忙报学古。学古大怒，即过南寨，与木易商议言曰：“可恨宋人，将我北营粮草抢去二十余车。今竟来与驸马约期，明日进兵，将宋臣尽行杀之。”木易曰：“宋臣手下跟随的必定俱是良将，若去逼之，彼必拚死杀出，我军能保不伤乎？兵书云：穷寇莫追。且宋营中人口有千余之多，虽夺二十车粮草而去，能支几日之用？依我之见，只宜困之，不过二、三月间，宋人尽皆饿死于谷，不费张弓只箭而成大功。然娘娘之意，亦只要生擒宋臣，与宋君抵换些地土而已，何必劳兵损将以杀彼哉？”学古然之，遂回北营去讫。

卷六

孟良偷路回取兵

孟良等杀了律轸宣儿，遂搬运粮草回营见八王。八王曰："粮草虽有二十余车，然亦只足以济目前之用，若无救兵来到，吾辈终是死的。君等有何逃脱之策，请试陈之。"孟良曰："殿下忍耐，小将今晚偷出谷去，回朝取得救兵来到，杀尽这些番奴。"八王曰："汝去须要仔细，我等颙望，不可有误。"孟良曰："不须殿下挂虑，小将自有方略。"

是夜辞别八王，从山后走出。将近北番南寨，撞遇巡游番卒，孟良与之相敌，不意被一石绊倒。番众向前捆缚，来见木易，道知捉得宋之细作。木易见是孟良，近前喝之曰："瘟奴侪，差汝回幽州见公主，有紧急事，缘何与人相争？"孟良应声曰："天色昏暗，走差了路头，彼众人不知，只道是宋之细作，遂将小的捆缚转来见老爹。"木易骂曰："没用奴侪，你就该说出来。"孟良曰："老爹又分付叫逢人少说话，故此未曾分剖。"木易曰："汝速去速来，路途再若迟延，活活打死你这个奴侪！”众人连忙解缚，放了孟良。孟良诺诺应声，忙忙走出番营，到于谷外，喜曰：“今日非四将军，这颗吃饭家伙去了。”

一路思忖：“欲往三关报知本官，必须申奏朝廷，然后才可动兵，岂不日久，误了大事？不如往五台山请杨五郎下山，前来解围，更快些儿。”即抽身竟往五台山，参见五郎。五郎远远望见孟良在寺门外来，乃曰：“那是我的冤家，屡次上山缠害，今日不知又是何事来缠扰我也。”及孟良来到，乃问曰：“汝缘何装束作番人模样？”孟良曰：“今有一件紧急之事，来告师父得知。可恨萧后用诡计，赚得十大朝臣，困于飞虎谷中，危在旦夕。今领八王命令，前回三关取救兵，自思日久误事，遂想起师父这里去飞虎谷咫尺之间，乞莫吝行，同扶国难，救出朝臣则个！”五郎猛声叫曰：“孟良，孟良，我说你是我的冤家对头，苦苦常来扰缠。”孟良曰：“小将亦没奈何，撞遇朝廷多事，本官命令不敢推辞。望师父念本官、朝廷分上，领众下山救之。倘若不去，北番尽将八王众官杀了，师父之心能脱然无余恨乎？”五郎曰：“但汝来到，就是不好消息。”沉吟久之，又曰：“本待不去，争奈八殿下恩德及于我家重若丘山，只得领众下山救之。”五台山近关西地面，凶顽之徒但犯法该死者，便削发走入五台山去。五郎尽收留，教其武艺，故领出战，所向无敌。当日，五郎点集寺中陀头二千余人，准备起行。孟良曰：“师父先往，小将还往三关，报知本官，同来救之。”五郎允诺。

孟良辞别下山，星夜回到三关，见六郎道知朝臣被困之事。六郎曰：“我即日起兵赴难，汝赍表入京，奏知圣上。”孟良带了表文，星夜回京，直入后殿，奏知真宗。真宗闻奏大惊，宣孟良入殿问曰：“朝臣被困几多日矣？”孟良曰：“已将一月，天幸杨四将军通信，抢得北番粮草二十余车，始免饥饿之苦。今三关军马已发，乞陛下再遣他将，领兵救应。”真宗问廷臣曰：“谁敢引兵前去飞虎谷救众朝臣？”

道罢，吓天霸主杨宗保奏曰："臣愿领兵前去救之。"真宗大悦，遂命老将呼延赞为监军，宗保为统兵正帅，孟良为先锋，领兵五万，大征北虏。宗保领旨出朝，竟回无佞府，辞别令婆，令婆遂命八娘九妹偕行。是日，众将整备起行，孟良为前队，呼延赞为中队，杨宗保统率大军为后队，竟往飞虎谷进发。

不日到了。木易驸马探知消息，入奏萧后。萧后即召耶律学古计议接战。学古奏曰："今有四国军马在此，何惧彼哉？待臣分兵迎敌，管取胜之，娘娘勿忧。"后曰："军兵虽有四国，实要卿等用心调遣，慎毋蹈前辙，以取耻辱。"学古领旨，退出军中，即召女贞国王胡杰、沙陀大将陈深、西番国驸马王黑虎、黑水国王王必达到于帐下，分付曰："娘娘敕旨，来日与宋对阵，汝等若能斩将夺旗者，即行超升其职。"胡杰曰："总管老爹在上，吾料宋人没多少手段，定教杀得他片甲不留。"道罢，人报宋兵来到。

耶律学古全身披挂，引军出马列阵。遥见南阵旌旗开处，马上端坐一个和尚，乃杨五郎也。高声大骂曰："臊羯奴，这等不知事体。昔日排一天门阵，骚扰边境，今日又赚朝臣围困谷中，千态万状，殊为可恨。汝今好好送出朝臣，尚留党类；不然，踏平幽州，捉汝妻孥，方始回师。"学古大怒，谓诸将曰："谁擒此贼秃，以挫宋人之锋？"道罢，女贞国王胡杰挺枪跃马，直取五郎。五郎抡斧交战，数十余合，胡杰力怯，拨回马走，杨五郎拍马追之。北阵王黑虎舞方天戟，纵骑从中杀出，截断头陀僧兵，前后散乱。王必达复提斧拍马，驱军喊声杀来。杨五郎见四下皆是番兵，冲突不出，更兼箭如飞蝗。正在危急之际，忽西南征尘滚起，鼓炮齐鸣，一彪军马如风雨骤到，乃八娘、九妹、杨宗保也。杨宗保一骑当先，正遇王必达，战上数合，八娘引兵从旁杀入。必达料敌不过，拍马逃走，八娘乘势追之。

将近谷口，忽一将厉声叫曰："贼徒休走，下马拜降，饶汝一死！"乃大将呼延赞当头拦住。王必达措手不及，被延赞生擒于马上。

孟良杀入北营，正遇沙陀国陈深，两马相交数合，被孟良挥斧砍于马下。杨宗保催动后军追击。九妹奋勇当先，正遇胡杰，与之接战两合，暗抛红绒套索，套倒胡杰，活捉于马上。杨五郎闻得西南金鼓震天，勒马杀出，恰遇王黑虎，交战数合，头陀僧兵，一齐持刀砍进，将黑虎马脚砍断，掀落马下，被僧兵向前擒之。

耶律学古见四国军马冰消瓦解，慌忙走入营中，奏萧后曰："宋兵英勇难当，四国将帅皆被擒捉，请娘娘速走。"萧后听罢，心惊胆战，跨上青骢，与耶律学古、张猛等逃走。杨宗保从后驱兵亟袭。萧后正走之间，忽坡后一军截路，乃杨六郎之兵。番兵一见，魂飞魄散，抛戈逃走。萧后仰天叹曰："不想今日是吾尽命之期，汝众人各自为计。"言罢，拔剑欲刎。耶律学古劝谏曰："娘娘何为如此？幽州雄兵尚有数万，战将不下千员，犹可克敌。自古成不怕少，败不怕多，此去幽州咫尺之间，扎挣走入城中，再作区处。"张猛曰："乞总管保娘娘从郃谷走回，小将愿在后挡宋兵一阵。"萧后乃止，与耶律学古望郃谷逃走。

杨六郎策马杀近，与张猛交战，只一合，被六郎一枪刺于马下。部众被三关之兵杀死无数。宗保军马又到，合兵一处，六郎欲乘势驱兵，直逼幽州。只见杨四郎单骑飞到，叫曰："六弟可诈败，让吾一军回幽州，汝即兴兵后来，吾从里面设计应之。汝且调兵去飞虎谷救出朝臣。"言罢，挺枪与六郎交战，番众俱到，六郎佯输，木易率众冲阵，走回幽州去讫。

六郎回兵救朝臣

话说六郎因四郎之言，遂挥军杀到飞虎谷。韩君弼闻知宋兵杀到，撤围奔走。孟良拍马当先，恰遇君弼，两骑才交，被良一斧，挥为两段。岳胜、焦赞等闻得外边呐喊，知是救兵到了，奋勇杀出，番兵逃走，自相踏死甚众。六郎既破了围，下马与十大朝臣相见。有诗为证：

昔破天门阵，今清虎谷尘。
贼尸横紫塞，救出十朝臣。

六郎与朝臣相见毕，遂扎下营寨，召集诸将，令各人之功，录之丁簿。六郎又令所捉番将，尽皆枭首号令。八王等称贺曰："今日非郡马发兵相救，吾等尽丧沙场，且伤大宋元气。"六郎曰："此皆托赖殿下洪福。人报说杀死番众一十二万余人，只可惜走了萧后。"八王曰："可恨此妇，屡为边患，可乘今日之势，直抵幽州，取其图籍，绝却后患，且恐后来再难得此好机会也。"六郎曰："适截番人归路，会见四兄，他道彼作内应，令小弟亟进军兵。今想起来，正当举兵，赴其期约，但无旨意，恐日后主上听信谗言，又加罪戮。"八王曰："军中之事，君命有所不受，郡马任意行之。朝廷事绪，我自担当，不必过虑。"六郎乃令岳胜、孟良、焦赞引兵先进，八娘、九妹、杨宗保引兵继之，呼延赞引军一万，保护朝臣。分遣已定，岳胜等并程先进。

却说萧后回到幽州，痛恨王钦，不胜忧闷。耶律休哥进曰："娘娘何必深忧？胜败兵家之常。今城中粮草，可支十余年之用，雄兵猛卒，尚有数十万之多。宋兵不到则已，倘若深入，不与交兵，只深沟高垒，坚守城池，以老其师。待他粮尽退走，臣领劲兵袭之，无有不胜。"萧后曰："屡战屡败，尚望可以克敌？不如纳降，以救一城生灵，此为上策。"张丞相曰："娘娘，不可！大辽自晋唐以来，中国畏惧，俨如天帝。今虽见挫，犹当自振。倘若屈膝向人，尚得横行以伯一方哉？待宋人到来，臣等出兵死战，管取洗雪前仇。"道罢，人报木易驸马全军回城。萧后宣入问曰："我正愁驸马莫犯宋人之锋，汝今回来，深慰吾之忧也。但宋兵甚是雄壮，子之一军何全脱离其难？"木易奏曰："臣引军围困朝臣，忽游骑来报，北军杀败，臣即引兵来救，恰遇宋军交锋，被臣冲开其阵，杀条血路，直来救护娘娘。撞遇几个败军，言车驾已回多时，臣恐娘娘有失，复引军杀回。又遇宋军交马，臣奋勇杀退，方才走脱回来。"后曰："卿知宋兵有复进意否？"木易曰："听得宋兵声言，要来围困幽州，娘娘惟提防之。"言罢，哨马入报，宋兵风骤而到，今将城池围绕三匝，水泄不通，乞娘娘作急调兵御之。萧后闻之勃然失色。木易曰："娘娘休惊！幽州武士尚多，凭臣等调遣，定要杀退宋兵。"后曰："卿等宜用心交兵，勿致有失。"木易领命而退。

却说河东庄令公之孙女，名重阳女，乃九月九日重阳节生，故以重阳命名；生有勇力，武艺精通；曾许配杨六郎也，只因兵戈阻道，未遂于归。至此时，闻宋朝臣被辽兵困于飞虎谷，遂举兵来救，以寻旧偶。当日领兵在途，哨报六郎已救出朝臣，如今统军围困幽州未下。重阳女听罢，大喜曰："姻缘，姻缘，事非偶然，今果然也。倘他引兵回去，欲与一会，甚费区处，今幸在此，会晤则不难矣。"遂引部下诣宋营，报知六郎。六郎猛省曰："此女果曾许聘于我，值国多艰，音问未通，故不知其下落。今既引兵来应，礼宜接待。”遂令岳胜等出寨迎接。重阳女轻身入帐相见，六郎不胜之喜，二人各诉旧日缔结之事，情甚浃洽。六郎曰：“今承远来，足见真情。但兵任在责，不敢遽行合卺，待破了幽州，回见令婆，而后毕姻何如？”重阳女曰：“亦必先代郎君立功，而后求合卺也。”六郎曰：“卿卿何策，代我立功？”重阳女曰：“我今乘此机会，暗投于萧后处，做个里应，郎君外合，此策好否？”六郎曰：“卿卿若肯如此行事，妙哉，妙哉！岂幽州攻之不破耶！”重阳女欣然辞别，回到本营，率部下冲开南阵，岳胜、孟良等佯败退走。

重阳女杀透重围，直至城下，高叫开门。守军入帐，报知耶律学古：“今有一女将杀开南阵，到于城下，称说举兵特来救应。”学古闻报，即奏萧后。萧后乃与众臣登敌楼观望，但见旗上大书“河东重阳女将军”，其女在城下追杀宋兵。后乃令耶律学古开门迎接。重阳女入城见萧后，乃曰：“臣太原庄令公孙女。可恨宋兵灭我汉主，每欲报复无由，今闻宋兵逞威，围困娘娘幽州，特领兵来助，共破宋人，取却中原，吾恨方消。”后大喜曰：“若取得宋之江山，誓与中分。”遂设宴殿廷，款待重阳女。酒至半酣，重阳女起曰：“蒙娘娘赐宴，明日率部下擒将相报。”萧后诺之。

重阳女谢宴退出，杨四郎自思：“此女曾许配我六弟，今日缘何肯引兵相助辽人？其中必有计策。”于是奏萧后曰：“臣引精兵前助重阳女，以破宋围。”萧后喜曰：“驸马出兵，胜于他人万倍。”遂命领兵同行。

六郎打破幽州城

却说木易既得萧后之旨，遂去军中，召集一万精壮之兵，引到重阳女营中，商议退敌。重阳女曰："宋兵虽众，破之不难。驸马引兵出北门先战，我引部下出南门交锋，两下出兵，不愁围不解也。"木易曰："依汝之言，此一座城池休矣。"重阳女愕然曰："驸马何为出此言也？"木易喝退左右，言曰："我你事同一家，休得隐瞒。"遂将己之事绪，尽详告之。重阳女喜曰："此来本为郡马作个内应，天幸又会四伯，共谋其事，何患不克？"木易曰："依愚见，萧后驾下精勇爪牙之士，必用计除之，方能成事。"重阳女曰："四伯有何计策，可以除之？"四郎曰："来日吾传令遣上万户、下万户、乐义、乐信等先战，汝蹑其后斩此四人，大放宋兵入城，方可成功。"重阳女领诺退去，准备出兵。

次日平明，木易下令上万户等四人，领兵先出迎战。上万户得令，一声炮响，引兵扬威而出，正遇宋将岳胜，接战数合。下万户、乐信从傍攻进，岳胜不战，约退于平旷去处。番兵乘势杀出，重阳女引骑军从后大喝："辽众慢进！"手起一刀，斩乐信于马下。乐义大惊，措手不及，被岳胜回马，挥为两段。孟良、焦赞引兵杀至，喊声大振，上万户被孟良杀之，下万户被焦赞杀之。重阳女当先，杀进城去，宋兵随后一拥而入。幽州城中，四面鼎沸，侍臣报知萧后。萧后自思："吾为一国之主，若被宋人生擒，好不羞辱，那时求死不可得矣！不如趁今寻个自尽，全身而死，何等不美。”竟入后殿，解下龙绦自缢。有诗为证：

> 孀居抗宋几光阴，顿解龙绦化铁心。
> 回首瑶池家别是，菱花尘暗夜沉沉。

重阳女既入城中，杨延郎一骑跑入禁宫，正遇琼娥公主走出，叫曰：“今娘娘已自缢于后殿，闻得宋兵布满城中，请驸马快走。”延郎曰：“公主休慌。我非他也，乃杨令公四子，诈名木易。”公主听罢，两泪交流，双膝跪下告曰：“妾之命悬于君手，凭在发放。”延郎曰：“是何言也？蒙子相待，情意甚厚，肯相伤乎？若肯随我回宋，即便同行，不然亦难强逼。”公主曰：“一则家破国亡，二则嫁夫随夫，驸马肯念夫妇之情，带妾同归，诚为大幸，岂有不肯相从之理？”延郎大喜，即令收拾金银宝贝罗缎等物。既毕，延郎即从后宫中杀出，正遇耶律学古走入殿阶，木易厉声曰：“逆贼休走！”学古不知何事，被延郎一刀斩之。耶律休哥听知宋兵入城，削发为僧，越城逃了。

却说六郎提大军入城，日将晡已，乃下令禁止杀戮。八王等进城，乃问萧后何在，人报缢死于后殿。八王令解下其尸，停于宫中。六郎调遣各军驻扎城东，不许毁拆民房、掳掠等事。次日，八王、六郎入殿观看宫室，众将解过大辽太子二人，并丞相张华以下文臣四十九人、武将三十六人，六郎俱令囚于槛车，解京请旨发落。

当日，诸将皆集，杨延郎进见八王曰：“臣偷生番地一十八春，今见殿下，惶汗甚矣。”八王抚慰之曰：“非将军内应，幽州何日得定！此等功绩，当为第一。待归奏圣上，重封官职，何谓惶汗？”延郎称谢。六郎曰：“幽州既定，凡所辖地方，必出榜文以抚安之，然后班师回京。”八王依其议，即命寇准草本，张挂各门。大辽山后九州郡邑，闻幽州已破，望风而献户籍。越数日，八王下令，于宫中大设筵席，赏犒诸将，尽欢而饮。延郎进曰："臣启殿下，有一事未审允否？"八王曰："将军有事，但说不妨。"延郎曰："臣被番人所擒，蒙萧后隆礼相待。今既国破身亡，圣朝之怨恨已雪，乞将尸首葬埋，以报其禄养之情，且使辽人不以负义咎小臣也。"八王曰："将军存心如此，可称为仁人君子矣，乃何以不允乎？"是日席散。次早八王下令，用皇妃礼葬萧后，有司奉令收殓。有诗为证：

来往龙门四十春，殷勤情意敬如宾。
不忘恩爱高封墓，塞北于今羡义人。

六郎与八王定议班师，八王可之；寇准又进说，必留兵镇守幽州。八王曰："屯兵固是，予细度之，实非长策。今北番新降，其心未服，设使谋逆，尽将屯戍杀之，岂非我等今日谋之不臧，生陷此辈于死地乎？莫若回京，别建个长久防御之策，更胜于屯兵是也。"寇准依其议。于是六郎调兵起行，望汴京而回。有诗为证：

宇宙生才握大兵，风云入阵塞尘清。
旋师奏凯归朝日，箪食沿途竞笑迎。

大军一路不题。

迤逦到了汴京，八王先遣人奏知真宗，真宗遣孙御史等出郭迎接。孙御史即接见，八王与众臣俱皆入城讫。六郎下令，军马俱屯城外。次早，八王与群臣进上平辽表章。真宗览罢大悦，抚慰众臣，情词恳恳。寇准奏曰："杨景父子尽心报国，平定北辽，乃不世奇勋，乞陛下重加封赏，以旌表之。"帝曰："朕深知之，候议定下敕。"八王等拜命而出。

却说六郎与延郎回无佞府拜令婆。延郎且悲且喜，言曰："辽人捉不肖而去，幸萧后放释，招为驸马。一十八年，未奉甘旨，死罪，死罪！今日归拜慈帏，忽觉皓首苍颜，须信人生如白驹之过隙也。”令婆曰：“吾儿羁留异国，老母终日悲思。今日汝回，愁怀顿解。可着汝妻来见。”延郎唤过琼娥公主，入拜令婆，令婆不胜之喜。延郎曰：“此女性颇温柔，儿得他看承，未尝少逆。”令婆曰：“亦汝之前缘也。须信赤绳系足，仇敌亦必成就。”言罢，令家人具酒庆贺。是日，府中众人依序坐下，欢饮而散。

却说王钦见辽已灭，恐六郎等捉之，乃扮作游方道士，星夜走出汴京。侍臣入奏真宗。真宗闻奏大怒曰：“此贼屡向朕前以反情陷害杨郡马，朕念旧好，姑相容隐。今日背朕逃走，是欺朕也。”延郎奏曰：“王钦非中国人氏，乃萧后细作，名唤贺驴儿，欲来内中取事。今见国破，恐祸及身，故脱逃而走。陛下不信，拿来看他脚心，刺有‘贺驴儿’三字可证。”八王奏曰：“王钦恶贯满盈，难以宽宥。今想出城未远，陛下可敕轻骑追捕。”帝允奏，即遣杨宗保引轻骑追之。宗保得令，率兵竟往北门追之。行至北门，问守门军曰：“汝见王钦过此否？”守军曰：“适见一道士，慌忙出去，面貌到似王钦，此人莫非是也？”宗保听罢，纵骑逐之。时王钦走到黄河渡，见稍子连声叫曰：“快把船来，渡我过去，多与金银相谢。”稍子听得这话，忙撑其船，近前应接。王钦跳下船去，稍子举棹而行。将近东岸，忽然狂风大作，将船吹转南岸。一连如是者三。稍子曰：“风大难过，姑待少息渡过去吧。”王钦闷甚，躲于篷下。有诗为证：

风急棹行难，浪花滚雪团。
奸臣天殄灭，不肯放生还。

须臾时，南岸之上数十轻骑赶到。杨宗保在马上厉声问曰：“适有一道士在此过去否？”渡夫未应。王钦低声言曰：“只道过去多时，我当整囊相谢。”渡夫曰：“汝是何人，明以告我，待替讳之。”王钦不隐，尽将告之。渡夫听罢，怒曰：“我这去处，被汝年年使吏胥扰害，每欲报复，却无其由。”即将船撑近前，报知宗保。宗保上船捉了，绑缚解回。

正值真宗设朝，众文武皆集殿廷。近臣奏知捉得王钦已到。八王令人扯出脚心来看，果有“贺驴儿”三字。帝见大怒，骂曰：“这贼，朕如此厚待，犹欲相害。今逃走于他处，毕竟鼓舞兴兵，又来侵犯边境。”王钦低头不语，只乞早就刑戮。帝问八王：“当加何罪？”八王曰：“乞陛下设一大宴，令本国文武、外国进贡使臣皆与于席，将此贼绑于筵前柱上，万剐凌迟，以侑筵中之酒，庶使后人知警。”帝允奏，遂下令，着司膳官排宴，召集诸国贡使与满朝文武，依次坐饮。令行刑刽子将王钦缚于柱上，慢慢一刀一刀，割下其肉。在席观者，俱毛骨竦然。有诗为证：

奸臣欲堕宋宗墟，乔扮投南种祸基。
讵意壬人天殄灭，致令身戮与邦危。

王钦受痛不过，割了数十余刀，昏闷气绝。帝命抛其尸骸于野，使狗食鸦餐，方显奸恶报应之极。帝又谓八王曰：“王钦欺罔如此，朕竟弗知，何也？”八王曰：“大奸似忠，大诈似信。设使圣上知之，非奸臣矣。今日王钦受刑，朝野无不欢跃。”帝然之。

忽侍臣奏大将呼延赞夜中疯痰而卒。帝闻奏，不胜伤悼，乃曰：“延赞忠心报国，勤劳王家，临大难而不苟，朕股肱也，何天夺之速！”遂令敕葬，赠忠义侯。有诗为证：

豹略摅枫禁，熊师镇朔方。
将星中夜殒，青史永垂芳。

却说真宗设朝，群臣班散，特宣八王升殿，言曰："平定北番，将士未及封赏，今日特宣卿来议之。"八王奏曰："爵德赏功，王者所为。今陛下一统，四方宁静，再封谋臣勇将，镇守各处边关，此诚社稷之长计也。"帝曰："日前献俘阙下，朕亦未曾发落。卿说大辽太子与诸臣子，将何以处之？"八王曰："前者班师之际，寇学士等议欲留兵镇守幽州，其事未敢擅行，故必归请陛下裁之。但幽州地土硗薄，今虽得之，亦无利益于国。莫若遣辽太子诸臣来国，以效先王兴灭国、继绝世，施仁政，以怀服天下之诸侯也。"真宗允奏，遂下令赦辽二太子并诸臣俱遣还国。敕旨既下，番人大悦，诣阙谢恩。帝赐辽太子蟒衣玉带。太子再拜受赐，辞别真宗，即日众臣回幽州去讫。

真宗大封征辽将

辽太子既返国去，次日，真宗亲拟封职。宣六郎进殿，面谕之曰："卿父子破天门阵，建立大功，未及升职。今又有平定幽州之勋，朕将旌表以酬卿也。"六郎顿首言曰："上托陛下洪福，下赖诸将效能，于臣无与也。"帝曰："卿太谦矣，朕自有定议。"六郎拜命而退。是日，遂下敕旨，封六郎为代州节度使，兼南北都招讨。封杨宗保为阶州节度使，兼京城内外都巡抚。杨延朗以取幽州有功，授秦州镇抚节度使。授岳胜为苏州团练使，孟良为瀛州团练使，焦赞为莫州团练使，陈林为澶州都监，柴敢为顺州都监，刘超为新州都监，张盖为吴州都监，管伯为妫州都监，关均为儒州都监，王琪为武州都监，孟得为云州都监，林铁枪为应州都监，宋铁棒为寰州都监，丘珍为朔州都监，丘谦为雄州都监，陈雄为蔚州都监，谢勇为凤州都监，姚铁旗为寿州都监，董铁鼓为潞州都监，郎千为瓜州都监，郎万为舒州都监。八娘授银花上将军，九妹授金花上将军（古时旧制，有封女将为将军者）。渊平妻周氏封为忠靖夫人，延嗣妻杜氏封为节烈夫人。穆桂英以下十四员女将，俱封为训命副将军。其余有功将士，俱皆封赏有差。

次日，六郎诣阙谢恩，奏曰："荷陛下恩赐部众爵禄，俱已发遣赴任。但臣母年高，欲奉数时菽水，乞陛下宽宥限期，不胜感激之至。"帝曰："卿能养亲，以尽孝道，可以风励天下为人子者，朕甚嘉焉，惟俟再拟期限就职。”六郎拜谢，退归无佞府中。

岳胜、孟良、焦赞等，俱在府中俟候。六郎召岳胜等谓之曰：“今圣上论功定赏，授汝众人之职，恩典隆矣。且幸干戈宁息，国家清平，各宜赴镇，以享爵禄，上耀祖宗，下酬己志，毋得违误官限。”岳胜等曰：“小将俱赖将军威名，建立微功，今蒙圣上授职，实不忍离帐下而去。”六郎曰：“此君命所在，离别之情有难言也。但汝等可将本部军人查点，愿随临任者，则带同行；不愿者，赏以金银，着令回家生理。汝等赴任之后，各宜摅忠报国，施展奇抱，不枉为一世之丈夫也。当亟赴任，勿萌私念，以误限期。”岳胜等俱拜辞，退出行营。问军人愿从者，即同之任，不愿者，随凭回乡。其军人愿回乡者一半，岳胜等将金帛赏之而去。岳胜等俱各赴任去了。惟有孟良、焦赞、陈林、柴敢、郎千、郎万六人在府，俟候六郎起行。孟良曰：“今岳胜等俱各赴任去了，三关寨上，守护军士未知消息，将军惟遣人调回。”六郎然之，即遣陈林、柴敢、郎千、郎万前往三关，调回守军，分付将积聚锱重，载归府中。陈林等领令去讫。

是时九月，万里长空，一清如洗。六郎月下散步，仰望云汉，追忆部下昔日患难相从，今日清平，俱皆不在，遂口占调词一阕：

> 长空如洗，碧玉盘，辗转寂寂。忽楼头、几个征鸿，悲声嘹呖。欲往乡关何处是，水云浩荡南北。只修眉一抹有无中，遥山色。　　天涯路，江上客。此心此情，依依报国。昂藏丈夫，不忘疆场裹革。欲待忘忧除是酒，奈杯传尽，何曾消得？挽将江水入樽罍，浇胸膈。

六郎吟罢，乃入室解衣就寝。忽闻一阵狂风大作，风过之后，似有敲户之声。六郎慌忙启扉视之，恍惚见一人立于檐下，乃其父也。六郎大惊拜曰：“大人缘何在此独立？”令公曰：“我有一事语汝。今上帝因吾忠义，敕为鉴司之神，此已慰吾心矣。但骸骨抛撇他乡，汝可令人取归，葬于先陵。”六郎曰：“爹爹何为又发此言？十数年前，孟良曾于幽州红羊洞中取回，已葬殓矣。”令公曰：“汝不知萧后奸计，惟问延朗，便知端的。”言罢，化一阵清风而去。

六郎痴呆了半晌，似梦非梦，将近三更。俟至天明，告知令婆。令婆曰：“可唤延朗问之。”须臾时，唤得延朗到来，将六郎梦中之事告之。延朗惊慌言曰：“因事匆匆，儿实忘之，未曾告禀母亲得知。萧后昔日得父骸骨，惧我宋人来盗，乃把一副假骸骨藏于红羊洞中；真者留于望乡台。谓吾父英勇，置此以为威望之神。往时孟良所得，乃是假的，此台上才是真的。今日乃吾父显圣，托此梦于六郎也。”令婆曰：“北番今已归降，令人取回，有何难哉？”

六郎即召孟良入府，谓之曰：“吾有一件紧要事劳汝干来。”孟良曰：“将军有何差遣，小将愿往，安敢言劳！”六郎曰：“吾父真骸骨，萧后藏于望乡台上，汝今竟往彼地取之。却要黑夜密盗，若明使辽人知之，彼又将假骸换了。”孟良应声曰：“曩者地殊国而人异主，吾尚能取回，何况今日一统！”六郎曰：“汝言虽是，争奈辽人谓吾父骸骨灵圣，彼地乡民必竟严守，汝去还当仔细。”孟良曰：“将军放心，但无捕缉便罢，若有时节，消不得一斧。”言罢，慨然而行。

适焦赞入府，只见众人纷纷私议。赞问曰：“汝众人在此谈谈，本官将有甚事？”众人答曰：“侵晨本官分付孟良前往幽州望乡台上，取令公真骸骨去了。我等正在此叹息，孟良真有才能！”焦赞听罢，跑回行营，自忖道：“孟良屡与本官干事。我今兼程而进，先到那里取回，却不是我之功？”遂整行囊，竟往幽州去了。此时杨府无一人知之。

却说孟良星夜行到幽州。当日将近申时，扮作番人，竟到台边。只见有五六个守军喝曰：“汝是何人，来此乱走？”良曰：“前日太子归国，我等护送，未曾遣回，故来此各处消洒，何谓乱走？”守军信之，遂不提防。及至一更，悄悄上台，果见一香木匣，盛着一副骸骨，孟良遂解下包袱，将木匣裹了；正背起来，不想焦赞躲在背后，一手拖住包袱，厉声曰：“谁在台上勾当？”孟良慌张，只道是捕缉之人，抽出利斧，望空劈去，正中焦赞脑门，嘿然气绝。

孟良背了包袱，走下台来，并未见些动静，自思：“捕缉岂止一人？才闻声音，却似焦赞一般。”遂复上台，拨转尸看，大惊曰：“果是焦赞。”乃仰天叹曰：“今为本官干事，而伤本官干事之人，纵得骸骨归去，亦难赎此罪矣！”道罢，竟背包袱走到城边。时已三更，恰遇巡警军人提铃来到。孟良捉住问曰：“汝是那里人氏？”巡军大惊，见孟良是南人说话，乃曰：“我非辽人，乃宋之屯戍，因犯军法，逃走过辽，充为巡军。”孟良亦见是南人声音，遂曰：“汝肯还乡否？”巡军曰：“如何不肯还乡？只因无有盘费，淹留于此。”孟良自思：“亦是本官之福，遇着此人。”遂解下腰间银包，递与巡军，言曰：“我送汝一场富贵，今先将此几两银，与汝作路费还乡。汝直背此包袱，往汴京送入无佞府中，付与杨郡马，自有重谢。”巡军曰：“杨将军在太原时，我曾跟过他来，领尊命，我就送去。请问阁下高姓贵表？”孟良曰：“休问名姓，到府自然晓得。即刻就要起行，若不去，我或先到汴京，随即差人捕汝，重加刑罚。”巡军曰：“说那里话！受人之托，必当终人之事，岂有不去之理！”言罢，良将包袱交付，再三叮咛，忙忙回到望乡台上，背着焦赞尸首，出了城坳，乃拔所佩之剑，连叫数声：“焦赞，焦赞，是我害汝性命。不须怨恨，我今相从汝于地下矣！”遂自刎而亡。可惜三关壮士，双亡番北城坳。有诗为证：

昔奋雄威莫敢当，今朝为主继相亡。
狼烽宁熄回头早，两个英雄梦一场。

有诗单赞孟良云：

社稷悲雄剑，肝肠裂铁衣。
误伤同伴侣，慷慨刎相随。

禁宫祈禳八王

却说巡军当晚接了包袱，惊疑不定，只得为之隐藏。次日，偷出城南，竟往汴京而去。

却说六郎遣孟良去后，心下十分不快，神思仿佛，如醉如痴。忽一晚睡至三更，梦见孟良、焦赞满身是血，慌慌忙忙走入府中。六郎问孟良曰：“我遣汝去幽州，取令公骸骨，缘何与焦赞染得满身鲜血而来？”二人拜曰：“蒙将军恩德过厚，今特来拜辞家去。”六郎惊曰：“相从半生，未尝言及于家，今日汝等平空出此言，何也？”遂伸手扯住孟良，孟良翻身一滚，撇然惊醒，乃是一梦。

六郎甚是忧疑，捱至天明，究问焦赞连日不见。左右报道：“日前亦往幽州取骸骨去了。”六郎听罢，惊慌顿足叹曰：“焦赞休矣！”左右问其故，六郎曰：“孟良临行曾言，若遇番人缉捕，惟手刃之。彼不知焦赞后去，必误认为番人捕缉而杀之也。”众人亦未准信。

言罢，忽一人入府中，见六郎拜曰：“小人幽州巡警之卒，日前夜近三更，小人正提铃巡城，突遇一壮士，付我包袱，再三叮咛，叫我送至将军府中。小人不敢失误，今特背送到来。”六郎令解开视之，乃木匣盛着令公骸骨。六郎又问曰：“当晚汝曾问其名否？”巡警曰：“问之不说，彼言到府自有分晓，一付了包袱，慌忙而去。”六郎令左右取过白银三十两，相谢巡军去讫，乃遣轻骑星夜往幽州缉访。不数日回报，孟良、焦赞二尸俱暴露于幽州城坳，今以沙土掩之而回。六郎仰天叹曰："平定北辽，二人之力俱多，今兵革稍息，正好安享爵禄，而俱不幸丧亡。哀哉，哀哉！"

次日，入奏真宗曰："臣部下孟良、焦赞，为取臣父骸骨，俱丧幽州，乞陛下追封官诰。"真宗闻奏，甚加伤悼，谓孟良、焦赞汗马功多，乃遣人赍旨，往幽州敕葬。谥赠孟良为忠诚定北侯，焦赞为勇烈平北侯。六郎谢恩而退，归至府中，思忆孟良、焦赞，怏怏不乐。自是不出门庭，亦无心于理任矣。

却说八王从幽州回时，路感风寒，疾作卧床。真宗不时令寇准等问安。八王谓寇准曰："我与先生辈相处数十年，不意从此永诀。"寇准曰："殿下偶尔小恙，何遽出此言也？值今四海清平，殿下正好燮理朝纲，致治太平，使臣等坐观雅化于来日也。"八王曰："莫之为而为者，命也。此命定矣，人岂能逃？"准等辞别，入奏真宗，请祈禳北斗之星，以保八王。帝允奏，令寇准、柴玉主坛。准等领旨，令人去请华真人来禳。建坛于禁宫。祈禳二日之后，真人对寇准言曰："坛上本命天灯不灭，八殿下可保无虞。"寇准登坛看之，只见本命之灯明晃晃的。寇准心中暗喜。醮事完满，疾病果愈，满朝文武，俱往八王府中称贺。八王入朝谢恩，真宗亲接上殿，面谕之曰："卿之安危，系社稷之安危也。今日病可，社稷有托，乃朕之大幸焉。"于是命设酒筵庆贺，与席朝臣尽皆欢饮。

饮至日将晡，众臣罢宴，拥送八王出朝。来到午门之外，喝道军校慌忙回报："有一个白额金睛猛虎，忽从城东冲入街市，百姓无不惊骇奔走，莫敢当抵，今直到午门而来。"八王听罢，出车视之，果见市中之人四散奔走，却有一虎，扬威咆哮近来。八王急令左右取过雕弓，搭箭抠弦射之。一箭射中其虎颈项，其虎带箭跑回。众军奔忙追赶，跟至金水河边，不见踪迹。军人回报八王，八王惊疑半晌。归至府中，心神恍惚，旧疾复作，后再不复起卧榻矣。

却说杨六郎因忧伤孟良、焦赞，遂染重疾，太郡报知令婆，令婆与延朗、八娘、九妹俱至卧榻之前看之。六郎谓令婆曰：“儿此疾自料难瘳。”令婆曰：“我儿小心，待请良医来治，或可安全。”六郎曰：“昨日当昼而寝，偶梦入朝，行至午门外，适逢八殿下与众朝臣出来。不知八王因何拈弓搭箭射我，其箭恰中儿之颈项。忽然惊醒，甚觉项下疼痛难禁。想应命数当尽，以致梦中有所伤损。儿死之后，但乞母亲保重暮景，勿因不肖之故，哀恸而伤神也。”又唤宗保，谓之曰：“汝延德伯深知天文，曾对我言，大宋兵革之灾，代代不绝。倘圣上命汝征讨，须当仔细，务宜忠勤王事，不可失坠我杨门之威望也。”宗保再拜受命。六郎嘱付已毕，渐渐瞑目。忽又张目回顾延朗曰：“小弟不幸，今与家人相抛，望四哥善事母亲，抚恤子侄，撑持门户，弟死九泉仰戴！”言罢而卒。有诗为证：

塞北惟公一柱擎，忽闻华表鹤飞鸣。
寒蟾没入少微去，朝野哀伤涕泪零。

六郎既卒，令婆等一家号哭，声震京师。军民闻之，无不下泪。延朗进奏真宗，真宗叹曰：“皇天不欲朕致太平，而使擎天之柱先折。”满朝文武，无不感伤。真宗正悲悼间，近臣又奏：“八王听知杨郡马已卒，惊愤大恸，昨日终于正寝。”真宗闻奏，倍加哀伤，遂辍朝三日。

寇准等会议，奏请八王、杨郡马谥赠。柴玉曰：“杨郡马忠贞良弼，捍边功绩国朝第一，今宜谥赠为公。明日列位一同请旨。”寇准曰：“柴大人斯言甚当。”商议已定，次日会同满朝，入奏真宗。真宗曰：“朕已蓄是心，特未出旨。今卿等所见既同，朕当亲书敕旨。”乃追封八王为魏王，谥曰懿，杨景为成国公。命有司俱用王礼葬祭。寇准等领旨，同百官调度行之。

邕州侬智高叛宋

却说真宗封赠六郎为成国公，用王礼敕葬毕。杨宗保入朝谢恩，自后致仕于家。以后真宗升遐，仁宗即位。

景祐年间，邕州有一人，姓侬名智高，生得浓眉青脸，身长一丈，腰阔十围。曾遇神人传授，一十八般武艺，飞沙走石，呼风唤雨，无所不能。四方游食凶徒闻其名声，皆归附之，遂鸠集万余人，杀入南蛮水德国。水德国王举城降之。既得其国，遂自称为侬王天子，常矜曰："上天生我如是之躯，吾又学成如是之艺，方之古轩辕皇帝，不我过也。彼当时混一区宇，兹亦理之宜然。若区区汉高皇、宋太祖等，特凡夫俗子耳，尚且东征西讨，遂成帝业。倘我遇之，彼当退三舍矣。我今罄平生学力，弯弓北出而不跨有中原，吾不信也！"于是与右丞相石宜商议侵宋。

石宜曰："主上欲取大宋天下，独力难成。必借五路蛮王之兵，先取邕州为基，然后再取柳州。柳州一得，乘此破竹之势，进图汴梁无难矣。"侬王见说，大喜曰："朕有石相，犹唐尧之有虞舜。"遂遣使赍金帛往交趾国见锐金秀王，借兵五万；又遣一使往暹罗国，请岳刀立大王助兵五万；又遣一使往捍坪国见剌虎哈喇王，借兵五万；又遣一使往乌扎国见贺花天王，借兵五万；又遣一使往打煎国见定儿五角王，借兵五万。五个使臣各领旨，赍金帛去见五国国王。五国国王见侬王天子遣礼来送，又许取了大宋天下分割地土相谢，俱皆喜悦。

各亲提兵五万助战，不一日俱到水德国。依王天子接见，不胜之喜，大排筵宴，饮至更阑方散。

次日，依王自起本国之兵十万，并五国之兵，计有三十五万，攻破邕州。依王入邕州城中驻扎。一日，复率众杀奔柳州城来。柳州节度使高严得报大惊，星夜遣人赍表往汴京，奏知仁宗。仁宗闻奏大惊，遂向群臣曰："南蛮叛乱，谁能领兵前去征剿？"包拯奏曰："狄青深知南蛮事情，乞陛下命青前征讨之。"狄青进曰："老臣不敢辞，特少一先锋。"包拯曰："殿前都虞候魏化，可充先锋之职。"仁宗遂降旨，命狄青领兵二十万前去征南，授为总督大元帅，授魏化为先锋。狄青辞帝领旨，引兵往柳州进发。有诗为证：

欲洗交南瘴地尘，统军驰骤向边廷。
金貂分入三公府，甘作沙场万里人。

却说依王天子驱兵至柳州城。时太平日久，民不知兵，闻南蛮车马杀来，望风瓦解，高严遂弃了柳州城，退守长净关。依王天子遂领众进柳州城屯止。军士掳掠民财，杀伤百姓甚众。依王不费张弓只箭，得了两州，心中大喜，不胜矜夸，谓取宋天下，如反掌之易耳。乃设筵宴，犒五国国王并军士等。酒至半酣，依王天子问五国国王曰："今闻大宋遣将领兵来到，列位大王有何计策见教以破之？"锐金秀王曰："待他兵来，临机应变，设策以破之。"是日酒散。

次日，依王升帐议论进兵之策，忽哨军来报："宋兵已到。"依王天子曰："今趁宋兵新到，未有成算，谁敢领兵出杀一阵，以挫其锋？"贺花天王曰："某命部将隆元出马，立枭来将首级。"隆元得令，披挂上马，引军出阵，冲突而来。魏化正欲上马出阵迎敌，牙将张诚言曰："不劳先锋出阵，待小将去擒此贼。"魏化曰："汝须仔细，今此一阵关系甚大，倘若输了，挫折无限锐气。"张诚曰："小将视此若群犬耳，杀之何难！”言罢，跳上雕鞍，出阵与隆元交战。数合，隆元抵敌不过，拨回马走，那马忽陷蹄，带人跌倒。张诚拍马追赶，马走得快，却被隆元之马绊倒，跌落于地。贺化天王望见，骤马近前斩之。魏化拍马来救，五国国王驱兵掩杀而来。宋兵大败，死者无数。狄青收军查点，伤折数千，快快不乐，谓魏化曰：“汝为先锋，不出阵迎敌，何令张诚出焉，而致伤军斩将，大损威风？”魏化曰：“张诚坚意要出，非小将使令之也。”狄青曰：“这次权饶汝罪，后再失机，定行枭首。”

次日，狄青亲自出阵，列开队伍于北。侬王天子亦亲出阵，摆列阵伍于南。狄青指而责之曰：“汝居遐荒，守分进贡，多少安乐。今无故统众侵掠，而作此叛乱之事，是自求祸也！兹者，王师到来，能悔前愆，倒戈拜降，吾于天子处保奏，赦除罪名，仍敕赐回国。倘执迷不悛，大驱万马，踏平巢穴，汝尚能保南面称孤乎？”侬王听罢，呵呵大笑，言曰：“吾闻天下者，天下人之天下，非一人之天下。自天地开辟以来，几帝几王，变更非一，岂宋可绵绵而有之乎？吾初接见，谓汝是宋之太师，必有奇谋异论。今特出此等之言，乃老而不死，一狂徒耳，识甚世事！汝宋先日，欺人寡妇孤儿，窃取神器，万世唾骂。吾今所以兴兵者，实代百年前周小儿伸冤也。老狂夫速退，勿使迟迟而污吾之刀斧！”狄青听罢大怒，挥魏化出马擒之。忽迅雷狂风大作，两下收军。侬王曰：“宋兵勇锐莫敌，当用计胜之。”遂谓锐金秀王曰：“烦大王领兵，抄出长净关之后埋伏，但听炮响，杀近关来。”又谓贺花天王、刺虎哈喇王曰：“烦二大王各领部兵，一枝伏于关左，一枝伏于关右，但听炮响，一齐杀出，直抵关前。”锐金秀王等各领兵埋伏去讫。侬王天子又谓定儿五角王曰：“烦大王镇守柳州城，勿得擅动。”五角王得令，不在话下。

侬王攻破长净关

却说侬王天子与岳刀立大王、大将松刚、白古钦等出阵。狄青与魏化摆一长蛇阵。侬王天子谓岳刀立大王曰：“大王识此阵否？”岳刀立大王曰：“不识此阵名何？”侬王天子曰：“此阵名为长蛇阵，倘击其首，则尾转救之；击其尾，则首从而救之。今烦大王出马击其首，又令松刚出马击其尾，又令白古钦击其腰，使他首尾不能相救。吾亲催动后军接应。”分遣已定，信炮一响，刀立等领兵齐出。宋兵果然首尾不能相救，溃乱奔走回关。只见贺花天王、刺虎哈喇王左右夹杀而来，宋兵又走转关后而去。忽锐金秀王一枝兵杀来，狄青弃了关，退走常胜镇。侬王天子追赶，直逼镇前下寨。狄青入镇，查点军人，伤折数万，长净关前骸骨如山。有诗为证：

南来贼势炽如山，宋将关前死战难。
甲堂日光金缝裂，鼓轰霜气革声寒。
苍烟翠柳鸦争饱，白骨青苔蚁食残。
中夜琨鸡催梦起，还将老剑剔灯看。

依王次日调兵，将镇围了。狄青见折军太多，感伤不已。又见侬王围镇，四门攻打甚急。幸其镇原立有四门，城郭完固。狄青慌慌无计，谓诸将曰：“南蛮勇不可当，今把镇围了，将奈之何？”魏化曰：“当急表奏朝廷，再遣兵来救应。”狄青曰：“围得恁紧，怎出去得？”

魏化曰："小将愿杀条血路，保护使者出围。"于是狄青写表遣人赍去。魏化开了北门，杀透重围，护送其人出去，魏化复杀入城来。

使人星夜走到汴京，进表仁宗。仁宗闻奏惊叹曰："狄青兵败，南蛮长驱而进，朕之社稷，毕竟难保。不能为先人守业，却有何颜见之于地下乎？然先帝何幸得遇六郎，朕今生不逢辰，而无若人。设有若人，南蛮安敢正视中原？"言罢，包拯奏曰："陛下不叹及六郎，臣亦忘之。今有六郎之子宗保，其人告老在家，乞宣来问取征蛮之策。"仁宗允奏，即命侍臣往无佞府中，宣召宗保。

宗保正在金水河边散步吟诗，云：

金水河头辇路分，深沉庭院柳如云。
春来天上浑无迹，月到花阴似有痕。
曲蘖酕醄高枕卧，莺声宛转隔窗闻。
千金难买相如赋，谁似相如善属文？

吟罢，忽家丁来报："朝廷遣使臣来召老爹，今在府中等候。"宗保听罢，忙回府接旨。与使臣相见毕，即同使臣趋朝，拜见仁宗。仁宗赐坐于侧，见宗保须鬓皓然，愀然不乐，意其不堪领兵出征，乃言曰："久不见卿，今已如此老矣！"宗保曰："日月如流，不能久延，且无妙药驻颜，故不觉雪满乌巾。今日圣上宣着老臣，不知为着甚事？"仁宗曰："卿尚不知，朕之社稷危在旦夕。今南蛮叛乱，侵犯边疆，朕命狄青、魏化征剿。岂意狄青失机，被贼夺旗斩将，朕之地土已陷没千里矣。"宗保曰："陛下今宣老臣，将欲何为？"仁宗曰："特因卿久居兵革，军机惯熟，故宣来参酌征剿蛮贼计策。今见卿年迈，心甚不快，使卿少壮，烦一往焉，南蛮安敢如此长驱而进？"宗保见仁宗说他年老，乃曰："陛下说臣老，乞御厩牵过马来，御库取过盔甲刀枪弓箭来，伏望陛下恕臣死罪，待臣当殿前试演一番，看老不老。”仁宗即命武士牵马取枪甲等件。武士须臾取到，宗保俯伏请了罪，拿下朝冠，脱了朝服，带盔穿甲，取过硬弓，连拽折了数张。又拈枪在手，唤武士打马放缰前走，宗保举步如飞，向马后赶上，踊身一跃，跳上了马，绰枪左挥右刺，于殿前往来一巡，遂跳下马来，跪于帝前言曰：“陛下说，还可用否？”仁宗笑曰：“矍铄哉，是翁也！”遂亲降阶，扶起宗保，乃命设筵宴。宗保酒至半酣，仁宗又从容谓宗保曰：“卿可前去代狄青掌元帅之印，但少一先锋。”宗保曰：“吾儿可挂先锋印。”仁宗曰：“文广年幼，未便可当此任。”包拯曰：“知子莫若父，杨元帅自以为可即可矣。否则，军伍凶行，彼岂肯自误耶？”帝允之。是日酒散。有诗赞宗保为证：

曾于海内擅威风，老眼年来一半空。
已向林泉寻九老，又从殿陛会诸公。
古今有几风流将，天壤无双矍铄翁。
早遣提师居阃外，岂容寇贼逞英雄！

次日，仁宗命宗保统率羽林军五万，前去代狄青领元帅之印，文广代魏化领先锋印。宗保领旨归府，将圣上调遣之事告穆夫人。穆夫人曰：“夫君老矣，妾年五十，始生文广。儿又幼小，倘有疏失，怎生区处？”宗保曰：“吾已筹之熟矣，不必夫人忧虑。”遂令手下整顿起行。有诗为证：

宝匣行披紫电辉，气掷牛斗耀旌旗。
欲平夷虏南侵患，先竖中军杀伐威。

卷七

宗保领兵征智高

却说杨宗保次日出朝辞帝，领兵起行，望柳州进发。依王闻知宋君遣兵来救，乃撤围退回长净关去了。宗保大军不日到了常胜镇，狄青等接见宗保。宗保将圣旨宣读毕，狄青即捧印递与宗保，见宗保须鬓皓然，乃冷笑："朝廷如此遣将，安能取胜？"宗保见狄青冷笑，大怒，唤左右擒下狄青，绑出辕门枭首。狄青曰："我无罪名，何敢妄自诛戮？"宗保曰："适来递印冷笑，有失威仪。汝既轻慢，下皆不恭，吾安能统众以破贼哉！假令圣上见老，不用则已，若用之时，将印挂我，亦必敛容相授，使下有所敬畏。且今日来代领印，出自圣裁，岂我贪权慕禄，而夺汝之兵柄耶！"言罢，喝手下推出斩之。文广急跪下告曰："父亲才到军营即斩元帅，恐于军不利。"宗保曰："某自十三岁随父出征，统率大军，遇不用命者，即斩之，有何不利？"文广又曰："狄太师朝廷大臣，圣上所宠任者，今日不请旨斩之，恐圣上见罪。"宗保曰："只看圣上分上，饶汝残生，我岂怕汝为太师耶！”遂放了狄青。狄青被宗保耻辱一番，收拾回京，沿途痛恨宗保，乃曰：“不把此贼灭门绝户，誓不为人。”不在话下。

却说宗保令军士扯起杨家令字旗号，摆开阵脚，出马与侬王天子打话。侬王天子见宗保须鬓雪白，又见手下一清秀孩童披挂端坐于马上，遂问军士曰：“汝等知此老人与那孩子否？”军士曰：“那老者是元帅，那孩子是先锋。”侬王听罢，微微冷笑，暗忖道：“宋朝无人物如此！若早知道，提兵北向，中国天子已被我做多年矣。”遂言曰：“日前狄青硬抗我师，几致丧躯。汝今较之狄青，半做土臭，尚来提兵出阵，而为元帅。那个孩童，口尚乳臭，乃挂先锋之印。中原人物，自此观之，寥寥然尽在吾目中矣。老将知事，早早拜伏马前，他日不失王侯之封。不然，此剑利害，决不相饶。”宗保闻言呵呵大笑，言曰：“汝曾闻曩者破天门七十二阵，擒萧太后之人名否？”侬王天子曰：“彼女流也，被汝所欺。吾非女流，敌岂容易？但汝亦只能欺妇女耳，岂能敌须眉大丈夫乎？”宗保曰：“军前不必饶舌。汝今谋逆，敢犯正统，果是有勇，舞剑挥枪，量必能之；但不知晓得些阵图否？”侬王天子曰：“未学接战，先学列阵，岂有不识之理！”宗保曰：“吾今排下一阵，汝试辨之。”侬王天子曰：“汝试排来，与吾一看。”宗保曰：“两军休放冷箭，试看排阵。”遂走进阵去一调，复出问曰：“此何阵也？”侬王天子曰：“九龙出海阵。”宗保曰：“然也。还能认否？”侬王天子曰：“何阵不识，任从排来。”宗保又进阵一调，复出阵前，言曰：“识此阵否？”侬王天子曰：“此八阵图，吾国小儿亦识，岂我身居万人之上，而不识耶！”宗保曰：“汝有胆略攻打此阵否？”侬王天子曰：“尚欲直驱中原，横行天下，今遇此小小阵图，而不敢打耶？”宗保曰：“汝试打之何如？”侬王天子诺之。

彼心忖道：“杨宗保亦如狄青易敌，又以此阵我既知之，必能破之。”遂引松刚、张诚从生门杀入阵内而去。宗保见侬王天子既入，复将军士一调，变成九宫八卦。侬王天子三人在阵内东冲西突，无有出路，又听得外面喊杀连天，高声大叫："要活捉侬王蛮头！"侬王天子大惊，遂念动咒语，一霎时怪风大作，飞沙走石。宗保笑曰："此贼有这些本领，遂敢萌此大念。"乃提剑望北一指，大喝一声，怪风遂息。侬王天子大惊曰："此人是我冤家对头。"正在慌危之际，忽东南角上，一军杀进，乃定儿五角王，驱短剑军一直砍进，其锋莫敌。宋兵俱各奔走，遂被他救出侬王天子去了。宗保乃分军作五队，望五处营寨杀去。

先是，四国国王并侬王立下五个营寨，及见侬王被围，营营胆丧魂消，独定儿五角王在柳州城闻知侬王斗阵，恐有疏失，遂提兵来救。既救出去，只见宋兵分五队杀来，俱皆弃寨，走回长净关。正走之间，忽前一军拦住，为首一小将当先杀来。松刚欺其幼小，拍马向前迎敌，只一合，被文广砍之。魏化与隆元交马数合，将隆元砍于马下。文广、魏化二骑东冲西突，遇贼便砍，恰逢定儿五角王短剑之军，英勇难敌。文广思忖："此兵急难破之，必伤其主将，方可获胜。"遂诈败而走。定儿五角王见文广败走，拍马追赶。文广拨回马来接战，将标枪一标，标中左股，五角王落于马下。文广近前，正待砍之，忽侬王天子骤马而至，大声喝曰："黄口孺子，敢如此无礼！"文广遂与侬王天子交马数合，不分胜负。文广乃佯败，用拖刀计去砍侬王，侬王躲过。文广见胜他不得，杀得性起，将交牙十二金枪之法刺之。侬王不能当抵，身被数枪，拍马逃走，与五国国王弃了长净关，退走柳州城去讫。天已将黑。宗保遂收军，屯于长净关。有诗为证：

坐筹玉垒智谋深，训练强兵贯古今。
自顾勤劳甘百战，白头不改少年心。

次日，侬王天子升帐，谓五角王曰："大王何以知我困于阵中？"

五角王曰："哨马来报，大王与宋人斗阵。我料毕竟有失，故引兵相救。"依王曰："昨非大王，几遇其害。但大王因救孤而被枪伤，孤心甚不忍也。"言罢，泪如雨下。五角王曰："壮士临阵，不死便伤，此何足惜？请大王不必悲伤。"依王曰："五角王壮哉！正所谓勇士不忘丧其元也。"遂又言曰："吾幼时闻宗保智力超群，破萧后七十二天门阵，无人能敌。昨日阵上观之，英勇还在。吾又欺文广年幼，被他刺了数枪。正是虎父还生虎子。吾想起来，此宗保老儿，英勇之甚，必惟用计，才可破之。"五角王曰："昨日亦因欺敌太过，所以不甚提防，遂至大败。"依王天子曰："诚哉是也！但不知列位大王，有甚妙策下教下教。"锐金秀曰："请两位大王先领兵埋伏万春谷之两头。来日与宋人交战，佯败而走，弃了此城，直引进万春谷去。待宋兵一进，伏兵齐出，截断谷口之路。彼来冲时，多设强弓硬弩射之。不消一月，宋人俱饿死于谷中矣。此计何如？"剌虎哈喇王曰："杨宗保行兵如神，他肯令兵赶入谷来？那时功又不成，枉送了此一座城。依我之见，多备柴薪引火之物，布满此城之中。明日与宋酣战，至晚佯败奔走，弃了此城，彼必入城安歇。候至二更，复引军围城，齐射火箭入城烧之，列位大王以为可否？"依王天子曰："妙哉，妙哉！正合孤之意也！"

次日，依王天子遂不出兵，暗备柴薪引火之物。既已停当，乃驱兵出城，直至长净关前搦战。杨宗保曰："数日不出，此贼必有计谋。日昨探马可曾回否？"问罢，一卒向前禀曰："昨领钧旨打探消息，只见依王军士纷纷挑柴入城，今日即引军出战。"宗保曰："此计只好瞒着孩童。"言罢，乃遣文广出阵。文广得令，引军出马骂曰："诛不死的瘟蛮，还敢来战？"依王天子大怒，骤马挺枪，直取文广。文广与之交战数合，诈败而走。文广不赶，依王勒马复回，战上三合又走。文广亦不追之。宗保骤马向前叫曰："吾儿何不纵马追之？"文广曰："他乃佯败，其间必有诡计。"宗保曰："无妨，只管赶上擒之。"言罢，侬王天子复来交战。文广又与斗上数合，侬王败走，文广追之。宗保催动后军，一齐杀去，直赶到柳州城边。日将晡，侬王与众弃城奔走。宗保驱军入城歇息。

文广见满城堆积柴薪，急禀曰："爹爹快令军士出城，儿见街市俱是引火之物，倘彼射火箭入城，则我军无遗类矣。"宗保曰："吾儿放心。"三军皆入城歇。是夜将二更，宗保与魏化等步上城楼，遥听侬王军兵将近城来。宗保口诵咒语毕，大喝一声，迅雷大作，雨下如注，城下水深三尺。侬王军士湿透重甲，天明收军，回至万春谷口。军士造饭，向日晒衣。宗保唤魏化言曰："汝领三千劲骑，直去万春谷口呐喊，彼军惊走，不必追入谷去。只夺得马匹盔甲回来，是汝之功。"魏化领兵去讫。又令文广领健军五千，接应魏化搬运盔甲等类。文广亦领兵去了。魏化引军既至万春谷口，一声炮响，喊声大振。侬王与五国军士惊骇，乱走入谷。魏化与军士搬运盔甲，抢夺马匹。文广引兵又至，将所弃之物尽皆掳回柳州城讫。

侬王天子走进谷中，见兵不来追赶，遂下令扎寨于谷，与五国国王坐定，泣而言曰："昨夜之败，非战之罪，乃天败也。假使非雨，彼军俱作煨烬矣。"言罢，大恸。五国国王皆劝曰："胜败兵家常事，大王不必如此感伤。虽败两阵，未曾甚折军兵，明日再与决一死战，有何不可？"侬王天子曰："我军疲劳犹之可也，列位大王为孤受苦，吾心是以痛伤。"五国国王皆曰："唇齿之败，患难共之，今说此话不得。"侬王曰："列位大王既无退志，孤能射神箭，明日试看孤射之。"言罢，于是传令下寨万春谷中。整顿军器，次日复出交战。不在话下。

文广困陷柳州城

却说宗保升帐，诸将参见毕。宗保谓文广曰："夜来一梦不祥，必有小灾。"言未罢，忽哨马报侬王复整兵出谷，杀奔柳州而来。宗保曰："吾欲号令出军，恐有疏失，验应昨夜之梦。"文广曰："既爹爹夜梦不祥，且停止不出交兵，高垒深沟，坐老其师何如？"宗保曰："吾军远涉，粮草缺少，利在速战。"魏化曰："权停两日，观其动静，出兵破之。"宗保曰："然也。"乃传令四门紧守，勿得妄动。

侬王见宗保两日不出交战，遂生一计。写书一封，唤小卒送入柳州城去。小卒领书至城下叫门，守军报知宗保，宗保传令开门放入。小卒递上书，宗保拆开看之，书云："日前汝排阵图，与孤打之。汝若有能，孤今亦排一阵，汝试出城观看何如？"宗保览毕，对来卒言曰："神人之阵，我曾破之。量尔主乃一凡夫，才不高于神人，吾岂不能攻打乎？来日准出观阵，归语汝主，决不爽信。"小卒领令，回报侬王。侬王喜曰："中吾计矣。"次日，侬王先摆开阵势，出马立于门旗之下。宗保亦摆开阵脚，才出马来，侬王遂发神箭射之。宗保望见，伸出右手接之。忽左手里枪竿，打着座下马眼。那马惊跳起来，把宗保掀落于地，伤折左脚。文广急救起来。侬王望见宗保落马，手挥五国之军，一齐杀出。魏化、何承恩等出马迎敌。文广护送父亲入城，复出杀退南兵，救得魏化等入城讫。

依王率军将城围了。文广令四门紧守，不许乱动。号令毕，竟入帐禀曰："爹爹保重贵体，勿以军情挂心。"宗保曰："吾足还要一月才好，争奈粮草缺少，蛮兵虽败，未曾折伤，他决不退，必须遣人表奏朝廷，再调兵来救应，方破得此贼。"文广曰："蛮贼只道爹爹伤箭，今将四门围得甚紧，弓弩设得极多，怎出去得？"宗保曰："汝令四门军士披挂，擂鼓呐喊，虚作出城之状。每日一连数次，蛮贼折箭既多，彼必懈怠，只道耍他，不复射箭。可令魏化赍表，汝伺机杀出城去，辅送出了重围，汝即收军入城。"文广依计而行。一连三日，诈作出城之状。贼见折了许多箭，果懈怠不射。文广开了北门，同魏化杀出城去。比及三门知觉，撤兵来杀时，文广收军已入了城，魏化已杀出重围去了。

星夜回到汴京，进奏仁宗。仁宗闻奏，惊曰："文广，长善公主（又名百花公主）之偶，文广倘有疏失，怎生区处？"遂问群臣："谁堪领兵去救文广之困？"包拯奏曰："殿前检校元和可以去得。"仁宗允奏，即宣元和上殿，命其领兵。元和奏曰："小将愿往，但得一主帅同去为妙。先日杨府常有女将，乞陛下宣穆夫人来，问渠府还有可堪统兵者否？"仁宗听罢，即命侍臣急往杨府，宣穆夫人入朝，商议军情。穆夫人接了手诏，同侍臣进朝，拜见仁宗。仁宗问曰："文广今被蛮贼陷于柳州城，魏化回取救兵。朕命元和领兵五万去救，但元和勇而无谋，不能将将。汝府先代常出女将，不知今还有否？若有能者，朕即敕封，领兵前去解围。"穆夫人闻知文广被围，大惊曰："杨门止有此子接绍宗支。若有疏危，怎了？今杨门虽有几个丫头，却未曾演习兵戈之事，不知可去得否。待妾回问，即来复命。"穆夫人辞别仁宗，竟回到府，召集众女至于庭前，问曰："文广被贼陷于柳州城内，圣上问我杨门还有女将可以领兵前去解围者否，汝等有谁去得？"宣娘曰："阿奴愿去。"穆夫人曰："汝肯去，却要谨慎。"遂引宣娘入朝，奏知仁宗。仁宗大悦，遂下命，封宣娘为征南总督，授元和为车骑将军。即日领兵起行。帝又谓穆夫人曰："文广，长善公主之配，朕今许舍东岳庙三般宝物，祈祐文广平定南蛮而回。”穆夫人与宣娘谢恩而出。宣娘领旨，辞别穆夫人，与元和、魏化统军出城，望柳州进发。

不数日到了柳州，离城十里扎下营寨。宣娘曰：“谁肯杀入城去，报知文广？”魏化曰：“小将愿去。”即欲出寨。宣娘曰：“且少待。先定计策，报与他知，做个里应外合，却才为妙。”元和曰：“计将安出？”宣娘曰：“今蛮兵屯于万春谷中，我欲引军截其归路，但不知有路可通那头否？”忽一卒应声曰：“有路可通。”宣娘曰：“汝何以知之？”那卒曰：“昔日狄太师曾遣小卒到此谷中打探消息。只要偷过了柳州城外蛮贼之营，使他不知，便可以去。”宣娘曰：“计策有矣。魏将军杀入城去，告知吾父，说吾引军偷路过谷，截贼归路。惟令城内，明日大开四门，调遣军士一齐杀出。元将军分兵四路杀进，做个里应外合。贼兵一败，必走入谷，不可追之太骤，恐其舍命杀转。只宜令步军放炮放箭，缓缓一步一步进谷。吾军既入了谷，骑可并行，又当急急追之。谨记，切不可有误。”言罢，谓元和曰：“将军即放炮呐喊，大张威势。一则以助魏将军入城，二则蛮兵俱出迎敌，趁此之势，我好偷过营寨。”言罢，魏化领劲骑一千，直冲重围，入城而去。宣娘自引骑军二千，远远依山傍岭，偷过贼寨，往小路抄出万春谷那头去了。二支骑军方出之际，元和放炮擂鼓，喊声振天。只见蛮兵纷纷前来迎敌，却未提防宣娘偷过他寨去了。元和叹曰：“杨门妇女亦有识见如此。”

却说宗保之脚已好，正在军中吟诗纳闷。其诗云：

层阴迢递苦迷空，八月黄沙吹朔风。
关塞极边悲草木，羽衣昨夜过崆峒。
何年克汗全归去，此日骠骑尽总戎。
千里骅骝俱野牧，庙堂不用赏边功。

吟罢，忽闻城外喊声大作，急登敌楼观望，只见魏化杀入城来。急令文广开门，放下吊桥，迎接入城。魏化入见宗保曰："今宣总督领兵偷过贼寨，竟往万春谷，截贼归路去了。着小将告禀元帅，如此如此而行。"

次日，宗保下令，遣魏化出西门，与定儿五角王交战；遣孙文焕出东门，与剌虎哈喇王交战；遣何承恩出北门，与锐金秀王迎敌；遣文广出南门，接战贺花天王。人各领兵五千，一声炮响，四门一齐杀出。宗保又令高严守城；又令冷如冰领兵一万，出马与岳刀立大王接战；宗保自引大军，接战侬王天子。

元和次日亦依宣娘之言，军分四路，整顿齐备。听得城内信炮一响，元和挥军杀进四门而去。内外夹攻，蛮兵大败，走入万春谷去。宗保催大军，直赶杀到谷口。令军士一步一步射进谷口，防贼埋伏。既进谷中，漫山遍谷，赶杀而去。蛮兵将走出谷，前军回报："谷口有军拦路。"侬王天子闻报，奋勇当先杀出。宣娘见旗帜是侬王的，遂出马交战。只一合，被宣娘挥刀砍落马头，侬王跌落于地，宋兵将侬王绑了。部卒俱投降乞生，宣娘纳之。只见五国国王，爬山越岭逃命。

宗保催军杀到，得报侬王已被宣娘捉了，五国国王俱各越岭而走。宗保急令军士于岭下，高声叫曰："为乱者侬王，今已成擒，实与汝诸国无与。汝等归路，皆已遣兵截住。今请汝等，皆来投降。吾之元帅，于天子处保奏，复封故土为王。苟执迷不省，如擒捉了，一命不留！"五国国王闻说，皆下山言曰："只恐元帅缚而杀之，果肯相容，即当倒戈投降。"宗保曰："诛戮降军，是不仁也。行不践言，是不义也。大宋堂堂正大之师，乃为不仁不义之事，何以服四夷乎？"五国国王皆曰："请元帅暂退军兵，明日自缚来见。"宗保下令收军，屯于谷中不题。

宣娘化兵截路

却说宣娘入见宗保，言曰：“久别爹爹，有失侍奉，恕儿之罪。”宗保曰：“非我儿来救，老父一命，几不能保。”文广曰：“适间爹爹不严督军士擒捉五国蛮王，何故收军，让他逃走？倘他日再生边患，岂非今日若有以纵之乎？”宗保曰：“兵书云：‘归师莫掩，穷寇莫追。’倘若赶之太急，蛮贼拚死杀来，吾军可保无虞？此所以欲擒之，必姑纵之。彼果肯降，仍令反国，怀之以德。若再叛乱，寻复出师，示之以威。且自古有华夷之分，彼不毛之地，得不足喜，失不足忧。虽蛮夷之人，必服其心，岂可一一示威以劫之乎？”魏化曰：“元帅言之是也。”宣娘曰：“若要蛮贼来降，必须设策惊他。”宗保曰：“有何计策？”宣娘曰：“爹爹说伏兵截他归路，即是此个计策。”宗保曰：“吾不过诳他而已，岂真肯遣兵深入险地，以受其殃。”宣娘笑曰：“儿自有计，不必要兵前去。”遂唤军士，拿米过来，望南撒去五把，不知口中念些甚么。念毕，大喝一声，仍复告宗保曰：“儿遣兵去矣。”众人亦未准信。

却说五国国王商议曰：“难得宋人收军去了，我你走归本国，岂不美哉！何必投降，受他节制！”言罢，分别各望本国之路逃回。俱行了一程，遥闻前面军马鼓炮之声，如风雷迅烈一般，吓得五国国王尽皆走转，复聚于万春谷口。相对言曰：“前途埋伏之兵，势甚雄壮。”五路皆一样如此言之。锐金秀王曰：“若不投降，被他所擒，求生难矣。”定儿五角王曰：“只恐宋人不肯相饶。”锐金秀王曰：“纵不相饶，死期犹远。今宁舍我等一命，以救数万军人之命。然又闻宋主宽仁大度，不肯残害降卒，万一侥倖赦除不杀，吾辈又得生矣。”商议既定，皆自绑缚诣营，写表称臣投降。宗保出帐，亲释其缚，言曰：“列位大人，今既倾心归顺，俺便写表申奏朝廷，力保释放，仍封为王。”言罢，乃令设酒相待，尽欢而散。有诗为证：

星月烽烟息，山河贡道通。
不枭诸反侧，宗保信英雄。

却说宗保一获侬王，唤过降卒百余人，向前谓之曰：“汝等肯代我干场事，重赏释放还国。”降卒叩头言曰：“愿听爷爷钧旨。”宗保曰：“今汝等星夜走回邕州，报说：‘侬王天子与宋战败而回，不觉被一支军兵截住归路，困于谷中。我等回取救兵，乞丞相爷爷快发兵相救。汝等走到邕州，却要黑夜呐喊，急叫开门。”言罢，众卒领诺。宗保又令文广与何承恩领兵二万，同降卒星夜兼程，往邕州进发。若至城边，令降卒叫开其门，挥军一涌而入。

文广得令，领兵走到邕州，天犹未明。文广与军士埋伏于城外，令降卒喊门，依着宗保之言，如此如此而说。门军听罢，见是自己之军，遂大开城门。文广催军，一涌而入。文广一马当先，杀到邕州衙前，恰遇石宜走出，一刀砍之。既诛石宜，文广遂下令，不许军士妄杀市民，出榜安抚百姓。令何承恩权知邕州州事。分付已毕，乃收军回柳州城而去。

文广回到柳州，入帐见宗保曰：“禀爹爹得知，石宜已被儿砍了，又令何承恩权掌州事，安抚百姓而回。”宗保大悦。于是写表，并五国王降表，俱遣人赍进汴京，奏知天子。赍表者正欲上马，忽宣娘提得侬王首级，掷于帐前。时五国国王俱列帐下，吓得魂不附体，面面相觑。时宗保见之大怒，喝令军士将宣娘绑了，辕门枭首。文广急向前跪告曰："爹爹息怒，侬王死有余辜，斩之理当，今缘何将姊姊枭首？"宗保曰："吾今写表说活捉侬王解京，待圣上亲行发落。今幸表尚未去，倘若去了时节，吾有诳君之罪，反到干出灭门绝户之事。吾昔与狄青构怨，纵圣上垂念功绩相容，狄青岂肯相容乎？彼必假公义而伸私忿也。"文广曰："且放他转来，问斩侬王之由，枭首未迟。"宗保遂唤军人，推转于帐下。文广含泪问曰："姊姊何故擅杀侬王？"宣娘曰："侬王两臂有千钧之力，爹爹正令人送京，彼遂打破囚车走出，抢了军人之刀，杀死数十军士。儿出见之，乃念铁罩咒，罩倒于地，令军人近前缚之。彼持刀在手，如虎凶狠，军人无有一个敢近其前。儿自思此等凶贼，即解到中途，军士必受其害，以此砍之，现有杀死军人可证。不期冒犯爹爹军令，恳乞相饶。"宗保曰："权饶这次，后再如此，军法施行。"于是写过表文，使人赍去。

使者星夜回到汴京，进奏仁宗。仁宗大喜曰："朕有文广，边患无忧矣。"乃遣使臣赍赦文，释放五国王归国，袭承旧日王爵。命高严为柳州刺史，镇守柳州。命何承恩为邕州刺史，镇守邕州。又诏杨宗保即日班师回汴。侍臣领旨，竟到柳州。宗保令人排香案，接旨毕，即召五国国王至，命之跪听圣旨，毕，宗保谓之曰："蒙圣恩宽宥，敕令列位归国，仍封王位。但自今以后，各守分土，毋得生事扰边。再犯天威，罪却难赦。"五王曰："荷元帅不杀之恩，与圣天子宽宥之德，如同父母。难报罔极，尚敢作背逆之事耶？"遂向北再拜，复转拜宗保四礼毕，各自分别，回本国去讫。有诗为证：

圣主施仁释五王，五王感德地天长。
尽欢白璧完归赵，遥向轩门拜冕裳。

却说宗保下令班师回京，不日大军到了汴京。宗保朝服入朝复命，俯伏金阶。仁宗宣诏，入便殿赐坐，乃曰："塞上风霜，劳顿元帅，朕甚悯焉。"宗保跪下言曰："微臣分所宜也。"仁宗命平身复坐，谓之曰："曩者报道卿等陷于柳州，朕即许舍东岳之神三般宝物，祈祐卿等早脱祸胎，平定邕州而回。彼时，朕即遣人赍宝，送往东岳酬愿。使臣到于焦山，不期被强贼抢夺而去。此贼访得即居焦山之下，为害不小。卿着何人前去剿除，取出三般宝物，竟往东岳，酬了旧愿，朕心始慰。"宗保曰："可命文广与魏化前往取之。"仁宗曰："文广朕欲令与长善公主毕婚，另遣一人去罢。"宗保曰："他人去则有失，待进香回，毕婚未迟。"仁宗允奏。遂敕令文广与魏化领铁骑三千前往焦山，取宝酬愿。文广领旨去讫。

杨文广领兵取宝

却说仁宗敕令文广领兵前往焦山取宝，进酬香愿。文广得旨，乃命军人展开旌旗，大书："奉敕取宝进香。"书毕，遂归无佞府，辞别父亲，引着三千铁骑军即日起行。临行时，文广问魏化曰："不知此去焦山有几条路可以通之？"魏化曰："闻有两条路通之。一条大路，直从焦山之前；一条小路，抄出焦山之后，此更近些。"文广曰："既小路更近，可星夜而进，出其无备，打破巢穴，剿除更快。"魏化曰："小将军所言甚善。"文广乃率军士，往小路进发。

却说焦山杜月英与宜都窦锦姑结为姊妹，月英抢了朝廷宝物，遂遣人居于汴京，打探消息。其人听得是文广从小路而来取宝，飞报月英。月英大喜。忽报锦姑来到，月英出接，叙礼坐定。锦姑问曰："贤妹有何事，喜笑颜开？"月英曰："吾抢了朝廷三般宝物，即今打听得是文广来取，此人乃长善公主夫婿，今尚未配。其人生得甚美，他来见我是个女子，决不着意提防，吾必用计擒之，成就鸾交，岂不终身有良托哉！"锦姑见这话，暗忖道："他要好婿，我亦要好婿，莫若领吾部下先捉之，以成佳偶。"遂问曰："贤妹可知他从那条路来？"月英曰："小卒报知，正从姊姊那条路来。"锦姑暗喜，遂辞别竟回，定计要捉文广。

时文广引军来到宜都山前，军士回报前有一彪军拦路。文广令军摆开，出阵问曰："吾今领天子敕旨，前往东岳进香。汝是何人，敢来拦路？”那阵中一美貌女子向前言曰：“吾乃宜都山窦天王亲女，据守此方。凡往来客商人等，经过此处，俱要留下钱物，始让他过去。汝是何人，犹尚不知？”文广曰：“吾乃日前擒侬王天子归国，先锋杨文广是也。”锦姑曰：“汝只能擒那蛮贼，能胜吾手中宝刀乎？”文广大怒，提枪直取锦姑。锦姑与之交马数合，被锦姑将绊马索套了马足，用力一扯，其马跌倒，遂把文广掀落于地，众喽罗齐出捉之。魏化急来相救，被锦姑一箭射中其马，魏化亦掀落于地。锦姑却不去捉魏化，只去绑缚文广。

入寨，锦姑坐于帐上。众喽罗拥文广于帐前，挺立不屈。锦姑见文广表表威仪，面如傅粉，唇如涂朱，心下十分欢悦，恨不即与合卺，遂命喽罗对文广说要与成亲一事。喽罗领诺，与文广说之。文广曰：“吾乃堂堂天朝女婿，岂肯与山鸡野鸟为配乎！宁死不失身于可贱之人。”锦姑怒曰：“汝今已被吾擒，敢说如此轻狂之话！吾今不放汝死，拘囚入海，即朝廷闻之，奈我何哉？那时任我磨灭你这畜生。”文广听罢，大骂狗妇，将头去撞锦姑。锦姑令喽罗紧紧绑缚其手足，私谓喽罗曰：“汝等勿得相伤，吾自有个计策，不愁他不肯谐亲事。”喽罗得令，将文广绑缚，丢于后寨床上。

忽寨外喊声大振，锦姑出寨视之，乃魏化也，遂曰：“才饶汝死，今复胆大，敢来冲寨呐喊？”魏化曰：“不必多话，好好还我小将军也。”锦姑曰：“已烹汤矣。”魏化大怒，直取锦姑，交战数合，亦被锦姑擒之，众喽罗绑到寨中。锦姑亲解其缚，扶起，与之言曰：“竟拿汝来，作个媒人。”魏化曰：“作甚媒人？”锦姑曰：“妾欲为杨先锋举案，适与之说，嫌妾体贱名微，再三不允。”魏化曰：“无有是说，只他乃朝廷驸马，尚未婚配，故有难以区处耳。”锦姑曰：“妾愿居其次，有何不可？”魏化曰：“吾试与言之。”遂进后寨，见文广紧紧绑定丢在床上。魏化曰：“小将军好苦！”文广惊曰：“汝缘何到此？”魏化曰：“吾先见小将军落马，急出相救，被他射倒坐马；复回换马来战，又被所擒。他说要与将军结姻，此事何如？”文广曰：“这事怎生做得！朝廷见罪，将如之何？”魏化曰：“小将亦想到来。但今坚执不从，彼定不肯生放还也。依小将臆见，且姑顺之，他又愿居其次。倘后朝廷有辞，小将一一担当。”

文广思忖半晌，言曰：“依汝之言，成了也罢。”魏化领言，回复锦姑曰：“小将军允了，但说后来毋得有异说也。”锦姑曰：“甚么异说？”魏化曰：“即大小之谓。”锦姑曰：“妾虽非天朝人物，礼义颇自矜持，岂无愧耻而溺于私欲者乎？特因彼是将门子弟，吾爱之重之，日后不失所托耳。”遂命喽罗，大排酒筵，是夕与文广成亲。有诗为证：

郁葱佳气蔼蓬莱，金玉原成月老裁。
宝鼎氤氲香馥郁，紫箫声沸凤凰谐。

月英怒攻锦姑

次日早膳已毕，文广正辞别锦姑，将欲起行，忽闻寨外喊叫。文广披挂上马，却又见是一佳人也。暗忖道：“冤家如此之多。”遂绰枪向前言曰：“吾乃大宋皇帝敕令进香之兵，汝是何人，敢来阻挡？”月英曰：“汝莫非文广将军乎？”文广曰：“然也。”月英曰：“汝乃妾之良人，不与交战，快叫那泼妇出来比敌。”文广听罢，更不打话，拍马直取月英。月英迎敌，交马数十合，不分胜负。魏化又与交战数十合，亦不分胜负。文广又欲出马夹攻，锦姑曰：“暂且收军，明日再战。”文广于是收军入寨。锦姑曰：“月英才能，胜妾十倍，且颇贤达。莫若纳之，以杜其患。”文广曰：“着谁去通知？”锦姑曰：“烦魏将军一往。”

次日，魏化往月英寨中，告知其事。月英曰：“可恨此贱人，欺我太甚。”魏化曰：“若非锦姑昨晚苦劝，杨先锋亦不肯允。”月英曰：“杨先锋既允，请他单骑入妾寨来，我始收军。”魏化回告文广，文广即辞别锦姑。锦姑挥泪言曰：“他日毋以妾为丑陋，使妾有白头之叹可也。”文广曰：“岂有此理，某非王允等也。”言罢，单骑入月英寨去。

月英接见，大喜，言曰：“郎君，迎接稽迟，幸乞恕罪。”文广见月英淡妆素抹，修眉一弯新月，皓齿满口瓠犀。心中思忖：“世间有此绝色女子！人常说道月殿仙娃貌美无伦，今睹此女，或可并之。”

有诗为证：

> 秋水盈盈横两盼，春山淡淡扫眉峰。
> 绛唇娇啭莺声巧，疑是嫦娥下九重。

文广一见月英，心下甚悦，遂与同到焦山。那晚大设筵席，文广与月英曲尽绸缪。

次日，文广谓月英曰："蒙子之情，爱厚至矣。但我奉圣旨进香，沿途稽迟，违了钦限，甚不稳便。日前子所夺的宝物，快取来与我去还了愿信，再与子会佳期。"月英曰："本欲留郎君停息数日，怎奈君命为重，寔不敢拘去辕。但此后愿勿见弃，妾所终身仰望者郎君。请思昨宵鱼水之欢，亦非残花败柳者也。谨念在怀，幸莫大矣。"文广指心而言曰："吾有弃子之心，天日可表。"言罢，月英唤丫头，递出三件宝来。是那三件宝物？一件是万年不灭青丝灯。一件是自报吉凶玉签筒。何谓自报签筒？人有心事，但一叩之，其签自出，报其吉凶。一件是夜明素珠一串。文广收了宝物，辞别月英，引军到于燕家庄。

庄前有一大涧。燕家庄上，有一人姓鲍，名大登，身长一丈，力拔生牛之角，自称为燕皇帝，入海为贼，官军屡捕不得。生三子一女，长子名大卿，次子名少卿，幼子名世卿，女名飞云，俱有力善战。聚众喽罗数万，屯于燕庄。时鲍大登正与江氏坐于堂上叙话，忽喽罗飞报，说道宋朝遣人赍宝往东岳进香，今来此经过，乞发兵攘其宝物。鲍大登曰："大卿少卿下海去了，吾今只得自去夺之。"世卿曰："缘何轻觑于儿，待儿去随手拿来，如探囊取物耳。"言罢，披挂出马，引众喽罗摆开阵脚，向前叫曰："来将好好留下宝物，随你往来，若还半言不肯，杀教片甲不回。"文广听罢，大怒，挥戈直取世卿。世卿亦拍马迎敌。交马数合，文广举鞭，打中世卿左臂，负痛逃回。大登望见，绰枪出马，交战十合，败归于寨，闷坐不悦。

飞云闻父败回，急出问曰："来将是谁，如此英勇？"大登曰："我亦未问其名，只见汝兄中鞭，即出马与战，老父非走得快，几被所擒。"飞云曰："爹爹当用计擒之，可徒恃勇乎？"大登曰："来将是个小子，生得十分美貌。吾初欺其幼小，不觉倒有些能干。"飞云曰："待儿出马擒之。"大登曰："你去须仔细，那小子枪法甚精。若捉时来与汝为配，吾愿足矣。"

飞云含羞不语，披挂上马，出阵言曰："来将名甚？"文广曰："我乃征蛮元帅之子，先锋杨文广是也。"飞云见文广容貌美丽，又闻是杨府子弟，暗暗忖道："父亲之言不差。"乃言曰："汝曾闻谚云：'恶龙不斗当方蛇。'汝今在我处经过，合当小心，礼物不拘多少，献上买路过去，方是汝之高妙有能处。今倒撒泼无礼，逞强恃勇，要抢路过，怎能得勾？"文广听罢，大怒，直杀过去。斗上数合，飞云力怯，拨马走往大涧边去。文广赶上，大喝曰："贱丫头，走那里？"飞云常在此打马跳涧，教练其马，跳得甚熟，故引文广来跳。遂走至涧边，打马一鞭，跳过去了。文广不知飞云诱他来跳，且其马素习未惯，跑到涧边，亦打一鞭，去跳那涧。滑喇一声，跌落涧内。魏化急赶来救，大登出马交战。飞云见文广落涧，令数十善水喽罗，下涧捉之，须臾绑缚上岸。飞云令众弗得伤他，竟跑马先回，入后堂见母亲，商议婚配之事。有诗为证：

秦楼年少吹笙女，汉苑风流傅粉郎。
共结丝萝山海固，永谐琴瑟地天长。

文广与飞云成亲

却说飞云诱得文广跳涧，既擒捉了，竟回寨入见江氏。江氏迎而言曰：“闻娇儿用计擒了来将，足慰父兄之心，以雪输阵之辱。”飞云曰：“固然雪耻，还有一事不好说得。”江氏曰：“母亲跟前，却有何害，只管说来。”飞云欲语，又掩着口，只是笑而已。江氏曰：“莫非所捉之将，真可以为偶乎？”飞云点头，复曰：“彼乃杨府之子，况且妙龄，杀之可矜。”江氏曰：“待父升堂，吾即言之。”

鲍大登升堂，江氏同坐于侧。众拥文广于阶下，挺身而立。江氏见文广美如冠玉，心下十分欢喜，谓：“真吾之婿也。”大登曰：“竖儿不跪，复欲何为？”文广曰：“吾之膝，金石弗坚过也，岂肯向鼠窃狗偷之辈而一折乎？”大登闻说大怒，提剑欲砍。江氏即遮隔，言曰：“小童有一事，欲启圣上得知。”文广亦怒曰：“砍便砍，何必做那般形状。”又见那婆子口称圣上、小童，复大笑焉。江氏曰：“此子乃杨府子弟，莫若留之，以配飞云，圣上酌量何如？”大登遂抛了剑，向前笑曰：“贤婿休惊。”时天将晚，大登也不问他肯不肯，释了其缚，只管教飞云出来，拜告天地。

飞云既出，大登命其下拜，文广不拜。大登按倒其头令拜。文广暗忖：“此来被阴魂迷了，连连遭此缠害。前被锦姑玷我之璧，今若不顺，他仍不放，莫若姑顺了也罢。”遂下拜焉。拜毕，与飞云同入洞房，颠鸾倒凤，不胜欢乐。

次日，文广告大登曰："蒙岳丈厚恩，谨当趋侍左右，但小婿领圣旨进香，恐违钦限，只得拜违前去，酬了复命，庶几罪不及于九族。"大登曰："自古为臣尽忠，理合奉行，但汝媳妇如何？"文广曰："复命之后，即遣人来取。"大登曰："我自送至。但小女无瑕之玉被汝点破，端期白发相守，慎毋见弃可也。"文广曰："小婿非薄行之人，决无是为。"大登曰："亦须进房一辞而别。"文广遂进房辞飞云，飞云半晌不语，长吁一声。文广曰："子何愁闷之深？"飞云曰："早知郎君离别早，何似当初不遇高。"文广曰："非也，上命差遣由不得我，我岂肯轻离别乎？"飞云曰："妾跟郎君同去何如？"文广曰："不可。此去进香，要洁身诚敬以奉神明，敢带妇女？"飞云曰："似此奈何？"文广曰："待回汴京，差人来接便了。"飞云曰："妾之娇姿，未惯风雨，郎君知之怜之，幸勿丢于脑后。"文广曰："某萌此念，天厌天厌！"飞云曰："妾当远送一程。"遂与文广同出庭前，告父曰："儿欲送杨郎一程回来。"大登曰："儿去即回，彼行程紧急，莫去误他。"言罢，文广拜别大登、江氏，与飞云同行。

出至寨外，两泪如倾。文广见之，亦不觉泪下，言曰："一宵恩爱，遽尔离分，心岂忍乎？倘后我无音来，汝不肯忘而来相与，当会同焦山杜月英、宜都窦锦姑，一同入京访问。金水河边无佞府乃我之家，汝等直投入来。"飞云曰："恐郎君他去，家人不容，奈何？"文广乃取下金簪一根，言曰："设或不在，以此递进，无有不容。"飞云曰："妾去会时，恐彼二人不信，何如？"文广又解下鸳鸯绣袋一个，付与飞云言曰："此乃月英亲手泽也。持此前往，再无异说，请子回步，恐误去程。我与汝既结夫妇，后会有期。"飞云不胜悲怆，遂于歧路，再拜而别。有诗为证：

昨日相逢今别离，忽闻钏落泪交颐。
心中无限伤情话，握手叮咛嘱路歧。

文广别了飞云，回到军营，将成亲事情告知魏化。魏化言曰：“此乃天缘奇遇，将军前生结下来的，纵仇敌之家，亦必成就。”言罢，文广号令诸军起行。

不数日，到了东岳。文广谓魏化曰：“众军俱屯止山下，吾与汝斋戒沐浴，手捧此三件宝物，拜到圣帝面前献上，才见诚敬。”次日，文广、魏化沐浴毕，捧着宝物，一步一拜，直到大帝面前。挂了灯，安置了签筒，文广曰：“素珠须挂在大帝手上方好。”遂亲登案，揭开罗帐，挂之。遂礼拜上香。已罢，同魏化绕廊观看，叹曰：“灵山胜景，真个无穷佳趣。”有诗为证：

百折千回叠嶂岑，崆峒遥出翠微深。
青天白日烟霞结，不受尘埃半点侵。

文广往各房游耍，只见道士个个丰神秀雅，飘飘然若当世之神仙，乃言曰：“吾辈持戟负戈，吃惊受恐，有甚好处。倒不如此辈，宠辱无惊，理乱不闻，优游自得，恍洋自适，却不知天之高，地之下也。”有诗为证：

悟彻三千与大千，上人不为利名牵。
烟霞深隐诸缘寂，水月光涵一性圆。
顽石点头时听法，清风拂座夜谈玄。
闲来拟结陶潜会，共醉芳樽对白莲。

文广叹罢，道官来请进膳。膳毕，文广曰：“汝众道官各退，我等遍观景致一番，亦不枉到此处。”言罢，众道官各散去了。

文广与魏化步到一峰，峭拔壁立，其高冠绝诸峰，有诗为证：

风光天下已无双，万里云山尽树降。

一笑风雷生足下，钓天路去不多长。

文广既到其峰，只见有一石殿，殿门上书着天下第一高峰。忽然云暗，似有雨之状。魏化曰："雨来，那里去避？"文广曰："推开这石殿之门，进去躲避一会何如？"魏化向前推之，半毫不动，乃曰："却推不开。"文广曰："用些力气推之。"魏化用尽平生之力，又推不开。文广曰："待我试之，看推得开否？"遂将一只手略推，只听里面环响，谓魏化曰："我推得开。"魏化曰："难也，将军试推之。"文广遂将两只手向门上一推，滑喇一声，如山崩地裂，霹雳雷震一般，其门开了，吓得魏化胆战心惊，手脚慌乱。文广笑曰："你怎么的？"魏化曰："好怕人也。今观将军乃天神也，岂凡俗侪乎！"

文广举步欲进，忽内有两个武士执戟立于两旁，大喝曰："甚么人这等胆大，推开禁门，步入里来！"文广曰："圣朝差进香的。"言未毕，忽内有一员官出来，请曰："圣帝宣将军入后殿一话。"文广随他进到后殿，俯伏在地，言曰："小臣杨文广是也，今同魏化领旨进香，游玩至此，因欲避雨，妄推禁门，乞赦死罪。"帝曰："赦尔无罪，卿等平身。"赐坐于侧，命待臣献茶、红桃二枚，文广、魏化领受不食。帝曰："此桃甚难得食，其味极佳。昔王母献武帝之桃，即此一种，卿试尝之。"二人遂食之，香甜无比。茶罢，复赐酒，各饮三杯毕。帝言曰："杨卿可惜路逢佳偶，点破好景。不然，为一全真，无复临凡受奔竞矣。但此一前缘，不可麾却者也。魏化特一凡胎，但见为主忠贞，故今日亦因杨卿而同饮大丹头矣。此非小可之益，自今已后，随意变化飞腾。今劳卿进香，赐此以答诚心，回去幸勿泄漏。"

二人拜辞出殿，行至门外。文广曰："帝言随意变化，我化个鹤，飞过前山去看，你亦随意化个甚么鸟儿飞来。”文广涌身一跃，化一只鹤，飞过前山去了。等候多时，魏化不来，复飞转看之，只见魏化飞起三尺，又坠于地。文广飞下问曰：“你缘何不飞起来？”魏化曰：“不知因何飞起又坠？”文广曰：“饮食一般，你缘何又飞不起来？敢怕那仙桃核子，你不曾吞下。”魏化曰：“我是不曾吞之，欲带此核回去布种。”文广曰：“帝说汝是凡胎，今看起来，你的心也是凡心，安能超脱飞升，汝快去吞之。”魏化曰：“吞之恐怕咽死了我。”文广曰：“人生在世，无百年长在躯壳，缘何这等怕死！”魏化遂强吞之。文广大喝一声，一手带起魏化，齐齐飞过山前，并下立定，化曰：“吾生怕坠落，跌死于地。”文广曰：“怕死贪生为凡心之最。人所以难学道者，有凡心故耳。汝急急去之，日后我与汝同归大罗，毋自迷失真性。”言罢，只见道官来迎歇息。

次日，文广拜别圣帝，相辞道官下山，引军望汴京而回。不一日，到了汴京。文广入奏仁宗，仁宗见奏大喜，下命重修天波滴水楼，封杨宗保为无敌大元帅、宣国公；杨文广为无敌大将军、忠烈侯；宣娘为鲁国夫人；魏化为殿前都指挥使，文武各升有差。又命文广与长善公主毕婚，不题。

却说狄青终日恨宗保，又见全家受封，乃曰：“老贼今日封公封侯，吾之冤仇，何时可报？”遂唤心腹家丁名师金者，谓之曰：“吾昔日征蛮，被宗保老贼耻辱，今欲诛之，以雪其忿，汝有何策？”师金曰：“宗保朝廷倚任重臣，老爷害之，岂无后患？此事断不可为！”狄青听罢，拿起铁锤赶打，咬牙大叫：“打死你这奴侪！”一竟赶进后花园内而去。师金暗忖：“莫若谎他，不然，今日活打死了。”既至后园，遂生一计，跪下告曰：“老爹息怒，听小人告禀。”狄青曰：“奴侪，禀甚么？养军千日，用在一朝，你到说这等话，长他人之威风，而不忠心以事我。”师金曰：“常言机事不密祸先行。老爹向堂上大声说这等话，只恐有人走漏消息，报知杨府。杨府一本，论老爷挟私谋害，满朝文武保奏他的甚多，那时老爷悔之晚矣。为此小人激怒老爷，引至此处，才好说话。”狄青大喜，曰：“我的儿，说得甚有理。我且问你，怎生计较，害他父子性命？”师金曰：“今老爷已说要打死小人，待小人走进房去，只做寻不见。着家丁遍搜逐出，不容在府。小人竟去投杨府，俟方便处，将宗保刺死，又泯其迹，仇杀而祸远，方是全谋。”狄青曰：“妙计，妙计！”遂令师金起去。须臾时，又赶转庭堂上来，大骂奴侪可恨，令家丁搜寻，逐出府门，饶他一死。众人将师金推出于府门之外，师金即投入杨府而去。

是时，无佞府中大排筵宴，花烛荧煌，嘉宾骈集，庆贺文广与长善公主毕婚。尽皆欢饮，沉醉如泥。师金悄地进到宣国公房中，伏于梁上。宣国公与诸客饮罢，进房取下冠帽，仰卧床上，只见一人伏于梁上，乃曰：“梁上君子，你有甚事？或要钱物，或要杀我，请下来商议。”师金闻说，遂跌落于地，跪下告曰：“小人狄太师家丁师金是也，太师令来做刺客。”宣国公听罢，就枕言曰：“汝取我头去。”师金曰：“蒙老爷不杀小人，小人又敢作背义之事乎？”遂将狄青谋害之话，与已不肯之意，一一告知，并曰：“乞老爷假做个计策，一则以活小人之命，二则以寝狄爷谋害之心。”宣国公曰：“吾即诈死，汝归报主，则彼此两全矣。”师金领计，星夜逃回，报知狄青说：“杨府今晚成亲，宣国公醉了，被我刺死于床。”狄青大喜曰：“已报一冤，俟后再图文广。”不题。

却说宣国公那日饮多了些酒，到半夜时，身体不快，忙唤文广，入嘱后事。文广疾趋卧榻之前，问曰：“爹爹如何一旦不安？”宣国公令文广屏退左右，言曰：“适狄青遣一家奴，名唤师金来刺我，我令他砍首，师金号泣说不敢，但求个生路。我即以诈被刺死之计告之，师金拜辞而去。我就寝，忽梦帝命武士斩我，我乃惊醒。今想此数难逃，欲生不可得矣。狄青怀忿，将后必来害汝，须防之。”言罢，疯痰顿生，须臾而卒。次日，表奏朝廷，朝廷令敕葬，令文武祭奠送殡毕。有诗为证：

无复公来佐太平，一天风雨折台星。
四方闻讣俱惊骇，默嘿无言泪暗倾。

三女往汴寻夫

却说鲍大登每欲送飞云往汴京而去，后因大卿、小卿狂风覆舟，溺死于海，世卿打猎堕崖而死，大登日夜感伤，遂呕血数斗而死。飞云与母江氏议曰："父死兄亡，此地难以居身。杨郎别时，曾言叫去寻他。"江氏曰："只恐日远情疏，变了心也。"飞云曰："他临别之时，曾遗我香袋一个，令儿去会同焦山杜月英、宜都窦锦姑，往汴寻之。儿想起此等情意，决非亏行易心者。"江氏曰："既有此等约期，即当收拾起行。"于是遂唤众喽罗将山寨焚了，竟往焦山而行。

及至焦山，杜月英出马问曰："来将何人，无故兴兵，来此呐喊啰噪！"飞云出马言曰："姊姊莫非月英乎？"月英曰："然也。"飞云曰："昔日杨郎遗言使小妹会同上京寻他，不知贤姐肯去否？"月英曰："尊名见示。杨郎曾有何言？将甚为凭？"飞云曰："妾姓鲍，飞云名也。杨郎别时，曾遗贤姊所绣鸳鸯香囊，又言再会宜都窦锦姑姊姊同去。故今日特来相邀。"月英闻言，含泪问曰："别妆次几多时矣？"飞云曰："只在妹寨一宵，即分别而去。"月英遂拉入寨歇息。次日，收拾完备，亦命喽罗将山寨烧了，直往宜都而去。

时窦锦姑正忆杨文广，不胜忧闷。有诗为证：

闭门日日见青山，思忆郎君咫尺间。
总被宜都关阻隔，妾身何路会郎颜。

月英等既到宜都，喽罗慌忙报锦姑曰：“不知何处一彪军马来到。”锦姑见说，即披挂出马。只见是月英引众呐喊，乃笑曰：“你这丫头，今日起兵来此骚扰，又有一个杨郎在此来抢夺耶？”月英亦笑曰：“被你这个歪癞姑先夺趣两晚，今日是以兴兵问罪。”锦姑又问曰：“那位娘子是谁？”月英曰：“亦是杨郎卿卿。”锦姑曰：“人谓杨郎貌美恰似莲花，宋太后道：‘莲花亚于杨郎。’人问其故，太后曰：‘杨郎解语，莲花岂解语乎。’人人爱着杨郎貌美。今看起来，果是莲花不及，不然，这位娘子逢之亦不放过。”飞云闻说，掩羞言曰：“闲话休说，且到贵寨一拜。”言罢，锦姑邀进。

相叙礼毕，锦姑问曰：“今日何事，动劳二位光顾？有失迎送，恕罪，恕罪！”月英曰：“姊姊适笑为杨郎而来，今果为他而来。”锦姑曰：“为杨郎甚事？”月英曰：“杨郎别去两年，杳无音耗。今特来邀姊姊同去寻之。”锦姑曰：“闻他母亲家法甚严，倘杨郎公出，远而不纳，奈何？且杨郎亦非轻薄之子，他毕竟来取我等，我等不必自去。”飞云曰：“小妹子亦虑及于此，蒙杨郎付金簪一根，令约会二位姊姊同至其府。倘或不在而不容纳，将此金簪递进，无有不收留者。”锦姑曰：“贤妹年虽幼小，虑却深远，吾等皆不如也。但引大队人马，入京不得。”月英曰：“怎生区处？”锦姑曰：“唤他众人过来，分付各散，量带几十勇敢有能之士同行。”于是月英、飞云各分付其部众散去，财物将马载之，三人引数十骑，望汴京而进。

不数日到了汴京，访问至于无佞府前。锦姑着手下去对守门者说：“我等是送文广将军家眷的到来，烦去通报。”其手下依锦姑之言，直对守门者说之。其守门军人言曰：“你这人在说梦话，文广将军有甚家眷在外入来。”言罢，喝声快走，不礼答之。手下回告锦姑，锦姑下马，揭了眼罩，亲到府门下问曰：“大哥，文广将军在家否？”守门者见锦姑生得貌美，遂戏之曰：“将军在家时怎么的，你要与他干那话儿？”锦姑大怒曰：“你这贼子，敢如此无礼！少顷入见将军，定行枭汝首级。”守门人见锦姑话头凶狠，想必有甚来历，遂曰：“娘子不须烦恼，将军下操去了，到晚方回。”锦姑曰：“你去通报老奶奶，只说送家属的，见在门外，未敢擅入。”

那人忙进，禀穆夫人曰：“外面有一千人，说他是送杨将军家属的，着小的通报老奶奶得知。”穆夫人曰：“吾儿未曾有甚婚配，你出去对他说，京中姓杨者多，敢怕错寻了门户，俺府中却无别姻亲也。”守门人即出，以穆夫人之言告锦姑。锦姑遂取下金簪，递与守门人言曰：“此簪是杨将军别时所遗，烦你递与老奶奶看之，便知端的。”守门人拿了簪进告穆夫人。夫人曰：“此老身之簪，昔日吾儿往征南蛮，把与他束发，今在此女之手，想必吾儿与他有甚缘故，汝去放他入来，待文广回来，问是何如？”守门人遂出言曰：“老奶奶着你入去。”锦姑遂唤月英、飞云下马入府。门外之人见之，皆曰：“此三女，乃活观音降世。”众皆嗟呀不已。

锦姑等一齐进到中堂，站立阶下。江氏先与穆夫人通了姓名，见礼。然后锦姑三个齐拜于阶下，言曰：“婆婆万福，媳妇久失奉候，总冀恕罪。”穆夫人惊曰：“列位娘子，缘何这等称呼？”锦姑正欲诉其衷曲，忽门外扬声喝道：“忠烈侯回府！”文广一入，锦姑等接见，相拜言曰：“郎君别来无恙！”文广曰：“托庇平安。”言罢，遂一一将三女之情，告知穆夫人。夫人乃命家人治酒接风，不在话下。

却说狄青闻知文广先婚三寨强贼之女为妻，寻思一晚，写了表章。次日，清晨进奏曰：“文广违逆圣意，先婚贼寇三女，罪当弃市。”仁宗见奏，怒曰：“这厮敢无礼欺朕如此！”遂着驾前指挥前去拿问。包拯一闻拿问他，忙奏道：“文广虽逆圣旨，汗马功大，不可令法司问刑，必圣上宣到殿前，亲究根由。果欺蔑宪典，加罪未迟。倘情可矜，又当赦宥。”仁宗允奏，下令拿来廷鞫。

须臾，数十武士拿得文广上殿。仁宗骂曰：“你这厮，好无礼！朕将长善公主匹配，有何负汝，辄敢大胆，先婚贼女，从实招认，免受鞭笞。”文广曰 :“臣实有罪。特事出无奈，乞陛下宣魏化鞫问，便见分明。”仁宗下命宣魏化。须臾，魏化俯伏金阶，一一奏其事故。仁宗听罢乃曰 :“此等姻缘非偶然也。朕非包卿进奏，险屈忠良。”遂命释放。

文广整衣冠谢恩毕，遂将狄青原日与父结仇之故，及后师金行刺等情，一一奏帝知之。帝曰 :“老贼如此挟私害人，岂是忠心为社稷者乎?”言罢，文广目视魏化，招之同至御前奏曰 :“狄太师恼恨微臣，深入骨髓，不斩臣头，心不肯休。非臣不欲忠于陛下，只愁死作无头之鬼，那时悔无及矣。今愿陛下善保龙体，微臣纳还官诰，谢却人间之事，徘徊霄汉之外矣。”言罢，稽首再拜毕，二人奋身一跃，文广化一只鹤，魏化化一只鸦，冲天而去。仁宗与满朝文武惊叹不已。仁宗乃曰 :“文广化去，那有忠心竭力赞勷寡人者? 今后边疆祸作，谁为征讨?”遂大骂狄青谗佞，陷害忠良，不在话下。

却说杨府闻知文广化身去了，惊死长善公主，一家大小号哭于庭。忽文广、魏化飞止于庭。穆夫人见文广飞回，乃曰 :“闻吾儿化身而去，长善公主今已惊死。”文广曰 :“可惜此女青春夭亡，必须表奏朝廷知之。且汝众人休向外面说我回家。从今已后，不听天子宣诏，隐匿于家，看佛念经，消过时光也罢。”

次日，着杨云将长善公主事表奏朝廷。仁宗闻奏，甚加哀掉，下令敕葬，封为忠烈夫人。无佞府中大小送殡，不题。

卷八

鬼王踢死白额虎

却说仁宗在位四十一年，英宗在位四年，国泰民安，边祸不作。及神宗即位，熙宁五年，西番新罗国侵犯边境。

新罗国王姓李名高材，勇力超群。因新纳西夏一人，姓张，名奉国。其人生得身长二丈，腰阔二十围，两颧突起，眼似金星，两腋生有八臂，人号为八臂鬼王。时一日，众猎夫赶出一只白额猛虎，团团围定，呐喊射之。那虎乃神虎也，箭到其身，纷纷坠地，并射不入。张奉国正往那打围之处经过，闻呐喊啰噪，乃问手下人曰："前面呐喊，做甚勾当？"手下人对曰："猎夫呐喊打虎。"奉国曰："人常道虎能食人，我实不曾见，待我前去看之。"遂下轿来，步入围场看之。

那虎被猎夫射发了性，咆哮跳起咬人，忽跳在奉国面前而来。手下人慌忙扯奉国曰："老爹快走，毋被所伤。"奉国曰："有何害？待这畜生近来，我踢死他。"手下人惊得走了。那虎扑将近来，奉国行进几步，迎着伸脚一踢，将那虎撇在半天，恰似踢球一般。那虎大吼一声，跌落于地，寂寂不动。奉国近前看之，只见那虎七孔鲜血迸流，遂手招众猎夫言曰："虎已死矣，汝众人近来，抬去剥皮。"众猎夫近前跪拜，言曰："老爹是个神人，今日感谢除了这恶物，不知被他伤了多少的人。"众人抬回，剥了皮，割下其肉，会计重八百余斤，不在话下。

却说张奉国一日早朝毕，李王谓之曰："咱国年年进贡大宋，使人入其朝，每被廷臣耻辱侮慢，咱甚羞愧。细想起来，彼人也，我亦人也，吾何畏彼哉！咱今欲兴兵争夺中原，以雪往日廷臣耻辱之仇。卿有何策，教咱行之，谨奉社稷以从。"奉国曰："臣部下有一人，姓夏名雄，力能拔山举鼎，所射之箭百发百中，使一柄大斧约重九十余斤，挥动可敌万夫，乞主上封为先锋。小臣不才，愿为总督，统领十万雄师，出攻莫耶关，以取宋之都邑。"

时有一老臣，姓许名武，急谏曰："不可。大宋民心归顺，一统山河，材官若雨，策士如林，何当轻觑于彼，便谓破之易易？主上不听臣言，妄动刀兵，惹起正朝征伐，必有覆亡之祸。"李王未语，奉国答曰："老丞相有所不知，天下久治，戎事俱废，大宋昔日之良将皆已凋谢，今掌兵权居边镇者，皆膏粱子弟，闻吾兵骤进攻打，心寒胆战，望风逃窜不暇，尚敢来争斗耶？然此时亦天与之。人能顺天行事，未有不昌大其国者也。"李王闻说大喜，遂不听许武之谏，乃封张奉国为伐宋总部行营无敌都管头，封夏雄为前部开路威武大酋长，即日领率部落十五万，杀奔莫耶关而来。许武因谏不从，出朝仰天叹曰："'天作孽，犹可违，自作孽，不可活'。我国历代好好的，纳此叛贼，将金瓯打破，使我辈无葬身之地。"遂回家，削发为僧，云游四海去讫。

却说莫耶关都指挥使罗练正升厅问事，忽报新罗国李王兴兵来攻莫耶关，声言要夺大宋天下。罗练大惊，一面着人筑关防御，一面着人回汴进奏。使人星夜到了汴京，正值神宗设朝，使人直进，奏知神宗。神宗闻奏，惊问群臣："谁能领兵征剿新罗反寇？"忽一人出班奏曰："臣愿领兵前去讨之。"神宗视之，乃右丞相张茂是也。神宗允奏，下命封张茂为统兵征西大元帅，令往团练营操演军兵，精选十万勇猛之卒，前去征之。张茂领旨，往团练营中选择军兵，遂试得胡富勇力过人，武艺极精，乃以先锋印挂之。查点众军，载定名姓，号令明日五鼓起行。分付已完，回府歇息，绕道从无佞府前经过，喝道者禁声，跪下禀曰："前面是无佞府，凡大小官员人等俱要下马经过。"张茂喝曰："胡说！"遂端坐马上，喝令众人敲金鸣鼓而过。

却说杨文广年已六十，正在书馆训诲诸子兵书战策。其长子曰公正一郎，次曰唐兴二郎，三曰彩保三郎，四曰怀玉四郎。时文广讲谈方罢，忽闻府前动张乐器，乃唤守门者进入，问曰："何事府前大张响器？"守门人对曰："张茂丞相下营选军，出征新罗反贼，今从此回，喝令众军鼓乐而过。"文广听罢，乃曰："小小丞相，今日才统大军，不胜夸耀。且尚未曾临阵，胜负不知何如，遂敢这般做作。殊不晓这样风色，我老杨做得不要的了。"言罢，谓诸子曰："我当时因无子息，可奈狄青百节生计谋害我们，后遂化鹤回家，埋名隐姓，生下你兄弟姊妹，幸今都已长成。一则朝廷优待吾门，二则男儿志在四方，你兄弟当奋武扬威，报效朝廷，不坠祖宗声闻，使老父得睹赫奕功业，死亦瞑目。汝看今日张茂欺俺家无人，方敢如此无礼。"言罢，四郎怀玉告曰："儿今去张丞相处，求挂前部先锋印，以报效朝廷，爹爹说可否？"文广曰："汝素无名，他怎肯即授此职；但去做个散骑，出战之际显些能干，斩将夺旗，方才他肯任用。"怀玉曰："若做散军，辱了祖宗，爹爹放心，儿去自有方略，定要夺了先锋之印。"文广大喜曰："此子有些胆略，日后或者能干得些事业出来。你去只要谨慎而行，吾观张茂却非良善之辈。"怀玉曰："爹爹何以知之？"文广曰："我之府前是圣旨着落官员人等至此下马。今观此人，才统三军，昂昂得志，自谓不世之奇逢。今过我府门前而不下马者，非欺我家，乃是欺朝廷。岂有欺朝廷之人而非狼心狗行者乎？”怀玉唯唯领诺。

次日五鼓，怀玉辞别父母兄妹，披挂上马，竟到张茂府中访问。张府人说已领兵出城去矣，怀玉即追赶出城而去。既赶到十里长亭，只见众官在长亭上与张茂饯行。有诗为证：

山岳储精胆气豪，旌旗彩色映征袍。
长亭饯别行营处，一剑横溟欲息涛。

却说张茂领兵出了汴京，行至西门十里长亭之上，只见众官遣人来禀曰：“列位老爹在官亭上与老爷饯行，请暂驻征骖。”张茂即命军士暂止官亭路上，乃下马直进亭上，与众官相见。礼毕，各官依爵坐定，传杯弄盏，奉劝张茂之酒。

却说怀玉赶至官亭，只见众军纷纷屯止于道，遂向前问曰：“张丞相在那里？”军士曰：“在前面亭子上饮酒！”怀玉曰：“饮什么酒？”军士曰：“满朝官员与丞相饯行。”怀玉听罢，直到官亭边与护卫军言曰：“替我禀上，外面有一将特来求挂先锋印。”军士喝曰：“你是甚么样人？有甚么本领敢来求先锋印挂。”怀玉曰：“你莫管他，只替禀上就是。”军士不答而啐之。怀玉喝曰：“狗侪！我自去见来，罕希你禀！”军上拦当，一拳一个，打得五花六花，抱头乱窜。怀玉直抢进亭前跪下。张茂问曰：“汝何人也，敢打军士，抢入筵前？”怀玉曰：“某乃杨文广四子，名怀玉也。”张茂曰：“胡说！杨文广昔年化鹤升天去了，那讨儿子？”怀玉曰：“昔因狄太师欲谋害吾父，故吾父化鹤归家，埋名四十余年。昨闻丞相领兵出征，特命来助丞相，望乞收录。”张茂一闻文广还在，恐神宗知之，遣来夺了元帅之印，遂大怒曰：“欺君罔上贼子，该死，该死！诈死三朝不出，即受万刀之诛犹有余辜。待明日奏圣上，先诛此贼，然后出征。”喝令左右，将怀玉绑缚，推出枭首。众官劝曰：“丞相息怒，他既是杨府子弟，必能战斗，不如带往军中，令他出阵，若能擒军斩将，以功赎罪，饶他一死；如不能为，斩之未迟。”张茂曰：“他正恃是杨府子弟，故敢如此逞凶，擅打军士，抢入军围，有犯军令。然又欺藐我等，情实难容，怎生饶得？”众官苦劝曰：“丞相才出兵，先斩本国之人，其兆甚为不美。”张茂遂曰：“看列位大人分上，饶汝之死。”令左右休放，带到行营听用。众官各散。是日天晚，张茂命军士扎寨歇息，来日起行。

却说周王乃神宗亲弟，立朝正直无偏。是日正出西门围猎，见一起人短叹长吁，唧唧哝哝而来。周王命人唤近前来问之。那干人跪下言曰：“杨文广诈死在家，生有一子，勇不可当。今竟到张丞相处求挂先锋印，张丞相大怒，说他不应抢围，有犯军令，喝军士绑缚，推出斩首。”周王听罢大惊，问曰：“斩了没有？”那人曰：“众官苦劝方免了，只恐散去，晚间斩之。”周王令众人起去，心下忖道：“张茂怎能出征，日前我已欲奏圣上别选良将领兵，未得其人。今他正宜招募英雄克敌，缘何有此等勇猛之士，又欲斩之？想必听得文广未死，怕来夺了他的兵权，故先斩此子；明日复奏文广诈死欺君，激怒圣上斩他。此贼必是此意。”乃慌忙策马往官亭来看。时已黄昏，只见数十人绑一后生推出来砍。那后生大叫曰：“你今砍我，我得何罪？”周王骤马向前，喝散军士，令从人解了绑缚，问曰：“汝是谁？张茂因何斩汝？”怀玉一一诉其情由。周王曰：“你乃我家之甥，我若不来，好冤屈也。”于是将从人之马与怀玉乘之，带到府中歇息。

次日，以其事进奏神宗。神宗曰：“杨府之将，人人英勇，历历可考，张卿何不用之，反行诛戮？”周王奏曰：“臣逆料张茂之心，恐陛下知杨文广未丧，宣来代他行军，夺了兵权。故先斩却怀玉，而复来奏文广诈死不出，欺君罔上，激怒陛下斩之。”神宗曰：“恐张茂未必便有是心。”周王曰：“嫉贤妒能，常人之情大抵然也，陛下何以不信？少顷，张茂来奏，此段情节便见之矣。”不提。

文广领兵征李王

却说张茂那晚写了表，次早复转入朝，进奏神宗。神宗不览其表，传旨宣入，问曰："卿昨出兵，今复来奏，却有何事？"张茂曰："杨文广诈死欺君，拟罪应斩。杨怀玉擅打军士，抢入军围，罪亦该死。"神宗曰："文广诈死，虽有欺君之罪，闻朕有难，命子效劳，此志可取！若加重刑，天理人情俱不顺矣。怀玉来求先锋之印，勇敢可取，卿宜录用。彼纵有罪，带到行营，令其出阵，无能立功，斩之未为晚也。"张茂被帝说了一遍，自觉其非，遂跪下奏曰："臣该万死，愿纳还帅印，臣不敢领。"神宗曰："卿受无妨，推辞则甚？"张茂又辞。周王乘机又奏曰："张丞相既再三不领，乞陛下宣文广代之。"神宗允奏，遂降旨宣文广入朝领兵征番。

文广接旨，自绑缚入朝待罪。神宗命释缚，冠带升殿。文广升殿，叩头谢恩，奏曰："蒙陛下不杀之恩，千载难忘。"神宗曰："今新罗国举众犯边甚急，特命贤卿为帅，统兵前去征剿，不知谁可作先锋？"文广曰："臣之子可也。"神宗曰："闻卿昔日征蛮，乃是父子。今日征番，又是父子。正谚所云'临阵无如子父兵'是也。但卿宜用心调遣军兵，无负朕之所命。"文广领旨，遂拜辞神宗，即统兵整顿起行。有诗为证：

气吞胡羯忠悬日，志定山河怒触天。

威制贼徒潜社鼠，心怀王室熄狼烟。

却说文广领了元帅之印，叩首辞帝，是日竟出演武场中点兵。既到演武场中坐定，众将参见。礼毕，乃曰："此去征番，有谁敢挂先锋印？"杨怀玉向前言曰："不肖愿领。"正欲挂之，只见丛人中走出一人，大声叫曰："只有你杨门中人挂得先锋印，偏我外姓人便不能挂耶？"怀玉喝曰："汝名甚，敢来争印？"那人笑曰："小子犹不知老胡名姓？某乃驾上带刀指挥胡富是也。"怀玉曰："指挥不指挥，欲挂此先锋印，须在军前比试。"胡富怒曰："小子敢倚父势欺我！"遂跃马出阵与怀玉斗了十合，被怀玉将红绵套索套倒其马，胡富遂落坠马下。擒下，缚其手足，反绑提在帅字旗下，乃拈弓搭箭，跳上了马，约走百十余步，扭转身来，叫一声"照箭"！众军大惊，意谓射死了胡富。那晓将背后反绑的绳射断。胡富遂爬起，怀玉叫曰："再试何如？"胡富直至武厅，拜见文广，言曰："愿让先锋之印与小将军挂也。"此印张茂先挂胡富，及茂纳还帅印，故并纳之。文广于是令怀玉挂先锋印，胡富为副先锋，公正一郎为掠阵使，唐兴二郎为提调使，彩宝三郎为监粮使。是日分遣已毕，复令三军明早俱要赴无佞府前俟候起行。

次日，文广与众夫人相别，率军望西进发。有诗为证：

白露为霜秋草黄，鸡鸣按剑事戎行。
轰轰鼙鼓雷霆震，烨烨旌旗闪电光。
江汉无波千里静，山河有道万年长。
愧予谬窃三军令，马革毋忘在朔方。

大军不日到了甘州，甘州都指挥使邓海迎接文广入城，坐于公馆。参见毕，文广问曰："西番贼寇今到何处？"邓海答曰："贼势浩大，已打破莫耶关，今至白马关也。"文广又问曰："此去有多少路程？”邓海曰：“只有三百里路途。”言罢，忽一骑飞报曰：“杨顺又下山来劫掠，声言今晚要攻破甘州城也。”文广曰：“此又是何贼来到？”邓海曰：“是静山草寇，内有两人，一名杨顺，一名刘青，为贼之首。聚众八千，常下山来掳掠。官兵捕捉，屡被杀伤，无奈彼何。”怀玉曰：“今在何地劫掠？”那骑军曰：“今在胡村，此去有百里之遥。”怀玉曰：“待儿先擒此贼来献。”文广允之，令其领兵三千，前往胡村擒之。

怀玉领兵，约行六七十里，只见道路之中，大队小队，携男挈女而来。怀玉令军士唤来问之。路人答曰：“静山大王下山劫夺，我们逃走入城避之。”怀玉听罢，催军前进。恰过一山，只见旗帜蔽日，喧嚷震天。怀玉料是贼到，令军士摆开阵脚，放炮呐喊。杨顺见了，亦令放炮，摆开阵脚。怀玉曰：“汝是谁？”杨顺不知是杨家府将，只道是官军，乃曰：“汝尚不知老大王的姓名，杨顺即是某也。”怀玉呵呵笑曰：“好个大王，霎时拿到手来，要你小王也做不成。”杨顺大怒曰：“这小畜生，却好大胆。”挺枪直取怀玉，交马三合，被怀玉擒了，绑回甘州见文广。文广令推出斩之号令。杨顺乞饶草命，愿随将军鞭镫。怀玉告曰：“谅此小寇，为祸不大，杀之无益，且饶他一命，留于帐前听用。”文广遂放之，令其回静山招集余党，前往白马关听候：“今放汝去，若不弃邪归正，仍复为贼，劫掠害民，吾亲提大军擒捉，碎尸万段。”杨顺唯唯而退，忙回静山招集去讫。

公正争先锋印

却说公正一郎见怀玉擒了胡富、杨顺，满营夸道英雄，心甚不忿，乃入帐告父亲曰："四弟为先锋，已擒二将，儿亦愿为先锋擒贼，以立功绩。"文广曰："先锋极是紧要之职，儿有力量为之，老父不胜之喜。但恐汝做不得。"公正曰："爹爹何轻视于儿，若做不得，强来争之何故？"文广遂唤怀玉入，令将先锋印付与公正挂之。

次日，文广率军望白马关进发，忽报前有一彪军到，众视之，乃杨顺也。下马与文广相见，文广令其引军前行。大军到了白马关，文广入公馆坐定。罗练参毕，文广问曰："贼来几日？"罗练曰："已两日矣！"答罢，骑军来报，关前贼寇搦战。文广曰："公正引军三千迎敌。"公正得令，披挂出关，令军士摆阵。公正出马叫曰："番贼是谁为首，早出交战！"那番阵上八臂鬼王向前言曰："谁是贼？都督爷爷不识汝这小子是何人？"公正曰："统兵征西督理军政大元帅之子，先锋杨公正是也。汝小番臣妾之邦，不守本分，侵犯边境，作此悖逆之事！今天兵到来，能悔前失，卸甲归顺，已而，已而，不究往日之恶；设若大惑不解，擒拿归京，漆头为饮，砍肉为醢，痛哉，痛哉！此时悔之何及？"八臂鬼王曰："说甚么不守本分，有德者昌，无德者亡。汝宋往昔还似有些体统，若论今日，好笑，好笑！奸臣满目，贼子盈庭。刚者明矫诏以示威，柔者阴假借以肆恶，满朝谁逆龙鳞，绕殿尽摇狗尾。以此观之，君日骄而臣日谄，国不灭亡者幸矣！"言罢，公正大怒，挺枪直取鬼王。

鬼王与之交战二十合，鬼王败走，公正勒马赶去。鬼王又迎战数合，遂思忖："不如佯败，转过那山，将铁弹打死这厮。"鬼王又败走，转过山隅而去，公正赶上，不防鬼王取弹弓，立于隅头那边，公正一转隅头，鬼王即放铁弹，打中公正右肋。公正负痛，走回本阵，鬼王驱兵冲过阵来。文广急令怀玉出马迎敌。怀玉出阵，斗了二十余合，鬼王败走，怀玉不追。鬼王又战数合，怀玉将鬼王之马刺了一枪，鬼王败走回阵。怀玉亦不追赶，收军回关。

次日，文广曰："汝小子辈，俱不济事，试看老父出关擒之。"于是炮响一声，文广出关，摆开了阵，唤奉国打话。奉国出阵，见文广童颜鹤发，气象凌云，乃暗叹曰："常闻杨郎貌美，今见果然，这般老年犹有如此丰度，当妙龄之际，不知何如俊雅！"遂言曰："将军年已高迈，今远出边疆，一旦不测，灭尽夙昔英名，何愚之甚，而见不及此？"文广曰："忠君报国之丈夫，马革裹尸，肝胆涂地所不辞也，年虽老耄，实不忘此。今汝等叛乱，领兵征剿，正理所在，岂论老少？凡为人臣，求尽其理而已，汝膻羯奴等，何尝知之！"奉国大怒，正欲出马，夏雄进前言曰："不劳都管爷爷出阵，待咱出马擒之。"言罢，骤马直取文广，文广拍马交战三合，被文广将流星锤打中夏雄之脑，脑浆迸出，坠马而死。

奉国见伤了夏雄，挥戈直取文广。文广与战五十余合，不分胜负。文广忽变出十余个文广，围住奉国。奉国大惊，忖道："他亦能此。"遂亦化十余个奉国接战。战了三日三晚，不分胜负。奉国暗想："若不下迷昏阵，怎能勾胜他？"遂口念咒语毕，大喝一声，天昏地暗，日月无光，三军乱窜。文广大惊，即飞上云端，绕阵大叫："军士休动，个个站着，不论彼军我军，近前来者即斩之。"奉国驱军进阵砍之，一起进去，不见出来。又催一起进去，又皆杀了，不见一军回还。奉国曰："今反被他算计我了！想将起来，迷昏于此，不消十日，尽皆饿死，何必令军杀之。”遂收军回寨去讫。

文广在云端飞来飞去，叹曰：“被这孽畜下了迷昏阵。这些军士，怎生救得出去！设若迷了十日，一个个饿死于此。”心下慌慌，左飞右飞，飞到杨顺头上。只听得杨顺自言自语说：“我那山后有一庵，庵前有一井。其庵中有一道人，号太虚，常对我言：‘大王若遇斗战，被人下了迷昏阵，急取此井之水洒之，即解。’我想此阵莫非迷昏阵？得人去那里取水来洒，或者可解。”文广遂飞下言曰：“杨顺休要动手，我文广也。适在云端，听见汝说那里有水可解此阵。”杨顺将原由告之：“但得我去，随即取来。”文广曰：“这不难，汝伏在我身上观看，是那里，我即飞下取之。”杨顺遂伏于文广背上，飘然冲霄飞起。只见半空转了一转，杨顺曰：“这里是矣。”文广遂下取了水，乃曰：“汝仍伏在我背上，到阵汝将水周围洒之。”文广飞回，绕阵而翔，杨顺将水周围洒毕。霎时天清气朗，白日当空，文广乃下，收军入关。众军皆到帐中，叩头言曰：“赖爷爷救活，犹如重生父母。”不在话下。

却说奉国收军查点，折伤二万，言曰：“死者不能复生，但录其名姓，待取了天下，重加封赠。”于是令排筵席，宴赏诸将，作乐饮酒，一连饮了三日，乃遣人看宋阵动静。只见无一军在阵。军人回报奉国，奉国惊曰：“怎么被他解了？”遣细作打探消息，说道往静山取得井水解了。奉国曰：“汝众军切莫妄动，待我坏了此水来。”

遂化作一道士，往静山而去。偶行到一庵前，只见庵门上书着奉国庵三字。奉国曰：“此庵倒与我同名。”乃步进里面，叫声：“师父在否？”只见一道童出来，答曰：“师父适出采药去了。”乃问曰：“仙长何处，贵姓大名？”奉国曰：“吾居终南，别号古虚。”道童曰：“吾师太虚，仙长古虚，太、古虽殊，下并归虚。由此观之，世间万物，何物不虚！见虚见真，得虚之精，其仙长之号乎？”古虚笑曰：“童子知此，道可授矣！”乃问曰：“此庵何名奉国？”道童曰：“奉朝廷敕命建焉。”古虚曰：“你这山中有好井泉否？”道童曰：“前面有一井，其水有些妙用，人被鬼魇，或被人符咒，魂魄昏迷，只将此水一洒即解。”古虚曰：“我偶神思不畅，去吃些来。”遂往井边观看，果是一井好水。有诗为证：

千年孤镜碧，一片远天青。
淡味谙尝饱，昏迷解使醒。

八臂鬼王坏井水

却说道童言此井水能解符咒、鬼魔之事，古虚听罢，打量文广所取，必是此水，遂又问曰："此山只有此井水好，别再无了？"道童曰："别再无有好的。"古虚遂托言："我今日心绪恍惚，想此水亦可治疗，你可指示我去吃此。"道童曰："那前面大松树之下便是。"古虚辞别道童，径到井边。只见澄澄澈底清莹，遂向里面大小便，复以手指画符一道于水上，大喝一声，井水鼎沸黑沉的。遂涌身一跃，飞回本营，下令三军进围白马关。

文广在关上，正议进兵之策，忽报八臂鬼王率兵围关。文广急令怀玉出关迎敌。怀玉得令，引众出关，忽狂风大作，飞沙走石，天地黑暗，仍如前日。怀玉急收军入关，告知文广。文广曰："这鬼头好生可恨，待我飞上云端看之。"

文广看罢，下与诸将言曰："怎了，怎了！他将四门书着绝路符、迷昏咒，但遇兵出，狂风大作，飞沙走石。为今之计，必须遣人进奏朝廷；再修书一封，请得宣娘姊姊与魏化同来，方擒得此贼。"怀玉曰："此关怎出去得？"文广曰："老父只得去来。"众军哭曰："老爹一去，军中无主，倘鬼王一知，这一关军兵，俱作无头鬼矣！"杨顺曰："元帅爷爷，莫若再往静山，取水来解，却不更快于取救兵耶？"文广依言，遂飞到奉国庵前取水。只见其水不似前日清莹，黑沉沉的。文广亦只得取回去洒，但洒得一点在军人身上，立地化为浓血。

文广大惊，只见伤损了几千人。

却说文广原吃了仙丹，其水虽倾在他身上，亦不能化之。文广曰："敢怕是这鬼头知此消息，下了毒药。"怀玉言曰："毕竟是了。爹爹可带儿出关，星夜回汴，取兵来救。"文广曰："汝去了，军前无人接战。"怀玉曰："路途亦要有力量者，方才去得。"胡富进曰："小将愿往。"文广曰："汝肯去甚好。"遂写表并家书，俱付胡富，令其伏于己之背，挺身一跃，飞出白马关外。复将公文一角，与胡富言曰："汝拿此公文，见甘州邓海，讨马星夜进京，速去速来，勿误军情！"言罢，飞进关去了。

胡富走到甘州，见邓海讨了马，竟望汴京而进。不日到了京，往张茂府前而过，忖道："张相昔日以我为先锋，乃是恩人，今日过此，不去参拜，明日知道，不当稳便。"遂下马进府，参拜毕，张茂问曰："边情何如？"胡富曰："杨元帅被鬼王困于白马关，今遣小将回取救兵。"张茂曰："这老贼，他逞有能，今日亦会输阵。"遂问曰："有表章否？"胡富曰："有表章。"张茂曰："有家书否？"胡富思忖，他无故问及家书，必来生甚歹意，不如隐瞒了他，遂答曰："无有家书。"张茂令人搜出书来，乃执于手，谓胡富曰："汝替我干场事，即保奏为护驾大将军。"胡富曰："老爷有何事分付？"张茂曰："吾今将老贼此书隐藏，假写一封，说他降了李高材，着汝回取家属。只说汝忠心报国，不肯反背朝廷，竟将此书进奏。"胡富曰："此事怎生做得，周王好不利害，莫连累我九族皆诛。"张茂大骂曰："忘恩背义之贼！周王能诛九族，偏我不能诛汝九族！"喝令左右，拿下紧紧捆绑，声言要将铜锤寸寸砍为肉泥。

胡富被众人绑得疼痛难禁，叫曰："相公爷爷饶命，小人一一依随。"张茂大喜，令众人解缚，放了胡富。胡富曰："乞相公奏帝之后，若周王加罪，全赖替小人作主。"张茂曰："此乃我之事也，不必细嘱。"与了胡富酒食后，一同入朝进奏，言曰："杨文广被西番国八臂鬼王下了迷昏阵，将文广活捉而去，遂尽投降了李王，今差胡富悄地回取家属。胡富不肯背国，将此事告臣。臣不敢隐，特奏陛下知之。现有家书在此，启龙目观看，便知端的。”神宗展书览罢，大怒曰：“朕有何负于这厮，遂生此意！纵被所擒，亦当死节，若不将他全家诛戮，无以儆戒后人。”遂下命金瓜武士五六百人，前往无佞府中，无问大小男女尽行拿赴法曹，枭首示众。武士领旨去讫。

周王设计套胡富

却说周王闻知拿杨府家属，大惊，慌进御前问曰："圣上何事，将杨门老幼尽行弃市？"神宗曰："卿有所不知，今杨文广如此如此。"复将家书示周王。周王曰："此书何处得之？"神宗曰："文广差胡富回取家眷，胡富不肯反朕，送此书与张茂，张茂适奏与朕知之。"周王曰："此假书也。"神宗曰："卿焉见是假？"周王曰："乞陛下宣得胡富上殿鞫问，便见分晓。"神宗下旨，宣胡富升殿。

胡富升殿，周王问曰："杨文广父子反了？"胡富吓得战战兢兢，顺着周王之言曰："反了。"周王又曰："是真反了？"胡富亦曰："是真反了。"周王笑曰："陛下看此言话，就是假了。"张茂见周王在殿上盘诘胡富，恐事漏泄，慌忙升殿奏曰："边报西贼侵寇甚急，乞陛下再选良将，领兵征之。"周王曰："何人来报？边情恁急？"张茂曰："殿下还不知，杨文广已被擒拿，现有胡富在此可证。"周王指胡富言曰："你好好从直说来。"胡富遂目视张茂，张茂亦以目送意，胡富遂曰杨家父子如此如此。周王曰："吾不信也，岂有战败，杨家父子反了，却无一卒逃回汴京来说其事。"张茂曰："全军皆被迷昏，尽皆降了。"言罢，忽侍臣奏道："拿得杨府全家，俱在午门，听旨发落。"周王听见奏罢，厉声言曰："你二人休挟前仇，干送了人命，冤枉难当，天眼恢恢，疏而不漏。"遂跪下奏曰："陛下要作主意，此非小可关系。倘杨文广等不曾投降，陛下将他家属斩了，消息传到边关，必激变杨家父子，江山能保不危乎？”神宗曰：“此事卿言何以处之？”周王曰：“依臣之见，权将杨家老幼赦放回府，待臣将胡富带归，鞫问一番。再不认时，星夜遣人往白马关探访。果是文广反了，那时再拿家眷斩之。且彼家属乃笼中之鸟，擒捉有何难哉？”神宗曰：“依卿所奏。”遂下命，将杨家老小放了。

周王乃带胡富回到府中，坐定，唤过胡富言曰：“汝从实招来，免受刑具，不然打死方休。”胡富不认，周王喝令左右，重责二十。胡富那里肯认，周王发下监禁于狱，复生一计，唤过狱官来说：“少顷，你要如此如此而行。”

是日将夜黑，胡富在狱中，只见三三两两言曰：“冤哉！”胡富问曰：“是甚么事？”众人曰：“就是杨府的事。汝才入狱，忽有一人言：他在白马关回来，杨家父子降了鬼王，鬼王率兵攻打甘州甚急。张茂手下听得，捉见张茂，张茂丞相拿去奏知天子，天子大怒，骂周王为党恶之贼，吓得周王不敢复保杨家。此事不知真假何如。张茂奏帝，速拿杨府家眷弃市，以彰反背朝廷之罪。帝下命，须臾时拿到法场砍了。张丞相又奏帝释放你们，帝允奏，只是周王要缚你去法场。过了这晚，明日才放。”言罢，门外人报，张丞相差人到来。狱官慌接进那人，那人问曰：“胡将军何在？”狱官曰：“在重监。”那人曰：“我张爷奏过朝廷放他，你如何又放在重监？”狱官曰：“小官不知，周王遣人分付送重监。”那人曰：“你去请胡将军出来，我有句话与他说。”狱官忙开门，放出胡富。那人曰：“你众人且回避。”狱官诺诺连声退去。

那人低声附胡富耳畔言曰：“丞相多拜上将军，他奏过圣上放你，但周王又对丞相说，要缚你去法场，过这一晚，明日才放。丞相问曰：‘这是怎么？’周王曰：‘祸根是他起的。’丞相因他是金枝玉叶，遂允诺了。丞相为此，遣我来对将军说，周王今晚复来拷打，坚意莫认。你罪帝已释放，周王亦不敢重刑拷打。丞相又说，若去法场，如有鬼来，只说明日丞相大做斋事超度。将军小心，苦也只有这一晚，明日即受快乐。”胡富曰：“多谢丞相周庇。”那人辞别去了。

却说周王先遣人抬得四五十副棺木放于法场，去了棺盖令人卧于内，待胡富到来，装作鬼叫，与他讨命。又令将猪血倾于法场，待胡富来，只说是人血。分调已完，周王即遣人下狱，缚胡富到于法场。差人提起灯亮，照与胡富看，乃言曰：“斩得好苦，这都是血！”胡富见许多棺木，问曰：“许多棺木在此做甚？”差人曰：“周王送来，叫砍一个将棺木盛一个，莫抛散了尸。恐怕文广未降，回来亦好说话。”言罢，将胡富反绑于木柱上。差人曰：“你做下昧心事，请在此受苦，我顾不得了。”遂提亮子回去。

夜至三更，这边棺木内叫苦，那边棺木里叫苦，中有一棺木内，滑喇爬将起来，言曰：“胡富你这贼，我家又不曾反，只遣你回来取救兵，缘何起此歹意，陷死我一家性命！你好好还我命便了！”胡富曰：“非干我事，都是张丞相叫我这等做，我坚执不肯，他叫起家丁，紧紧绑缚，要将铜锤打死我们。如今虽屈杀了你一门，张丞相说明日大做斋事，超度你们。”言罢，那鬼乃叫：“宣姑娘、鲍奶奶，大家近前，活撚死此贼。”忽然三四副棺木内俱爬起来，吓得胡富高声喊叫：“鬼来！鬼来！”

附近居民慌忙起来问曰：“你喊甚么？”胡富曰：“许多的鬼来，不是老哥出来，生生提了我魂也。”中一人曰：“平生不作皱眉事，半夜神号心不惊。你不屈陷了杨家府人，不是冤家对手，他就不来寻你。何怕他鬼来？”胡富只道居民，不晓是周王密藏的人。胡富恨不得与他说话到天明，乃曰：“老哥，你慢慢听我说，这场冤屈，非干我事。”那人曰：“如何不干你事？且杨家父子皆是智谋之人，怎么俱被鬼王捉了？”胡富遂将取救兵、张茂谋害的事，备细说一遍。周王从中出来，言曰：“我的儿，你早说出来，也不受许多苦楚。”遂放了绑缚，带回府中去讫。

十二寡妇征西

却说周王既套出了胡富情实，次日直到无佞府中，说知其事。众夫人俱出，拜谢活命之恩。周王曰："杨元帅受困白马关，甚是危急，我今早即欲进奏圣上，发兵去救。但想起八臂鬼王能变化，满朝却无那般神人能去抵敌。我所以先来与众夫人商议，昔日尊府出好女将，或者今日还有。夫人说来，我即进奏圣上，敕令领兵前去解围。"众夫人对曰："日前闻得反情事，已遣魏化去看虚实，殿下少坐一会，想必今日来到。适劳究及女将，府中虽有几个女子，未尝临阵出征，怕去不得。少顷究问，即来复命。"不题。

却说杨文广因胡富回京，日久无音，闷闷不悦。刘青禀曰："小将愿变狗，走出放火，烧贼粮草，回取兵来解围。"文广允之。刘青摇身一变，变成一个黑狗，摇头摆尾，走出贼围，西贼尽皆不知。刘青走到番人粮草之处，激石取火，烧贼粮草，火焰涨天。文广等皆上城瞭望，知刘青出贼围矣。

刘青既烧了粮草，星夜回到无佞府中，只见周王与众夫人在议军情，直向前禀曰："小将刘青是也，因杨元帅等陷于白马关，今特回取救兵。"言毕，忽魏化飞止于庭。周王惊曰："缘何从天而降？"众夫人笑曰："殿下还不知，即昔年化鸦升天，魏化是也。"周王嗟叹不已，乃问曰："边情何如？"魏化曰："杨元帅受困白马关，望朝廷救兵不啻婴儿之待哺也。"周王曰："我进奏圣上，着落一人监军，汝府中拣选一人统军，事不可迟。”

周王辞别，将勘问胡富与魏化往白马关探问等情，一一奏知神宗。神宗大怒，贬胡富辽东口外军，罢张茂为庶人。周王又奏曰：“杨元帅受困日久，乞陛下急遣将救之。”神宗曰：“谁可领兵前去？”周王曰：“殿前检点孙立可为监军，统军正帅还于杨府选拣一人为之。”神宗允奏。遂下命孙立为监军，引军五万，前往白马关救护。不题。

却说周王既去，众夫人唤过一门妇女言曰：“老爹陷在白马关，谁领兵去救？”杜氏夫人所生一女，名满堂春，向前言曰：“妾愿领兵救之。”宣娘在傍言曰：“你有甚本领敢去解围？”满堂春曰：“凭妾手段便了，姑姑缘何相欺？”宣娘曰：“昔日你爹陷于柳州，阿姑只汝年纪，去救了来。我只怕你幼小，去救不得。”满堂春曰：“侄女儿去得，姑娘不必过虑。”宣娘曰：“好大话，姑虽年老，你拈枪来，试与比较一路，看是如何？”满堂春欣然拈枪，直到后花园中，跨上雕鞍，俟候宣娘。宣娘徐后到了，两马相交数合，不分胜负。宣娘停枪，教之曰：“汝枪法亦好，但雪花枪照眼一路甚生。此只能拒人，而不能擒人。若一熟之，则能擒人矣。”满堂春曰：“蒙姑娘教诲了。”宣娘曰：“再试一阵。”满堂春曰：“见教甚好。”宣娘又与交马数合，念动咒语，霎时间，天昏地黑，飞上半空。满堂春亦飞入云端，大喝一声，日复光明。宣娘乃下，站于庭中，满堂春亦随飞止于庭。宣娘连叫几声：“去得！去得！”

时穆夫人已死，魏老夫人还在，宣娘遂请出魏太太来言曰：“今朝廷听信谗言，不肯矜恤我家，动辄全家抄斩，亦不须领朝廷之兵。我今聚集家兵与满堂春、邹夫人、孟四嫂、董夫人、周氏女、杨秋菊、耿氏女、马夫人、白夫人、刘八姐、殷九娘、魏化、刘青等，去救兄弟而来。”此十二女俱寡妇也。魏太太曰：“这等极好。”于是查点家兵，二千有余。宣娘乃号令诸军，放炮一声，径望白马关进发。

忽周王引军到来，在马上叫曰："那位娘子出兵，怎不入朝领兵前去？"宣娘亦在马上欠身施礼曰："戎衣在身，不得下马施礼，乞殿下恕妾死罪。今主上听信谗言，昨将满门绑缚入朝，何等羞辱，尚有甚面目入朝领兵？以此领吾家兵去砍贼围便了。"周王曰："臣之事君，尽其道而已矣，小忿何可计也。今我奏过圣上，命孙立为监军，汝等一人为正统军，领军五万前去救应。今我引孙立与众军来此，会同起行。"宣娘曰："荷殿下盛情盛德，日后全家当效犬马之报。既孙将军同行，惟听妾之号令，不然难以克敌。"孙立曰："愿听军令。"宣娘须揖周王，回马遂催军前行。有诗为证：

十二孀人出事戎，腰悬龙剑识雌雄。
风云入阵惊神鬼，关塞臊尘一扫空。

不数日，宣娘引军到了甘州。

却说张奉国困了文广，一月将来，不见大宋发兵来救，遂奏李王天子曰："今文广困陷白马，料不能出，乞陛下遣一人领兵攻打甘州。甘州一得，宋之咽喉破矣。从此至汴，无有坚劲关隘，汴京唾手可得。既得汴京，文广孤军在此，即不饿死，而得其生，亦无能为也。"李王见奏，大喜曰："卿言命何人引军前去？"张奉国曰："臣妻管氏可以领兵前去。"李王乃命管三娘领军二万，前去攻打甘州。

管三娘领旨，引军竟望甘州进发。正行之间，前军回报，宋发一彪军马来到。管三娘闻说，遂令军士摆开阵势。宣娘亦令军士摆开阵脚，着满堂春出阵。满堂春得令，骤马向前问曰："来者何人？"管三娘曰："我乃新罗国部都管张行营之妻管三娘是也。"言罢，问曰："汝是谁？"满堂春曰："我乃大宋征番杨元帅之女，满堂春是也。"管三娘曰："汝父今作饿鬼，何尚不知事体，而又敢兴兵抗师？只恐少时交战拿到手来，可惜青春幼女作一无头之鬼。"满堂春大怒，挺枪直取管三娘。三娘亦拍马舞刀迎敌，斗了五十合，不分胜负。三娘便飞刀来砍满堂春，满堂春拈弓搭箭，射落其刀。乃复拈箭抠弦射三娘，三娘飞刀砍断其箭。满堂春曰："此泼妇手段亦好！"遂口念咒语，霎时黑暗无光，军士乱窜，其阵大败。满堂春见军士溃乱，乃向上大喝一声，朗然日出。挺枪直取三娘，三娘惧怯，拨回马走。忽面前又一满堂春，惊得三娘措手不及，被满堂春一枪刺于马下。满堂春跳下马来，枭了首级，提见宣娘。宣娘曰："此是汝之头功。"遂催军前进，离白马关十里下寨。

次日，宣娘升帐，唤过魏化曰："汝入城去，报知吾弟，传令明日出兵交战，军士头上皆用黄布裹之。整顿齐备，令四门擂鼓呐喊，十次之后，但听云霄角响三声，四门大开，一涌杀出。勿得有误，速去速来！"魏化得令，飞入城去，止于帐前。只见文广撚须吟诗，有诗为证：

威镇边关独擅名，激扬荆楚鬼神惊。
遥思白璧还朝重，谁为黄金博带横？
月照罗浮炎瘴灭，风行海岛蜃烟清。
家山咫尺人千里，翘翘依依望岭云。

文广吟诗，只见魏化飞下帐前，言曰："元帅居险地而犹然吟咏行乐，人情乎？"文广曰："身虽居于危险之中，吾心游于危险之外，所以不为客遇挫动，而乐亦在其中矣。此等情境，亦惟我能处之，在他人不胜其忧。"继而复问曰："今是谁人领兵，前来救应。"魏化曰："宣娘总督三军而来，今已屯兵于关外，特遣小将报知元帅：明日出兵，如此如此而行。小将仍要出去，领兵接战。"魏化辞别，飞出城去了。文广一一依着宣娘传示，号令三军。

却说宣娘着魏化入城去后，遂涌身飞上云端，观看鬼王下了甚么毒阵。周围看罢，叹曰："此鬼头利害，下了绝路符，若非我来，怎生破得此阵？"乃抽身飞到普陀山紫竹林中观音大仙座前，拿起净瓶噙水一口，复飞转白马关，周围喷毕；又吹气一口下去，然后下寨歇息。

次日，宣娘升帐，下令军士，俱用黄布裹头。复唤满堂春、邹三夫人、孟四嫂曰："汝等领兵五千，杀入东门。"又唤过董夫人、周氏女、马夫人、孙立等领兵五千，杀入北门。又令魏化、杨秋菊、耿氏女、白夫人等领兵五千，杀入南门。又令刘八姐、殷九娘、刘青等杀入西门。四门不可乱杀进去，但听云霄三声角响，一齐杀进，不许退后。满堂春等各领兵整顿听候。宣娘分拨已定，飞身直上云端，只见城里城外军士纷纷裹了头，只听角响接战。城里已擂鼓呐喊十次毕，宣娘乃吹气一口，化一道清风下去。城里城外军士皆觉得头上紧扎扎的，像似带了皮帽一般，人人又自觉得力气添加。有诗为证：

三军裹布化作虎，西贼一见惊无措。
纵使鬼王能为妖，难逃炉中煅炼苦。

却说宣娘在云端，吹了一口气下去，遂吹角三声。城里军士听闻，大开四门，一齐杀出。城外军士听见，一齐望四门杀进。八臂鬼王驱军迎敌，番军俱看见城中出来的、城外进来的，都是黄斑猛虎，咆哮而来，遂皆抛了枪刀，各自逃生。被宋兵踏死，不胜其数。宣娘催动大军，直赶至莫耶关。八臂鬼王走进关，令四门多设弓弩，射往宋人。复查点军士，伤损五万。又一卒禀道："管夫人被满堂春斩了。"奉国大恸曰："不斩阿奴，誓不为人！"不题。

却说文广赶到莫耶关，只见四门紧闭，弓弩厉害。遂下令收军，退回十里平旷之处扎寨。宣娘、满堂春等接见文广、公正等，大哭一场。宣娘曰："俺一家非周王力救，杀戮无遗类矣。"

宣娘定计擒奉国

文广下了寨，宣娘入帐，与之言曰："贤弟遣胡富回取救兵，那厮往张茂府前而过，入去参他，被他如此如此，以害我家。神宗听信拿问，后得周王如此如此套出胡富情由，遂免了一家死罪。"怀玉曰："朝廷听信谗言，如此相待我家，今我等劳心焦思，出力战斗，又有何益？莫若纳还此印，携揭满家，直上太行山，作一散诞闲人，不受牢笼，岂不妙哉！"文广曰："不可。吾家世代忠贞，勿至于我身作此不义之事，玷辱家门。"宣娘曰："八臂鬼王再举兵来，毒恶犹甚，必定计擒之。"魏化问曰："日昨令城里军士擂鼓呐喊十次，又令头裹黄布，此果何故？"宣娘曰："那八臂鬼王能吐毒气害人，彼闻军士擂鼓呐喊，只道出战，必放毒气出来。待吐十次之后，毒气渐衰。又令军士头裹黄布，化为黄斑猛虎，所以角响军出，毒气不能伤害。番军见是猛虎，尽皆抛戈弃鼓逃走，吾军遂大获胜。"魏化等叹服，乃曰："此真仙降临凡地，故神机妙策如此。"

宣娘说罢，文广问曰："姊姊说要用计擒之，今果有何策，可以胜之？"宣娘遂遣数十轻骑，竟回甘州，取纸百箱前来军中听用。轻骑得令，如飞而去。

不一日，取纸来到。宣娘口念咒语，以指向纸上画符一道毕，呵气一口，令军士各拿一张带于身上，但逢鬼王来下迷昏阵，将纸一招，日复光明。若遇飞沙走石，亦将纸一摇，沙石自然飞打转去。若遇大水，即将纸铺于水面，两脚踏在纸上，自然浮起。众军领讫。

宣娘唤过怀玉，将纸人纸马、两片竹板约长三尺付之曰："汝明日将此竹片，一只脚下缚一片，涌身飞起，站于西方云端。若见鬼王到来，急将纸人纸马抛去，自能交战。彼见了，必走南方，汝不必追赶，即下地，引孙立、公正、邹三夫人等，催动大军，杀入莫耶关，去擒李王天子。"怀玉得令。又谓文广曰："贤弟你明日飞在南方云端站着，待鬼王走到，即变化百十余人交战。彼走东方，急蹑后追之。"又令魏化："站立东方云端，鬼王来到，亦化百十余人交战，彼败走北方，亦徐后追之。"又令满堂春："站立北方云头，鬼王一到，亦化百十余人迎敌。彼见四方有兵，无处逃走，必变为物，汝等听我叫汝等化做甚物，一齐拿他。"分拨已定，众人领计讫。

却说八臂鬼王因满堂春斩了其妻，不胜愤激，乃奏李王曰："今番必下毒手，杀得他寸草不留，臣恨方消。"李王曰："卿宜仔细，来将亦好利害。"鬼王曰："无妨于事。"遂出帐号令诸军，亦往关外平旷之地，与宋对垒，结下营寨。鬼王升帐，号令军士，仍各将白布二尺做成小旗一面，立地就要拿到帐前听用。又令军士抬过大水缸一口，放于帐前，满满注水。鬼王走向缸边，念咒画符毕，令军士个个将小旗在缸边拖过。俱皆拖完，又令人人在缸内洗其脚手。三军洗毕，鬼王言曰："汝等洗了脚手，若在水面，自能飞走。少顷出阵，汝等但将小旗一摇，白水滔天漫去，宋兵被水淹溺，汝等向前砍之。"分调已毕，令军放炮出阵。宋营亦放炮出兵。

两军既会，番军人人将小旗摇之，只见平白水涌浪高。宋兵见之大惊，急将纸铺于水面，脚踹其上，尽将浮起，与番兵迎敌。鬼王只道将宋兵尽皆杀了，出水来看，只见宋兵浮于水上交战，乃叹曰："不期今日遇敌手也。"宣娘忽见水起，言曰："幸我预备之蚤，不然全军皆没。"须臾，水深十数丈，弥漫不止。

宣娘遂飞上云端看之，只见鬼王走出一看，复入水去，其水又涨一尺，如此者数次。宣娘思忖："其中必起得有水海，待我化苍蝇，候他出来，伏在背上，进去看之。"酌量已定，鬼王忽又出来，宣娘化作苍蝇，喁的一声飞在鬼王背上，随着入水而去。只见鬼王向缸边念咒毕，复出水来。宣娘一入即飞在缸上，俟鬼王一出，急抽出犀角柄的金刀，将缸砍得粉碎，潮头便消了。鬼王大惊，复入来看，恰遇宣娘。大喝曰："鬼贼休走！"鬼王未曾准备，慌忙斗了数合，见势不敌，乃心下思忖："不如走回西番再作区处。"遂涌身一跃冲天而去，径望西方而走。恰遇怀玉在云端站着，叫声："鬼贼你来了。"即将纸人纸马抛去。鬼王大惊，只见天兵大队小队下来。鬼王欲待走下，宣娘后面赶来；直望南方而走，又遇文广大喝曰："休走！"直奔东方，又遇魏化拦阻；遂走北方，又遇满堂春大喝："鬼贼休走！"鬼王思忖："这妮子，四方布了军兵，如何走得脱？若不变化，定遭其擒。"遂变一蛇，直窜入水。宣娘大叫曰："鬼贼变成一蟒入水，我你具化为鹰掠于水面，待他出水啄其脑壳。"鬼王在水伏了一会，不见来赶，意忖宣娘不知道了，浮出水面来看。才出头来，被文广一捡，鲜血迸流，疼痛得慌，却在水面滚了一滚。宣娘捡一口，魏化捡一口，满堂春捡一口。复沉溺于水，忖道变蛇不好，不如变做木头，他便不觉，且又不怕他们捡了。

宣娘等候了多时，不见出来。魏化曰："敢怕死了。"忽见前面一只小艇，宣娘曰："儿的不是！"满堂春曰："那里是他？"宣娘曰："你说不是，待我解下衣带，化条铁链，来锁了他。"正拿向前去锁，鬼王听见链响，摇拽一声，化作一只鹁鸽，冲天而去。宣娘曰："不下天罗地网，怎能勾得捉此贼。"遂脱下征衣，向上一撒，复脱下征裙，向下一撒。那鬼王直冲九天上去，不见来赶，暗忖道："这番被我走了。"复再飞上去些，只见上面有网，慌忙飞下。又见下面有网，大叫几声："罢了我！罢了我！"宣娘将收网咒念动，鬼王见四面网罗渐渐收敛，暗暗叫苦。宣娘遂将鬼王捉倒，叫他现出真身。鬼王那里肯现，只是声声叫“姑姑”。满堂春怒曰：“你叫姑姑就放你不成？”遂将他身上毛揪得干干净净。文广曰：“汝现出真身，饶汝残生。”鬼王不肯现出。魏化向前，将剑砍去两膀子，还不肯现。宣娘曰：“太上老君曾将缚鬼绦一条与我，待我把来缚了他一双脚，带回白马关，倒吊起来，不愁他不现出真身。”于是宣娘将鬼王缚了，回至白马关。

文广升帐，坐定，只见怀玉推转李王跪于帐前。文广令手下将鹁鸽倒吊于秤竿之上，令军士以荆条笞之。鬼王忍痛不过，叫声：“罢了，不消打，待我现出真身。”只见头有两角，眼睛突出，身长二丈，砍去二臂还有六臂，军士见了皆惊。文广请宣娘向前绑来，与李王同斩。文广断李王曰：“你在新罗独称国王，何等快活！虽年年来贡，不过一次。我宋未尝苛刻苦索于汝，汝何妄生事端，侵犯边境？致被擒捉，国破家亡，竟有何益？”魏化曰：“他当日动兵之时，思想一统中原，心怀甚大；知有今日，彼亦静守巢穴，肯如此乎？”文广曰：“昔日想为天子总揽乾纲，愿望如是高大！不期今日，求为匹夫生游于世，亦不可得！”遂喝军士，推出斩之。李王大声告曰：“乞丞相饶草命，效昔日放五国国王所为，愿世世生生犬马相报。”八臂鬼王曰：“大丈夫视死如归，哀求其生何为？”言罢，文广曰：“为恶不同，施刑亦异。五国不过助恶，汝则亲为不善，难以释放。吾初心本欲解赴阙下，待天子亲枭汝头，传递四夷。但汝是个反相之人；八臂鬼王能为妖术，变化不一，恐少提防，伤损军民，今只得斩之，传首进京也罢！”有诗为证：

> 大枭西贼首，传递示不宾。
> 宇宙重开拓，掀天事业新。

宣娘烧炼鬼王

文广要将李王、鬼王一齐砍首，宣娘曰：“李王砍之容易，鬼王却有些难，彼能返魂七次。”文广曰：“姊姊何由知之？”宣娘曰：“贤弟说这孽障是什么妖怪？他乃弱水上岩一蟹精也。蓬莱山在弱水中间，鬼王尝变做道童，上蓬莱山窥视，欲盗八仙所炼天仙丹头，无有其由。忽一日，王母开寿筵，群仙俱往庆贺。鬼王听得此消息，遂化作拐李走进仙洞去。仙童不识，问道：‘师父缘何独自回来？’鬼王托言曰：‘王母在筵中，问我众仙在蓬莱山干何事。我等曰：“炼天仙丹头。”王母曰：“你八仙每送我一颗何如？”我等诺之。今特回来取丹，你快拿日前天仙丹头出来，我取八颗，送去上寿。’仙童遂取出来，鬼王取了八颗，出洞跑回岩中去了。将丹吞吃七颗，留下一颗。鬼王去不多时，八仙即回来了，仙童迎而谓曰：‘拐李仙师才去就回，想那寿酒不曾得酣饮矣。’拐李惊曰：‘我与众仙，一同饮之，何有此说？’仙童曰：‘仙师才回，说王母要丹，唤小徒取天仙丹头出来，拿去八颗，故所以有此问也。’拐李曰：‘不消说，我知道了，是那弱水蟹精拐去了。他每每化作道童，来此窥视。我几次举剑砍之，被他逃入弱水而去。此亦无甚紧要，我故不曾计较于彼。今日赶我等去赴蟠桃会，故又化作我身，进洞来骗去仙丹。今想起来，彼谓弱水一毛难载，深藏于内，众仙入来不得，无奈其何。我今要捉此孽畜。’遂抛下数十个火葫芦于弱水中烧之，霎时间水干数丈。

“巡潮使者见了大惊，急奏弱水龙王。龙王闻奏，惊慌无措，忙差夜叉出问：‘天仙爷爷，因何烧我居宅？’夜叉领旨，出问拐李。拐李答曰：‘你主不严设法度，容纵蟹奴来拐我仙丹，故此烧干捉之。’夜叉闻说，复入龙宫，奏知龙王，龙王曰：‘汝去拜伏拐李天仙，乞将火葫芦收了，随即拘提上岩、中岩、下岩众蟹来到。鞫出是那个拐了仙丹，锁解送上洞来待罪。’夜叉奔忙出宫，依着龙王之言，启上拐李，拐李遂将火葫芦收了。

“龙王见拐李收了葫芦，即差捕蟹使者三十名，前往三岩，拘提蟹头。捕蟹使者领令，不一时，尽将三岩头目拿到龙宫。上岩蟹王名方用，中岩蟹王名方立，下岩蟹王名方美。龙王坐殿，蟹使将三岩蟹王推于阶下。三个蟹王齐曰：‘主上拘提臣等，不知为着甚事？’龙王曰：‘是汝等那一岩蟹奴，去拐了天仙之丹，惹得他将火葫芦来烧吾居宅。汝等好好招认出来，送去还他，再遣巡使送些礼物上去领罪。’方立、方美应声曰：‘拐了天仙之丹，乃上岩方用之幼子也。’方用曰：‘二弟何以知是吾之幼子？’方立曰：‘哥王不知，你那方狗极恶，常恃他有力，残虐在下之人。日昨有一跟随他的，被他凌辱，声言要打死他。那奴逃走在弟之岩，说他三公子拐得天仙丹头，已吞食七颗，还有一颗在身，如今神通广大，变化无穷。’龙王遂骂方用曰：‘你缘何箝束不严，纵子为恶，做下此等大祸？’方用惊恐，连声说道：‘臣该万死！臣该万死！委系不知，待臣回岩，解来听罪。’龙王曰：‘快拿来，送上蓬莱，免他又来缠害！’方用诺诺连声，龙王遂将三岩蟹王放了。

“方用奔忙回到岩中，问左右曰：‘方狗何在？’左右曰：‘今在后街耍拳。’方用令左右快叫回来。左右即去唤得回来，方用喝曰：‘不成器的畜生。这等胆大，去惹天仙，来败国亡家。’遂令左右将方狗绑缚，解送龙宫。

“左右解见龙王，龙王骂曰：‘这贼子，好无知识，图汝一身之益，而惹人来破朕之国。’言罢，令巡海大使将大枷枷起，候解蓬莱。龙王又曰：‘朕再入龙库，取两件宝物，送与天仙陪情。’龙王进去。方狗吃了仙丹，变化不测，遂将枷来龙宫柱上一撞，大响一声，河翻海沸，遂不见了。

“巡海大使急奏龙王，龙王顿足捶胸叫苦。巡海大使奏曰：‘方狗走了，一时难捉，莫若且修书，恳求宽限几时，拿获解来。今将礼物，待臣赍去领罪。’龙王遂将珍珠网衫八件、起死回生珠一颗，竟差巡海大使赍去，献上八仙。巡使领命，送上蓬莱，叩头领罪。拐李接书看之，说方狗走了，乃开慧眼一瞧，见在西夏国，遂对巡使言曰：‘汝主小心致恭我等，我等不加其罪。今送来礼物，起死回生珠，鉴其诚意领之，余者返璧。今方狗走入西夏国去了，吾自往擒之，不必汝主拘拿。汝归拜伏。’言罢，巡使诺诺应声，叩谢而去。拐李与众仙曰：‘吾去擒来烹之！’钟离曰：‘不必去，孳畜劫数未满，亦下民有灾，十万性命应该死于他手。’拐李曰：‘虽是如此，只可惜坏了八颗仙丹。’众仙曰：‘八颗仙丹结果了他性命，彼得甚便宜在那里？’拐李遂未去拿之。”

文广曰：“是谁告知姊姊？”宣娘曰：“我师万寿娘娘，前月闻拐李等于王母寿筵道及此事。大家笑说：‘仙家亦有人拐，可见世风偷矣。’前日领兵来时，我去问他晓得这鬼头是甚么妖怪，我师遂一一语其始终。”言罢，复问鬼王曰：“方狗奴，你说是不是？”鬼王低头，嘿嘿无言答应。文广曰：“今将何以处之，才断送得他性命？”宣娘曰：“太上老君，我师之舅，待我去老君处借得铁钳、铁罩、真火等件，来炼出他七颗仙丹，然后结果得他。”文广曰：“原他拐得八颗，今何只有七颗？”宣娘曰：“日前风雨沙石大水，皆是此颗丹头变化来的，今已花废尽矣。”言罢，复曰：“贤弟少待片时，我去老君处借得那些物件就来。”文广曰：“老君在何处居住？”宣娘曰：“我不说，兄弟是不知之。老君在九天太清宫中居住。”言罢，朗然飞去。

约有两个时候，遂转回来。文广曰："借得物件来否？"宣娘曰："借来了，他说还要他打的太乙炉，才炼得出来。"文广曰："那里去讨此炉？"宣娘曰："老君说他赠我一个太乙炉，着人送来。"文广曰："此炉炼了人，尚好炼丹？"宣娘曰："说赠我矣，岂又要还？"言未罢，两个金甲天将，三四丈长，抬得一炉，放于帐前。三军见之，大惊，皆曰："世上有此长大之人！"宣娘喝曰："休得要大惊小怪！"乃令军士把鬼王绑缚，放于炉中，将铁罩罩倒。

宣娘绕炉行走，画符念咒毕，又令军士将石头垛起，盖倒其炉。宣娘向袖中取出真火，四围烧之，口念咒语。只见四围石头，烧得火焰腾腾。一连熬了九日，才见鬼王口角溜出一颗，宣娘即将老君铁钳钳出。后又着了五十四日，才熬出六颗丹来。按《仙谱记》云：真火只炼得仙丹出来，非若凡火一样，能烧坏物件、焚毁人尸骨也。毕，宣娘曰："众军士将石搬了，今既钳出七颗丹来，彼不能变化矣。汝等拿出来枭首。"众军士拥出寨外，与李王一齐斩了。只见鬼王尸首是只大蟹。有诗为证：

沉没斜阳里，优游乱碛汀。
千秋完甲胄，岂受莫耶刑？

却说军士砍了李王、鬼王，报与文广知道，说："八臂鬼王是个螃蟹。"文广曰："此孽畜拐了天仙之丹，变化成人，害了许多生灵，怨气冲天，故今日受此磨剉。"言罢，于是下令三军整备班师回京。复留邓海、杨顺镇守白马、莫邪关。邓海等得令，修筑莫耶城郭去讫。

次日，文广令三军路途不许搔扰良民，一声炮响，大军离了白马关，竟望汴京而回。不数日，到了京。文广入朝奏道："枭了李王、张奉国首级，今在皇城之外，未敢擅入。乞陛下敕令，传示四夷，以儆将来。”群臣皆进平定西番贺表，神宗大喜。下令传递二颗首级，遍示天下。遂封文广为宁国公，宣娘为代国夫人，满堂春等十一女将俱封为骠骑将军。魏化为护国大将军，守西侯。封公正一郎为定西伯，唐兴为镇西伯，彩保为抚夷伯，怀玉为无敌大将军、平远侯，孙立为殿前招讨都指挥使，刘青为检校大将军，邓海为莫耶指挥使，杨顺为白马指挥使。其余文武，各升有差。召文广升殿，帝慰劳之，赐玉带一条，黄金百斤。是日设宴，犒劳征西将佐，君臣尽欢而散。有诗为证：

明良昌运洗胡尘，杨府英贤属帝臣。
吊伐奉天元不杀，至今麟趾适振振。

次日，文广入朝谢宴。既出，竟往周王府中拜谢，辞别回府。周王亦往无佞府中庆贺，文广于是令家人治酒，款待周王，曲尽情怀。饮酒到半酣，论及张茂，周王曰：“此贼子，圣上甚是宠爱，今日又被他夤缘，复了相位。”文广曰：“法贵公也。不齐者，以法齐之。其法不公，刑及无辜，而不施于滥恶，国事日非，邦家渐渐危矣。”周王曰：“老国公金玉论也，其奈朝廷昏暗何？”是日，周王开怀畅饮，直至漏下三更，方辞回府去讫。

怀玉举家上太行

次日，文广升厅，坐定。四子一齐跪下，禀曰："告爹爹得知，可恨张茂排陷吾家，今夜儿等要把他家满门老幼尽行诛之！"文广喝曰："方受皇恩荣耀，满朝莫敌，若干此等事，王法无情，岂相饶乎？那时莫说恩荣，免死亦难，决不可为！"公正等诺诺而退。怀玉曰："三位哥哥在上，此事只宜暗暗行之，莫使爹爹知道。"于是商议已定。

直至元丰二年端阳之夜，怀玉等将黑搽脸，扮作强人，打入张茂府去，将家属尽皆杀之，止走了范夫人。范夫人次日进奏神宗，神宗大惊，命殿前检点下之勇满城搜拿。捕捉十日，不见些儿形迹。范夫人复奏神宗，神宗问群臣："今捕拿了贼人否？"群臣奏曰："不见下落。"神宗曰："国之大臣被人杀死，访拿不出，岂可置之不问而遂已乎？如此，即是没了王法，安用朕为！"乃大怒，命钦天监官夜观天象，着凶星落于何处。又命武士四门严捕。

是夜，钦天监官刘江上司天台仰观天象，看见大惊，星夜径到杨府叫门。守门者问曰："汝是谁？"刘江曰："代禀国公，钦天监官有机密事来禀。"却说怀玉干了此事，亦提防朝廷捕缉，乃出宿于府门廊下。听见外面叩门，遂起来看之，正撞遇守门人进禀。怀玉曰："禀什么事？"守门者曰："钦天监官刘江来禀甚么机密事。"怀玉曰："汝去看，只一人，放他入来。如人多，回复明日来禀。"守门者出到门边，从门缝里一睄，只见是刘江一人，遂开门延入。刘江与怀玉相见，言曰："小官领圣旨夜观天象，杀死张丞相凶星正照老爷府上，为此先来通报。"怀玉曰："我家没有是事，动劳大人爱厚，容日叩谢。"刘江辞别去了。

是夜，怀玉聚集兄弟姊妹，商议言曰："适闻钦天监刘江到府来说，杀张茂凶星正照我家。彼未奏君，先来通闻。我想明早他奏知圣上，圣上定行拿问。朝廷听信谗言，我屡屡被害，辅之何益！且佞臣何代无之？他每恃是文臣，欺凌我等武夫，受几多呕气。依我之见，趁今圣上未曾下令拿问，鸠集家兵，悉行走上太行山，却不斩断愁根乎！只有一件，爹爹病重，惊动了他，必竟闷死，怎生区处？"宣娘曰："那倒无妨，我将安云车一辆载之，犹如平地安稳，万无一失。但汝父忠勇，闻知此事，必执汝等入朝待罪。"公正曰："分付众人，莫将此事告之。乞姑娘进去问病，诳爹爹入了安云车内，我等即便起行。"言罢，宣娘入文广卧房问曰："贤弟病势何如？"文广曰："料不济事。"宣娘曰："贤弟起来，另迁干净室居卧，付大小事务于不闻，屏绝鸡犬人言声息，自可避无恒矣。"文广不知是计，爬起来，徐着宣娘入于安云车内讫。

是夜，怀玉命家人众护卫军士，收拾宝物辎重，车载马驼，整备停当，一声炮响，竟望太行山进发。

次早，范夫人又进奏曰："妾访得强贼，乃无佞府杨怀玉等搽黑其面，抢进妾府杀了全家，乞陛下敕旨拿之。"蔡京曰："若论仇隙，亦有可疑，但难拘定是他家杀了，必待钦天监官来奏，便知端的。"言未罢，刘江进奏，说道："凶星照着杨府。"神宗大怒，下命孙立领羽林军三千，围住杨府，全家拿来，戮弃于市。旨意才下，巡守外边城御史汪万顷奏曰："杨府举家五鼓时候，城门一开，尽皆拥出，竟望太行山去了。"周王大惊曰："国有佞臣，忠良难立。曩者张茂有书冒奏欺君，陷害忠良，罪亦当斩。陛下宠嬖，不行究问，那时已不伏杨府众人之心矣。今日茂死，罪人未获，杨府知陛下毕竟不肯干休，恐祸及于彼，是以高蹈远举，全身远害，飘然不恋爵禄，走上太行。但将来四夷叛乱，再遣何人讨之？”神宗曰：“此事何以处之？”周王曰：“依臣之言，发下诏书，召回杨怀玉等，仍居无佞府中，敕赐重修第宅。彼张茂之死等情，俱罢不究，庶几可以挽回其心。”神宗允奏，即修诏与周王，赍往太行召回杨怀玉等，赦除前罪。

周王得旨，竟赍往太行山而去。不日到了。怀玉等接见，周王曰：“圣上有诏，跪听宣读。”怀玉等忙排香案，整朝服接旨。周王读罢，怀玉等接见诏，叩头谢恩毕，于是整酒陪周王。周王席上问曰：“国公何在？”怀玉曰：“老父患病甚重，只在旦夕谢尘。”周王曰：“待我进去一看何如？”怀玉曰：“不敢劳动。”周王曰：“内家亲眷，岂有此说？”怀玉曰：“殿下切莫言上太行山一事，倘若言之，老父必闷死矣。”周王曰：“又说鬼话，他今日身居太行，犹不知之，尚待我以告之乎？他既不知，当日怎生得他上来。”怀玉遂将安云车一事告之，周王允诺，及见文广，言曰：“老丞相病体何如？”文广曰：“动劳殿下垂念，料不久归泉下矣，只是报答殿下之恩，耿耿在怀。”言罢，两泪交颊。周王见其情词真切，势甚危笃，亦挥泪言曰：“老国公忍耐些儿。”其心亦恐惊伤文广，遂将上太行山等事，隐而不言。

乃辞出，谓怀玉曰：“圣旨来召回汴，汝等可作急起行。”怀玉曰：“臣宁死于此而不回矣。”周王曰：“汝不回去，甘为背逆之臣，以负朝廷乎？”怀玉曰：“恕臣诳言之罪，略有苦情，一一启殿下听之。若以理论，非臣等负朝廷，乃朝廷负臣家也。始祖继业，王侁排陷狼牙，撞李陵之碑而死。七郎遭逢仁美万箭攒身而亡。六郎被王、谢之害，充军远徙。迨及狄青、张茂，吾祖吾父贬职削官。圣主不明，词章之臣密迩亲信，枕戈之士辽隔情疏，不得自达。谗言一入，臣等性命须臾悬于刀头。此时圣主未尝少思臣等交兵争斗之苦，而加矜恤？岂臣造为虚谬之谈，以欺殿下乎？”有诗为证：

餐风宿露统军时，万种愁怀只自知。
剪发接缰牵战马，拆衣抽线补旌旗。
争雄授命耽饥会，角力伤刀负痛归。
圣主那怜征战苦，谗言一入即分尸。

周王听罢，问曰：“汝既不肯回朝，敢怕要去辅佐番邦？”怀玉曰：“直道而事人，焉往而不三黜；枉道而事人，何必去父母之邦？此古人之明训也。臣家世代，性惧刚介，不肯阿附权臣，故落落不合于朝。臣又想国国一辙，处处同风，大宋如此，彼番亦如此。臣既隐身远祸，不辅大宋堂堂天朝，而肯辅腥臊之番乎？且尽心竭力辅助国家，少中奸锋，九族庙绝。呜乎哀哉！痛哉！辅人立朝，实闲且淡，若浮云过太虚，竟归无用矣。有诗为证：

兔走乌飞疾若驰，人生何事苦谋为？
屡朝宰相三更梦，历代君臣一局棋。
禹并九州汤得业，秦吞六国汉登基。
人人欲作千年计，争奈天公不应机！

怀玉读罢，又曰：“一贼灭，一贼兴，谁能辅佐人国而使万世之永安乎？”有诗为证：

世事若龙舟，古今争不了。
胜负两亡羊，天地一刍狗。

周王恳恳千回百遍强之，怀玉不听。周王不得已，辞别而回。

既至于汴，即入奏神宗，将怀玉所论之言，并怀玉吟咏之诗，一一敷陈。

神宗听罢，为间曰：“噫！寡人之过也。”慨叹不已。复谓周王曰：“劳卿再赍敕旨前往召之。朕想古之帝王梦卜求贤以理天下，朕今有此等贤良之士不能用之，听其肥遁林泉，不得与古明王媲美，使天下万世谓朕为无道昏庸之君也。卿速行焉，善为设辞可也。”

周王领旨，星夜复到太行山，见了怀玉等，剖尽衷曲，劝谕抵极。怀玉等只付之一笑，亦不辩论短长。及见周王劝之不已，怀玉曰：“劳殿下情意殷殷，另有一深长之论，转达天听，且见殿下此来，亦不徒然。”周王曰：“有何论焉？”怀玉曰：“圣朝调遣，拜命而行；倘或来宣入朝受职，将臣碎尸万段，决不遵依。”言罢，周王亦无奈，只得辞别而回。怀玉引领全家，送至山下，再拜周王。周王含泪，怏怏不忍离别。怀玉曰：“殿下勿忧，微臣不死，后会可继。”周王遂揾泪相别。

怀玉回到山上，命手下伐木作室，耕种田地，自食其力。又出一告示，晓谕家兵：“不许下山掳掠民财，为一清白百姓，遗留芳声于后代，使人皆称我家是个忠臣，退隐岩穴而非叛乱贼臣，不归王化者也。”有诗为证：

尘视侯封上太行，只缘社鼠暗中伤。
繁华过眼三春景，衰朽催人两鬓霜。
宦海无端多变态，菜羹有味饱谙尝。
浮生得乐随时乐，何必担忧驻汴梁！

后人览罢此书，有诗赞怀玉知机云：

峻秩崇阶孰肯丢，知机平远早回头。
预期十事九如愿，定不三平两满休。
知自足时还自足，得无忧处便无忧。
太行风月归闲后，一任人间春复秋。

又诗赞云：

卸却朝衣弃却簪，浮云富贵不关心。
连城玉韫太行涧，照乘珠藏合浦深。
明月花前宵酌酒，薰风竹下昼鸣琴。
此身不复随宣召，只恐西风短剑临。